读客® 知识小说文库

读小说，学知识

相

声

王晓磊　著

相声神探

看似一本正经搞笑，其实正儿八经烧脑！

2

报菜名

河南文艺出版社
· 郑州 ·

神

探

图书在版编目（CIP）数据

相声神探. 2, 报菜名 / 王晓磊著. — 郑州：河南
文艺出版社, 2022.5

（读客知识小说文库）

ISBN 978-7-5559-1314-6

Ⅰ. ①相… Ⅱ. ①王… Ⅲ. ①长篇小说–中国–当代

Ⅳ. ①I247.5

中国版本图书馆CIP数据核字（2022）第045463号

著　　者	王晓磊
责任编辑	崔晓旭
责任校对	王　宁
特邀编辑	景柯庆　王心怡
策　　划	读客文化　021-33608320
版　　权	读客文化
封面设计	刘小梅
出版发行	河南文艺出版社
印　　刷	三河市龙大印装有限公司
开　　本	680mm × 990mm　1/16
印　　张	18
字　　数	216千
版　　次	2022年5月第1版　2022年5月第1次印刷
定　　价	49.90元

如有印刷、装订质量问题，请致电010-87681002（免费更换，邮寄到付）

目　录

序 幕
"圆粘儿"

民国十六年（1927年），天津。

嘹亮的小号声响起，乐队仿佛被打了一针吗啡，立时兴奋起来。尤其坐在角落里的两个贝斯手，如从冬眠中苏醒的动物，到了春意盎然的发情期一般。他们也不知从哪儿掏出沙锤和手鼓，随着节奏左右摇摆，胖乎乎的身子竟也扭得像弹簧一样。与此同时，一个英国小伙迈着轻快的步子踏上舞台，开始演唱《花生小贩》[1]。

他头戴巴拿马草帽，穿着肥大的黄色短袖衬衫、白绸缎裤子、帆布马鞍鞋，为了增强表演效果，还在脸上涂了鞋油，试图搞出在沙滩长期日晒的感觉，不料颜色涂得过重，适得其反，整张脸都黑了。他嗓音也很一般，远远称不上甜美，但载歌载舞非常卖力，虽说有些高音唱不上去，依旧扯着脖子在努力地唱着："Mani……Mani……"

不过没关系，这蹩脚的表演足以令舞厅里的年轻人沸腾。尤其是在被迫欣赏了好几首男低音之后，无论是来自泰晤士河畔、密西西比河畔的小伙，还是来自塞纳河畔、莱茵河畔的姑娘，都感到生无可恋，所以

1　原歌名为 *El Manisero*。

对他们而言这首跑调的哈瓦那民歌已是天籁之音。姑娘小伙们露出笑容，跟着音乐手舞足蹈。不远处，他们的父母、姨妈、姑妈之类的长辈们却面沉似水，正用谴责的目光注视着他们，仿佛在感叹——上帝啊！这些年轻人脑袋进水了吗？怎么喜欢殖民地的野蛮歌舞？

没办法，青年人和老年人永远玩儿不到一起，分歧总是难免的。何况这里既不是英国伦敦，也不是法国巴黎，更不是哈瓦那的海滩，而是中国天津。

对异国人士而言，租界里衣食住行样样齐备，唯独西式娱乐场所不算多，要想不分国籍、不论年纪且不失身份地找点儿乐子，大伙只能在同一幢建筑里将就。这家俱乐部有二十多年历史，名叫"康科迪亚俱乐部"，但是天津人更习惯叫它"德国俱乐部"。因为它坐落于德租界，原本只对德国侨民开放，直到九年前德国在世界大战中落败，中国作为战胜国收回德租界，将其改为特别行政第一区，这家俱乐部也收归政府，随即转租给一位俄国商人，从此开始全面对外营业。

为了吸引更多客人，俱乐部的经营者煞费苦心，在后院增添了网球场、旱冰场，还在周末开办舞会，聘请乐队伴奏，喜欢唱歌的客人可以上台一展歌喉。不过众口难调，乐队既要照顾老爷太太们的艺术情趣，又要给姑娘小伙们送上欢乐，这可不是容易的事，所以有人戏称这里的氛围就像美国的两党选举，每当有一半人欢呼雀跃，另一半人准在咬牙切齿。好在楼上另有其他娱乐项目，台球、扑克牌、国际象棋，甚至还有百家乐、轮盘赌。当老绅士们脆弱的耳朵和心脏忍受不了新潮音乐时，他们可以转移到别的房间，或者到露台上吸支烟，顺便聊聊生意——俱乐部不仅是娱乐中心，也是社交中心。

颇具讽刺意味的是，虽然这家俱乐部已不再属于租界，但外国客人仍占绝大多数。没有任何规定限制中国人，可是进入这里的先决条件是要有一套体面的西装，而且西装口袋里还得塞着足够多的钞票以及一张证明自己很有地位的名片。这条不成文的规定把百分之九十的中国人挡在了门外，不过仍有一些符合条件的中国人来——这不，当歌舞进行到高潮时就有两个中国青年手拉手走进来。

两人都是男性，都在二十岁左右，身材相仿，穿着同样的西装，系着同样的领结，扎着同样的皮带，就连皮鞋尺码也一样，确切地说这两套服饰只属于其中一人——利盛商行的少东家沈海青。

　　利盛商行是全国知名的贸易行，其业务涉及外贸、金融等领域，在天津的影响力足可与怡和洋行、太古洋行等跨国公司比肩，在上海等地也设有分支机构。利盛的老板郑秉善出生于江浙的诗书世家，年少时被清政府选中，派往美国留学。他勤勉刻苦成绩优异，于耶鲁大学毕业。归国后曾经效力洋务机构，后来不满清政府腐败，选择弃官从商，和妻弟沈乃器一起创办了利盛商行。郑秉善不但有超凡的商业头脑，而且为人豪爽、交际广泛，无论身处南方还是北方，甚至在国外，都是政界、军界乃至工商业巨头们的座上客。可惜郑家财齐人不齐，郑秉善中年断弦，一直没有续娶，如今年逾半百无儿无女。妻弟沈乃器在一场海难中与妻子双双殒命，只留下一个独生子，便是沈海青。

　　作为郑秉善唯一的外甥、利盛商行未来的继承人，沈海青享受着大少爷的待遇，在新式学堂读书，喝过两年洋墨水，说一口不算太糟糕的外语，兜里总是揣着数目不小的零花钱，出入高级娱乐场所。

　　至于与沈海青同来的另一个小伙，身份就有些尴尬了。他是个相声艺人，自幼无父无母流浪江湖，连自己的姓名都不晓得，如今在"三不管"卖艺，认识的人都称呼他的艺名"小苦瓜"。

　　海青与苦瓜因相声结识，又莫名其妙卷入一桩连环杀人案，阴错阳差地破了案，稀里糊涂成了好朋友。有钱人家的少爷和穷说相声的交朋友，这未免有些惊世骇俗，但这世上奇怪的事有很多，比如两位男士当众手拉着手，这景象就很引人瞩目。

　　其实海青也不想拉着手，但没办法，只有这样才能让苦瓜摆脱玻璃旋转门——当这小子转到第四圈的时候，门童打量他俩的眼光已经不对劲儿了。

　　"等等！"苦瓜抱怨道，"我还没玩够呢！再转一圈……"

　　"再转就晕了。"

　　"我学过翻跟头，晕不了。"

"你不晕，我晕！"

苦瓜被海青拉着紧走几步，终于把旋转门忘到脑后，但紧接着他又被眼前的事物吸引——真皮沙发、弹簧地板、石膏雕塑、水晶吊灯、绚丽的灯光、西式的乐队，还有数不清的各色头发的外国人……"三不管"的穷艺人哪儿见过西洋舞会？

他搞不清状况，瞠目结舌半晌，忽然一拍脑门儿："明白啦！他们在办喜事，不是给老人庆寿，就是娶媳妇儿。"

"不对。"

"那就是办丧事，有人死啦！"

"别胡说……"

"谁胡说？我懂！吹唢呐，唱大戏，肯定是红白事。"

"不是唢呐，是小号，那人也不是在唱戏……"

"怎么不是？黑脸的，包公戏。"

"外国哪有包公？包龙图打坐在哈瓦那吗？那是个白人，我猜他是想把皮肤弄成古铜色，不小心把颜料涂多了，变成黑人了。他在唱歌，让大家跳舞，你没看见他们都很高兴吗？"

"哦！老喜丧！丧事喜办……"

"别瞎嚷！"海青一把捂住苦瓜的嘴，"听好了，咱们是凭我舅舅的名片才进来的，要是胡说八道被人家轰出去，不单我跟着你丢脸，舅舅的名誉也受损，以后我们还怎么来？"

"知道呀！"苦瓜推开他的手，"他们究竟在干什么？"

"舞会，找乐子，这就跟看戏、看电影，或者到'三不管'听你说相声一样，都是消遣。"

"洋人真怪，咱们都是看别人演，他们却自己蹦蹦跳跳。"

"舞会也是一种社交。"

"什么跤？"苦瓜不懂"社交"这样的新名词，"摔跤吗？他们都站着，没瞧见有摔躺下的呀。"

"我说的是社交！就是交朋友，通过跳舞结识朋友。"

"任何人都可以参加吗？"

"可以，但是……"

"我也凑凑热闹。"

不待海青解释完，苦瓜已经一猛子扎进跳舞的人群。他哪会跳拉丁舞？跟着节奏手忙脚乱地蹦了两下，索性甩开胳膊，迈开步子，扭起了大秧歌。秧歌的动作很大，三扭两扭就碰到旁边一个金发青年。那外国小伙不禁抱怨了两句，可是一看苦瓜怪异的动作，不禁哈哈大笑，还招呼朋友也来看。不一会儿工夫，周围十几人都在"欣赏"苦瓜的舞姿，一开始他们只是嘲笑，可渐渐觉得这傻里傻气的舞蹈挺有趣，而且很容易，竟也模仿着扭起来。苦瓜更加自我陶醉，甩开膀子越扭越起劲儿，就像领舞一样。

海青看不下去了，扯住苦瓜胳膊，不由分说把他拖出人群："我得找根绳子把你拴起来，别再给我丢人现眼啦！"

"这有什么丢人的？跳舞嘛。"苦瓜意犹未尽，"你这西装我穿着不舒服，要是穿大褂我扭得更好，还能翻跟斗呢。"

"好好好，你的跟斗翻得比孙悟空还好，不过现在你要克制住翻跟斗的欲望。我带你过来不是为了玩儿，你不是说想见见那位通灵大师吗？他就在那边……"

事情的起因是这样的，上星期沈海青陪同舅舅参加舞会。郑秉善是为了结交一位新上任的德国外交官，听说那位外交官有个女儿，所以叫海青来给人家当舞伴。不料那位小姐没来，生意的事海青又不感兴趣，便在俱乐部里闲逛，偶然遇到一位通灵术大师。这位大师与众不同，他的通灵术并非与死人的魂灵沟通，而是声称能找到心灵相通的两个人。托苦瓜之福，海青见识过相面算卦的勾当，自然嗤之以鼻。大师却信誓旦旦，摊开一副扑克让他抽，海青随便抽了一张，大师看后说有个戴维斯小姐与他心灵相通，并告诉他一个电话号码。海青会说英语，便抱着试试看的心态拨通电话，还真找到了那位戴维斯小姐，竟然隔空猜到他摸到的牌是红桃4。海青激动不已，与那位小姐探讨了生日、命运、星座、幸运数字等有趣的话题，颇有找到知己的感觉。

此后三天郑秉善赴德国谈一笔生意，没了舅舅的管束，海青又可以随心所欲。第一件事就是跑到"三不管"找苦瓜玩儿。提及通灵术的奇遇，海青十分笃定，苦瓜却不信，一口咬定是"腥的"[1]，还想亲眼见识一下这位"色唐金"[2]，于是海青给苦瓜换上自己的西装皮鞋，把他领进俱乐部。

此刻苦瓜顺着海青手指的方向望去，见一个男子坐在大厅角落的沙发上——此人中等身材，着黑色晚礼服，戴一顶很夸张的大礼帽，还套着高领披风。令人感到神秘的是，他戴着黑布面罩将上半张脸遮住，只露两只眼睛，不过从高耸的鼻子、棕色的眼眸以及两撇棕色小胡子判断，这一定是个外国人。

"就是这家伙？"苦瓜有些疑惑，"怎么瞅着像变洋戏法儿的？你没搞错吧？他是'金字'的，不是'彩字'的？"

"我也搞不清这属于戏法儿还是算命，总之很灵验。"

"没关系，甭管土布还是洋布，反正就是这块料！我就不信外国跑江湖的有什么不一样。"

两人渐渐凑近，见那位大师面前摆着一副扑克牌，印着花色和数字的正面朝下，扣在桌子上。旁边有几个围观的人，其中一位金发碧眼的小姐正和他交谈。小姐说着从牌堆里抽出一张黑桃K。大师接过那张牌贴在额头上，做闭目冥想状，过了片刻睁开眼对金发小姐说了几句话。

"他叽里呱啦说的什么呀？"苦瓜没上过学，连中国字都写不出几个，哪懂外语？

海青给他翻译："他说此时此刻有一位姓威廉姆斯的先生跟你心灵相通……"

"威什么玩意儿？"

"威廉姆斯，这是一个外国人的姓。"

"哦，是个复姓。"

"随便你怎么想吧。"海青懒得再跟他解释，"他说威廉姆斯先生

---

1 腥的，假的。
2 色唐，外国人；金，算命的。

和这位小姐心意相通，知道小姐心中所想，能在电话里猜出小姐抽到那张牌的花色和数字。"

"哦？他通过电话叫别人猜牌，还让客人自己打这通电话，这把戏我还是头一回见。"

"所以才神奇嘛。"

这时又见大师凑到金发小姐耳畔低声嘀咕了几句，苦瓜不禁蹙眉："说悄悄话，这我可真不晓得他玩儿什么花样了。"

"我大概能猜到，他会告诉那位小姐威廉姆斯先生的电话号码，并嘱咐不能透露给其他人，而且只能拨打一次，否则就不灵验了。上星期他就是这么跟我说的。"

金发小姐似乎不太相信大师的话，但也礼貌性地道谢，一脸怀疑地朝吧台走去——那边正好有两部电话。大师没有把黑桃K放回牌堆里，随手抛到一边，继续跟其他人攀谈。随即又有个胖胖的法国贵妇凑上去抽牌，这次是方片A，通灵的过程跟刚才一样。海青翻译道："他说有一位赵小姐跟太太您心灵相通……"

"赵小姐？还有中国人？"

"当然。毕竟这儿是天津，多数电话号码属于中国人。"

胖妇人也从大师口中得到号码，兴致勃勃地朝另一部电话奔去，一时间没人再抽牌，大伙的目光都投向打电话的两人。大师俨然一副胸有成竹的样子，仰坐在沙发上，捻着油亮亮的小胡子。片刻工夫，只见金发姑娘拿着听筒的手颤抖起来，放声大叫："Oh my gosh!（我的天哪！）"再看那位胖妇人，稍等片刻也拨通了，没说两句便一脸喜色——显然两人都灵验了。

众人亲眼得见，跃跃欲试者多起来，这时有个穿绣花旗袍、满身珠光宝气的中国妇女被两个朋友推到前面。大师见她有点儿羞涩，起身脱帽致意："太太您好，不要怕，这很有趣……"

"咦？这家伙会说中国话。"苦瓜感到惊奇。

海青也很意外："不知道呀，上次我见他是外国人就用英语和他交谈，没想到他会中文。"

"说得还挺流利，不过……"苦瓜仔细听了几句，觉得大师说中文的口音怪怪的。

这次有了变化，大师没有立刻通灵，而是说起了恭维话，称赞中国女人多么漂亮，中国文化多么悠久，中国菜肴多么美味，直至金发姑娘放下听筒，空出那部电话，他才请中国太太抽扑克牌。结果是黑桃2，大师将牌贴在额头，沉默片刻道："有位奥斯卡先生跟您心灵相通，他能猜出这张牌……什么？不！打电话又不是幽会，我不会告诉您先生……您不会外语？别担心，与您心意相通的人肯定也会说中国话。别犹豫了，这是一种心灵交流，兴许能给您带来好运，我告诉您奥斯卡的电话号码，但这关乎隐私，您不能透露给别人……"他在中国太太耳边嘀咕了一阵，又把黑桃2抛到一旁，于是中国太太也在他的鼓励下去打电话。

海青见苦瓜瞧得出神，用胳膊肘捅了捅他："看三遍了，发现毛病没有？"

"没有。"

"哈！你也有甘拜下风的时候。"海青一脸幸灾乐祸的表情。

"谁说我服他？"

"你不是找不出毛病吗？"

"别急，兔子尾巴长不了，早晚会露出破绽。"

两人不再交谈，认真观察大师。想尝试的客人一个接一个，大师却不慌不忙，电话只有两部，他总是等空出一部电话再接待下一位客人，每次都灵验。有人抽到梅花10，他说心灵相通的是施先生；有人抽到黑桃Q，心灵相通者是沃德先生；抽到红桃10，找琼斯女士；抽到梅花5，找周先生；抽到方片J，打电话找褚小姐……

"哼！"苦瓜突然发出一阵冷笑，"总算叫我看穿啦！我就知道他这玩意儿不地道。"

海青一怔："你发现什么了？"

苦瓜没理他，径自走到桌前，抱拳行礼："辛苦辛苦！"

海青差点儿笑出声——见面道辛苦，必定是江湖。这"辛苦"二字是江湖人"盘道"的开场白，外国人怎会懂？

大师有些迷惑，迟缓片刻才回答："晚上好，先生。"

苦瓜一点儿也不客气，伸手将桌上的扑克牌一翻，从里面挑出一张梅花3，递到大师面前。大师见他破坏规则，却也没说什么，接过那牌正要往额头上放，苦瓜笑呵呵道："别急！先让我猜猜看，是不是有位姓杨的先生与我心灵相通？"

大师握着扑克的手定住了，凝然注视着苦瓜。

"猜错了？那再换一张。"苦瓜又拿起一张方片8，"这张是叫我找一位姓王的小姐吧？"

大师依旧沉默，虽然戴着面具看不见表情，但他棕色的眼眸游移不定，显得有些慌张。

苦瓜不依不饶，晃着手中的牌笑道："快告诉我王小姐的电话号码吧，我都等不及了。我不和女士们抢那两部电话，可以去隔壁的西餐馆借电话。"

大师终于有了反应，他把牌往桌上一丢，揉揉太阳穴："抱歉！我有些头晕，通灵术很耗精神，该死……哦，我是说恐怕得回家休息了，今天就到这里吧……Ladies and gentlemen（女士们、先生们），大家晚安……"说罢他连扑克牌都没收，把礼帽往头上一扣，站起身快步离去，那急匆匆的背影宛如一只受惊的黑兔子。

围观之人不明所以，都觉得扫兴，瞥了苦瓜几眼各自散去。海青也搞不清状况："怎么回事？"

"我揭了他的门子，还不赶紧溜？"

"你是说他是……"

"'腥'的！一腥到底，假到不能再假啦！"

海青好奇："他是怎么做到的？"

苦瓜满脸不屑："很简单，电话另一边是他同伙，猜扑克靠的是暗号，只要记熟就行。扑克牌有黑桃、红桃、梅花、方片四种花色，每种十三张，每张的花色数字都有对应的姓氏，刚才我留心观察，早就发现门道，不过是想多看几次确认一下。果不其然，有人摸到方片A，他说拨电话找赵小姐，有人摸方片J，他说拨电话找褚小姐，拿到梅花10就找施先生。这不是一目了然吗？"

"什么一目了然？越听越糊涂。"

"笨蛋！张王李赵这样的姓满大街都是，褚姓、施姓却不多见，怎就偏巧赶上这么两位？我虽没念过书，不会写字，但《百家姓》总还听说过，赵钱孙李、周吴郑王、冯陈褚卫、蒋沈韩杨、朱秦尤许、何吕施张、孔曹严华、金魏陶姜……褚姓正好排第十一，扑克牌里的J也是第十一；方片A就是方片1，赵姓也排第一，这难道是巧合？施姓排在第二十三，如果减去前十三个姓，正好是第十，刚才那张牌就是梅花10。很明显，方片的牌都是女的，十三张牌对应从赵到蒋这前十三个姓，梅花是男的，十三张牌对应的是从沈到曹十三个姓，完全按《百家姓》顺序排列。"

"原来如此。"海青渐渐领悟——窥破机关似乎不难，可谁又能有这奇思妙想，把一个外国灵媒与中国的《百家姓》联想到一起？

苦瓜又道："同样的办法，黑桃、红桃对应的是洋人，我不懂洋人那些乱七八糟的姓，但也一定有规律吧？"

"让我想想。"海青低头思索着，"我摸到红桃4，电话打给戴维斯（Davis）小姐，摸到红桃10找琼斯（Jones）女士，黑桃2是奥斯卡（Oscars）先生，看来红桃对应女性，黑桃对应男性，按26个英文字母排列。不过……"黑桃K怎么会是威廉姆斯（Williams）先生？最后一张不应该是Z为首的姓氏吗？黑桃Q是沃德（Ward），怎么都是W字头？对啦！U、Y、Z打头的姓非常罕见，X打头的姓根本没有。俱乐部里外国人比中国人多，说出中国罕见的姓客人不懂，可要是说出生僻的欧美姓氏就容易惹人怀疑。所以他把U、X、Y、Z四个字头舍去，在前面另找四个字头，编出威廉姆斯和沃德这样一长一短两个姓就能把相邻的两张牌区分开。想到这儿，海青不禁欣喜，就像破解了什么重大谜案一样，"我明白啦！果然很简单，就是按照字母排序……可要是摸到两张王牌呢？"

苦瓜微微一笑："我也不知道，但一定有办法区分，天津有那么多洋人，再挑两个日本人的姓也不是难事。"

"哈哈，有道理！"

"弄明白暗号剩下的事就好办了，电话另一头的人跟他是同伙，打电话的客人说找某女士、某先生，等于自己报出暗号，那边就知道客人拿的是什么牌了，当然百试百灵。其实他告诉众人的电话号码只有俩，两个号码交替使用，所以才悄悄说，还嘱咐不能告诉其他人，就是怕大伙发现号码一样。凡是抽过的牌他都暂时放一边，以免碰巧连续抽出同一张，那会连续报出同一个姓，引人怀疑。他一边装神弄鬼，一边留心观察，等周围的客人走得差不多了，换一批新客人时再把那些牌放回去。至于另一头的同伙，至少是两男两女，既会中国话又会外国话，就守在两部电话机旁……"

　　"所以当你说要借别处的电话时，他自知情况不妙，两个号码都占线，第三人拨号肯定打不通，而且密码也被你看穿，他这戏法儿变不下去了，只能溜之大吉。"

　　"没错。我觉得这办法一点儿也不高明，竟然需要四个伙计、两部电话，太麻烦啦！凭这把戏到'三不管''撂地'，没半天工夫就会被人识破，也只能在这种地方骗骗你这样的少爷秧子。"

　　海青白了他一眼："我觉得关键是你们'三不管'没有电话。"

　　"我们不稀罕。"苦瓜嘴硬道，"挂上电话线，翻跟头不方便。"

　　"你怎么总想翻跟斗？"

　　"叫你气的！亏你还跟我混过，这么简单的把戏都能把你唬住，还什么铜铃术、铁铃术的，丢不丢人？实话实说吧，你叫那家伙骗了多少钱？"

　　"没有啊。"

　　"什么？！"

　　"一分钱也没骗走，他耍这套把戏根本不找客人要钱。"

　　苦瓜的笑容倏然收敛："你要小心了。"

　　"小心什么？"

　　"骗局没结束，他肯定还有其他手段，你多留神吧。"

　　"不会吧……"

　　苦瓜一脸严肃道："这可不是开玩笑。但凡江湖作艺的，无论哪国人，不是图名就是图利。那家伙为的是什么？说图名，他弄块黑布遮着半张脸，谁晓得他是谁？怎么替他扬名？说图利，他又不收半文钱，这合乎情理吗？你仔细想想，四个同伙，两部电话，他下的本钱可不小，既不'置杵'又不'扬蔓儿'，吃饱了撑的呀？老话说得好，事出反常必有妖，他肯定还有别的幺蛾子。"

"未必。可能是闹着玩，他们外国人喜欢'恶作剧'，比如我跑去跟你说相声，不也是纯粹'玩儿票'，不图名不图利吗？"

"不一样！如果纯粹为了玩，应该轻松自在，为什么戴面罩？难道怕见人？就算是故作神秘，机关被我点破，摘下面罩哈哈一笑也罢了，为什么夹着尾巴逃跑？没做亏心事，不怕鬼叫门，他狼狈而逃必有亏心的地方。据我的经验，'三不管'里凡是表面不要钱的买卖，'开杵门子'[1]来比明着要得更厉害。杀人不动刀，都是'绝户杵'[2]！你们文明人有句话怎么说来着？跟吃饭有关系……"

"天下没有免费的午餐。"

"对！甭管午餐还是晚餐，没有免费的，也包括早点。'杵门子'埋得越深，打的'杵'越多，这里面肯定还藏着其他门子。我不晓得你们电话里说些什么，反正得多留神。虽说你家有钱，扔个百八十块银圆不在乎，也不能叫人当猴耍。你要是再遇见这个人，千万别理他！"

"好，我听你的。"海青点点头。

苦瓜这才稍放下心来："走！咱接着跳舞。"

"跳可以，你别再扭秧歌了！"

"我不会他们的舞。"

"我教给你……"

两人正要往舞台方向去，忽听见有人呼唤："海青，是你吗？"

海青扭头一看："埃里克！"

来者是个外国人，个头不高，棕色头发，约莫二十岁，却已有些谢

---

1 开杵门子，施展要钱的手段。
2 绝户杵，不留余地，掏空客人的口袋。

顶，前额光秃秃的，但是身材非常匀称，脸上泛着健康的光芒。海青见到他非常高兴，冲上前给个拥抱："没想到是你，我们的大英雄凯旋了！"

"好久不见。"这个外国人也能说一口流利的汉语，"我算什么大英雄？太抬举我了。"

"你现在是世界名人！"

"嘘！别声张，我还真怕有记者认出我，很麻烦的……这位是你朋友？"外国人的目光转向苦瓜。

"哦，他是……"海青心里犯难，怎么介绍呢？苦瓜究竟姓什么连他自己都不知道，难道说姓苦？海青灵机一动，"是我的好哥们儿，你就叫他'曼伦'（Melon）就行。"

苦瓜一愣，朝海青咬耳朵："我怎么叫曼伦？"

"这是你的英文名字。"

"什么意思？"

"就是瓜。"

"呃，随便吧……"苦瓜含糊着答应，想要抱拳行礼，忽然意识到应该用新式礼节，于是伸右手和那外国人握了握，"您好。"

"非常荣幸。"外国人握手的力道很大。

海青拍着外国人的肩膀，带着一脸骄傲的表情介绍道："曼伦，你今天算是大开眼界啦！这位也是我朋友，他叫埃里克·利迪尔，是奥林匹克冠军。"

"什么军？"苦瓜没听明白，"当兵的？"

利迪尔一头雾水："我没参军啊。"

海青对牛弹琴很是扫兴，赶紧解释："他不是军人，是奥林匹克冠军，运动会，运动！"

"哦……"苦瓜笑了，"当官的。"

"不。"利迪尔皱起眉头，"我不从政，不感兴趣。"

海青一脸尴尬："抱歉，恐怕咱们有点儿语言障碍，稍等……"忙不迭把苦瓜拽到一旁，"不懂就别瞎说，好吗？"

"运动不就是当官吗？"苦瓜眨了眨眼，"我常听说，某人想当官就花钱运动运动。"

"不是一回事。埃里克不喜欢政治，跟当官的没丝毫关系。他虽然是苏格兰人，但出生在天津，还有个中国名字叫李爱锐。他喜欢体育，跑得很快。"

"哦？"苦瓜眼睛一亮，"跑得快？比我还快吗？"他少时流浪江湖曾以偷盗为生，有一身飞贼的本事，虽然现在不再做此勾当，但自信跑得很快。

海青笑了："他肯定比你快。埃里克三年前参加巴黎奥运会，在400米比赛中获得冠军，打破了世界纪录。"

"什么意思？"

"他是世界上跑得最快的人之一，绰号'飞毛腿'。"

"我不服，现在就跟他比比……"

"求求你，别再惹是生非了。"海青简直欲哭无泪，正好看见有个服务生举着饮料托盘走过，赶紧拿了一杯香槟塞到苦瓜手里，"现在把你的嘴堵上，别乱插话。"

"好吧好吧……"

海青这才回到利迪尔身边："没想到你又回中国了，在英国当金光闪闪的体育明星不好吗？"

"一点儿都不好。"利迪尔耸耸肩，"我生在中国，在这儿很快乐，这里更像我的家。没人在乎你是苏格兰人还是爱尔兰人，也没人在乎你是不是牧师的儿子。你没瞧见巴黎、伦敦那些记者采访我时的表情，哈！他们还以为我茹毛饮血，天天光着脚在修道院里敲钟呢。"

"哈哈哈。"海青被他逗乐了，"今后有何打算？"

"其实我去年就回来了，一直在燕京大学进修，前不久考取了教师资格证，天津有一所中学已决定聘用我。"

"恭喜恭喜，利迪尔老师。"

"还是按中国的称呼，叫我李老师吧。"利迪尔整了整衣领，颇为自豪，"再没什么比教授孩子们知识更有意义、更让我感到快乐了。"

"你一定是教体育喽？"

"不，是物理和化学，没想到吧？不过在教书之前我得先完成一项任务，同样很有意义。"

"什么任务？"

"翻修英租界的球场。"

"我家附近那个网球场？"海青的家在英租界爱丁堡道，离网球场不远，那座球场已有二十多年历史，还是清朝的时候建的。

"对，就是那座。工部局打算把它扩建为占地四万平方米的大体育场，他们请我参与设计。为此我还特意参考了伦敦斯坦福球场的图纸，一定会干得更出色。名字我都想好了，它是体育精神的象征，属于民众的乐园，所以叫'民园国际运动场'，以后天津也能承办国际赛事了。"

"真叫人期待啊！"海青兴奋地叫起来，"到时候也能在那儿看到你的比赛？"

"当然，绝对是我的主场……对啦！明晚陪我参加一个聚会，怎么样？"

"什么聚会？"

"新兴商会的刘会长邀请几位名流到他家吃饭，除我之外都是各国商界人士，你应该认识刘会长吧？"

"刘文卿？"

"是的。"

作为利盛商行的少东家，海青当然认识不少工商业名流，但他一脸苦涩："认识倒是认识，我舅舅跟他很熟，可我不喜欢这种聚会。"

"我也不喜欢。"利迪尔撇撇嘴，"但没办法，修建体育场不仅是英租界的事，还关乎社会各界，提高城市的知名度。明天参加聚会的人都多多少少提供过帮助，我作为设计者总得露个面，你若是参加咱还能聊点儿有趣的话题，要是我自己面对那些人……哦，太无聊了，能期待的只有食物，但愿他家有个好厨师。"

海青暗忖，舅舅经常指责他不务正业，希望他多参加工商界的社交活动，虽然舅舅现在不在家，可还有管家老吴在耳边絮絮叨叨，若参加这次聚会可以搪塞老吴，过后再怎么玩儿老吴都无话可说了，于是笑道："好吧，我陪你去。"

"太棒啦！"利迪尔豪爽地把手一挥，"你愿意的话还可以再叫几个朋友，不妨叫曼伦也参加。"

海青吓得一头冷汗："不必了，他很忙的。"苦瓜参加商界聚会将是什么情景？简直不敢想象。

"那就算了……我叔叔在楼上打台球呢，我得去陪他，咱们明天再聊。说定了，下午四点，你知道刘会长家在哪儿吧？"

"知道，离我家不远。"

"好的，再见。"

"明天见。"海青挥挥手，回头再一看，险些把鼻子气歪——苦瓜正站在一名端托盘的服务生身边，一杯接一杯地喝香槟，似乎已经连灌五六杯了。

"别喝啦！"他上前制止。

"怎么了？"苦瓜有些红头涨脸，"这东西甜滋滋的，还有股气儿往上顶，挺不错的。"说着又把手里那杯灌下去。

"你干吗喝这么多酒？"

"酒？这不是糖水吗？"

"当然不是，这是香槟酒，后劲儿很大的。"

听海青这么一说，苦瓜似乎也觉得身上发热："糟啦！我不能喝酒的，明天还有重要的事。"

"什么事？"

"师叔推荐我到同乐茶楼演出，茶楼老板要亲眼看看我的本事，好决定以后用不用我。你不是还答应到时候给我捧场去吗？"

"什么？就是明天？"

"明天下午。"

海青急得跺脚："你怎么不早说？"

"我给忘了，刚想起来，哈哈哈……"

"亏你还笑得出，快回家吧。"

"哈哈！你忘了，我也忘了，瞧这事儿闹的……明儿背贯口把词儿也忘了，后天连自己叫什么兴许都忘了，哈哈……这段子太有意思了，哈哈哈……"酒劲儿涌上来，苦瓜没由来地傻笑，仿佛把这辈子的高兴事儿都想起来了。

"哎呀！你喝多了。"

海青要搀扶他，苦瓜却连退两步，冲向跳舞的人群，扭起了秧歌，手里还攥着那只玻璃杯。这次他跳得更欢，动作更大，一边扭一边哈哈大笑，惹得所有客人侧目，在他的影响之下竟有许多年轻人也莫名其妙地跟着他扭起来。

再这样下去非闹出乱子不可，海青只得从背后抱住他："你可真会给我找麻烦！这是最后一次，以后再也不带你来了。"

苦瓜兀自傻笑："你不带，我自己来，哈哈……我懂！社交嘛，就是喝香槟、跳舞、打扑克，这都是奥运会项目……放开我！曼伦先生要翻跟斗……"

服务生忍着笑凑过来："先生，那只酒杯。"

"哦。"海青从苦瓜手里抢过玻璃杯，还给服务生，赧然道，"对不起，他赌百家乐输光了钱，所以多喝了几杯。"又从怀里掏出两张钞票放在托盘上。

"谢谢您的小费，需要帮忙吗？"

"帮我叫辆出租汽车。"

"好的，先生。"

对一般市民而言，雇洋车已是高消费，出租汽车莫说中国人，连一般的外国人都雇不起，整个租界才十几辆。可惜苦瓜人生中第一次坐汽车竟是在醉酒之后，无法享受这份惬意了。

"我真是自作自受啊！"海青拖着苦瓜，晃悠悠往外走。后面追来一个英国小伙，笑呵呵抓住他肩膀，操着浓重的外国腔调问："刚才那舞挺带劲儿，跟拉丁不一样，叫什么名字？"

海青烦透了，猛力甩开他的手，没好气儿地吼了声："扭秧歌！"说完拖着苦瓜挤进旋转门……

第一章
我请您吃个便饭

自清末以来，天津的"三不管"就是热闹之地，金、皮、彩、挂、评、团、调、柳，各路江湖人云集于此，八仙过海各显其能。尤其底层的民间艺人，在此"撂地"维持生计，可谓"一块杂八地，养活无数穷骨头"。民国以后的"三不管"有了很大变化，许多空地被商人买下修建茶馆酒肆、妓院宝局，近几年又出现了戏院、电影院，能供艺人露天表演的地儿越来越少，于是茶馆成了新兴舞台。

南市附近大大小小的茶馆有几十家，还不包括简易茶棚，许多地方聘请艺人演出。追溯起源，艺人在茶馆演出只是"借地求财"，甚至有了收入要向茶馆交"地钱"，可后来茶馆老板发现演出使生意更加兴旺，不但引来更多客人，茶水点心的消费也增加了。于是有些茶馆逐渐演变成小剧场，茶钱已不再是主要收入，而是依靠表演向客人收费，所得收入全归茶馆，然后向艺人支付一定数额的佣金，行话叫作"包银"。一传十、十传百，采取这种经营办法的茶馆越来越多，竞争也日趋激烈。茶馆为了争夺客人必须丰富节目，什么单弦、大鼓、相声、双簧、戏法儿，甚至还有京剧清唱、练把式的、练杂技的……统统招进来，还要尽量挑选有名的演员。同样，艺人在茶馆里演出也提高了名气，渐渐有了自己的忠实观众，他们到哪儿演，忠实观众就追到哪儿。

所以越是水平高、名气大、能叫座儿的艺人，请他演出的茶馆就越多，他要的"包银"也越高。"三不管"就像一个庞大的演艺竞技场，茶馆与茶馆竞争，艺人与艺人较劲儿，各茶馆从早到晚演出不断，节目排得满满的，说、学、逗、唱、耍、弹、变、练，知名艺人往来奔波，有的每天要赶四五家。

　　同乐茶楼就是其中很知名的一家，这家茶馆距露天市场很近，两层的木建筑，已没人记得它建于哪年，店面装潢陈旧，占地也不算广阔，但它在曲艺界的地位很高，十多年来，在此献艺走红的艺人数不胜数，是风水宝地。这儿的观众比在明地上围观相声的人富裕多了，至少没有底层劳工，试想兜里没点儿闲钱谁能到茶楼消费？观众相应地欣赏水平也高，所以同乐聘请的都是技艺精湛的演员。虽说近年来租界的百货商场里有了更高级的曲艺场，但仅就"三不管"而言，这里仍是顶级舞台，一般水平的艺人根本进不来。

　　今天小苦瓜首次在同乐茶楼献艺，沈海青吃过午饭就来了，抢到最靠前的茶桌。戏法儿、时调、单弦，你方唱罢我登场，节目一个接一个，海青却根本看不进去，只是心不在焉地啜着茶水——昨晚苦瓜喝醉了，回到住的地方已昏睡不醒，他把苦瓜弄到炕上盖好被，再折腾回自己家都半夜一点了，一觉醒来上午九点半，管家老吴在他床边好一顿啰唆，也没顾得上再联系苦瓜。这小子现在怎么样？能不能登台？会不会影响表演？今天这场演出相当于考核，如果演砸了不但今后无法在这儿献艺，传扬出去连现有的"蔓儿"也折了。

　　胡思乱想间台上的岔曲唱完了，有个茶房在观众的喝彩声中默默登台，将一张桌子横摆在舞台中间位置。紧接着小苦瓜笑盈盈地走了出来，身后还跟着他"撂地"的搭档小麻子。海青的心立时提起来，低头看了一眼手表——下午两点半！曲艺园子有规矩，越是好角登台越晚，重量级的演员三点半之后才登场，以苦瓜的身价还远远达不到，但两点半这个时间太不利了。午后演出开始，到这会儿已演了许多节目，观众们全神贯注看了一个多钟头未免疲乏，有的犯困，有的聊天，有的买小吃，有的想上厕所，这时要抓住大家的注意力很不容易，博得满堂彩就更难了。或许茶馆老板故意挑这个时间段让苦瓜登台，好考查他的水平。

海青想到这儿越发担忧，但他强打精神，兜足气力喊了声："好！"天津人喜欢相声，更喜欢起哄，许多观众虽不认识苦瓜和麻子，但听到有人叫好，便下意识也跟着喊。一时间此起彼伏，三四声碰头好，场面还挺热烈，众人目光都集中到台上。海青心道——哥们儿，我只能帮到这儿，下面靠你自己啦！

可能是宿醉的缘故，苦瓜脸色有点儿发黄，但精神还是很足，声音也很清脆："诸位老少爷们儿，说相声的给您请安，今儿头回在这儿献艺，献不好就变成现眼啦！全仗各位捧场。有喊好的朋友可能认得我，我叫小苦瓜。"

麻子接过话茬儿："你怎么叫这倒霉名字？"

"没办法，从小受苦……诸位可别误会，虽然我叫苦瓜，但长得可不像苦瓜。您瞧，我这气色像苦瓜吗？"

麻子道："你这苦瓜长老了，都黄啦！"

海青心中暗赞——好！化被动为主动，脸色不好反倒成了包袱。

苦瓜又介绍："他叫小麻子。不用解释，您瞧他这张脸就明白，一脸的大麻点。"

"咳！你提我这个干吗？"

"能不提吗？明摆着。诸位仔细瞧……"苦瓜指着他脸，"大麻子套着小麻子，小麻子里有小小麻子，小小麻子里有坑儿，坑儿里还有小黑点，这是三环套月的麻子。"

"你贫不贫？"

"有麻子也罢了，还长得这么丑，瞧着就恶心。诸位有所不知，自打认识他之后，我就再也不吃烧饼了。"

有的观众笑了，麻子一副气鼓鼓的样子："我满脸芝麻呀？呸！"

"别啐！你这大麻脸一喷口水，我又想起喷壶了……"

随着笑声越来越响，海青悬着的心稍稍放下，却有些疑惑——"垫话"已经响了，可以进入"正活"了，他俩要说哪一段呢？

苦瓜不慌不忙，依然拿麻子的脸找笑料，一会儿说像筛子，一会儿说像漏勺，麻子越听越气，把脸一扭假装不理他。苦瓜又朝麻子作揖："怎么了？生气了？别不理我呀！没捧哏的这段相声还怎么说？我向您道歉，行不行？您帮我说完，下了台我补偿您。"

麻子这才扭过脸来："怎么补偿？"

"我给您做件衣服。"

"行啊。"

"可我不知您穿多大尺寸。"

"白说了。"

"我给您买双鞋。"

"也可以……"

"又不知道您穿什么尺码。"

"咳！"

"要不我给您买顶帽子？"

"帽子？"麻子摸摸头顶。

苦瓜托着下巴，一副很为难的样子："也不行，我不知您是喜欢白的，还是喜欢绿的。"

观众哈哈大笑，麻子急了，跳着脚地嚷："白的是丧种，绿的是王八！你才戴那帽子呢。还是拿我取笑，是不是？"

"不不不。"苦瓜连连摆手，"我这人嘴笨，不太会说话，真是实心实意向您道歉。这样吧，我请您吃个便饭……"

听到这儿海青心里有数了，苦瓜要表演《报菜名》。这段相声又叫《菜单子》《满汉全席》，行话叫"空哨"，逗哏的假意请捧哏的吃饭，背出一大串菜名，最后却因为没钱吃不了。这个段子历史悠久，据说早年间的菜单并不长，经历代相声艺人逐渐添加，如今竟扩充到二三百道菜，不同艺人的菜单略有不同，但是都要求逗哏演员一口气背诵下来，是典型的"贯口活"。

相声讲究"三翻四抖"，苦瓜先说请麻子吃春饼，配上摊黄菜、炒合菜、炒香椿、酱肘花，后来又改口说请客吃炖肉，砂锅炖牛肉、黄焖栗子鸡，继而又改口说吃面条，三鲜打卤、肉丁炸酱，每次都因为吝啬而反悔，其间笑料不断。最后苦瓜竟还倒打一耙："你这人太不像话！这也不吃，那也不吃，你到底要吃什么？"

麻子一掐腰："是我不吃，还是你不请呀？我看你是铁公鸡——一毛不拔！"

"别急别急，瞧你这没出息样儿，一说吃饭这么心急……刚才那是跟你闹着玩儿，大丈夫一言九鼎，哪能不舍得花钱？真请客不能在家吃，咱们去饭馆，吃好的去！"

"吃什么？"

"南北大菜满汉全席。"

"嚯！好大的口气。满汉全席别说吃，你连见都没见过，还有脸说请我。"

"怎么没见过？我说几样菜名给你听听。"

"你说。"

"头一道大菜就是蒸羊羔……"

开始背菜名了，海青又紧张起来——他昨天喝得烂醉，脸色还这么差，不会出错吧？

苦瓜气定神闲满脸微笑，口中却滔滔不绝："蒸羊羔、蒸熊掌、蒸鹿尾儿、烧花鸭、烧雏鸡、烧子鹅、卤猪、卤鸭、酱鸡、腊肉、松花小肚、晾肉、香肠儿、什锦苏盘、熏鸡、白肚、清蒸八宝猪、江米酿鸭子……锅烧猪蹄儿、炖吊子、烧连筋、烧肝尖儿、烧肥肠儿、烧宝盖儿、烧心、烧肺、油炸肺，全份下水，一百单八样，都带小竹牌子……"贯口不单是卖弄伶牙俐齿，一味追求快，还要有韵律，说是"一口气"背诵下来，其实不可能不换气，只是呼吸巧妙难以察觉。苦瓜磨练多年，基本功扎实，咬字清，归音准，气息匀，声调足，刚开始节奏较慢，后来逐渐加快，快而不乱，慢而不断，通顺流畅，举重若轻，如行云流水一般，"一品肉、樱桃肉、马牙肉、红焖肉、黄焖肉、坛子肉、烀肉、扣肉、松肉、罐儿肉、烧肉、烤肉、大肉、白肉……"长长一份菜单已临近末尾，苦瓜的语速越来越快，海青的心也提到嗓子眼儿，"炖羊肉、酱羊肉、烧羊肉、烤羊肉、五香羊肉、煨羊肉、氽三样儿、爆三样儿、烩银丝、烩散丹、熘白杂碎、三鲜鱼翅、栗子鸡、尖余活鲤鱼、板鸭、筒子鸡！"

随着最后一句"筒子鸡"出唇，茶馆里响起震耳欲聋的喝彩声，反倒是海青忘了叫好，只是长出一口气，手心都攥出汗啦！

因为观众反响太过热烈，苦瓜不得不停顿片刻，待彩声稍止才接着说："这些菜你爱吃不爱吃？"

麻子嚷道："爱吃！"

"想吃不想吃？"

"想吃！"

"想吃也没法儿吃。"

"怎么呢？"

"我兜里没钱！"

"你别挨骂啦！"

观众又是鼓掌又是叫好，苦瓜和麻子满脸堆笑连连作揖，好半天才下台。海青随即起身，往桌上扔了一把铜子就往后台跑。有个茶房正守在后台门口，抬手阻拦，海青连忙抱拳："辛苦辛苦，我拜望朋友。"这句话真灵，茶房立刻让路，掀开门帘往里一瞅——苦瓜和麻子肩并肩站在墙边，耷拉着脑袋，一副无精打采的样子。

怎么回事？难道这都没能通过考核？海青悄悄走进去，才发现他俩正对面有张桌子，左右各坐着一人，左边是位老者，右边是当今最知名的相声艺人张寿爷。苦瓜之所以能到茶楼演出，也是寿爷极力推荐的。

"张先生，您也来了……"海青很仰慕这位大师，想客套两句，却见他一脸严肃，很生气的样子，便把话咽了回去。

寿爷面沉似水，双眼死死盯着苦瓜，好半天才开言，那语气阴森森的："不像话！你昨晚喝醉了，是不是？"

苦瓜一怔——刚才在台上全神贯注，不知师叔到了后台，今晨起来又没和他见过面，他怎么知道我喝醉了？又不敢问，只是低声道："是，我不该喝酒。"

寿爷仿佛能看穿苦瓜所思所想，冷笑道："你是想问，我怎么知道的吧？不错，你穿戴很整齐，身上也没有酒气。但你脸色惨黄，刚才不还拿这找包袱吗？"

苦瓜忍不住发问："脸色黄跟喝酒有关系？"

"当然。人之五脏——心、肝、脾、肺、肾，各有所主，酒多伤肝。你没见凡是有肝病的人都脸色发黄吗？还有人直接把肝病叫黄病，这类病传染，难治得很。你小子身体结实从无宿疾，怎么突然脸色惨黄？眼角还有血丝，必是昨晚喝酒，而且喝了不少，肝脏克化不动。"

"原来是这样。"苦瓜咧嘴一笑，"您老真是无所不知……"

"少跟我嬉皮笑脸！明知今儿登台，昨晚上还灌一肚子猫尿，可见你不知轻重，不明事理。是我推荐你来的，这要是演砸了，不但你'折蔓儿'，连我这张老脸都没地方搁。"

"我知错了。"苦瓜满脸委屈，偷偷瞟了海青一眼——都怪你！

海青心道——是我拉你去的俱乐部，可酒是你自己喝的呀！想帮忙解释两句，可是一瞧寿爷这副怒气冲冲的架势，海青心里也害怕。前辈艺人教训子弟，哪有外人插嘴的份儿？

这时坐在桌子另一边的人开了口："算啦算啦！孩子年轻，正是'混不吝'的时候，想不叫他出去撒欢儿，可能吗？台上'拔份儿'就行，你别太'勒掯'。"海青一进后台就觉得此人眼熟，这时仔细打量，见他年逾五旬，身材清瘦，一嘴纯正的北京话，手里攥着一把三弦琴……突然想起——这位是当今曲坛最著名的弦师韩先生！俗话说得好，红花还得绿叶配，再好的鼓曲艺人也离不开伴奏。韩先生有"三弦圣手"之美誉，京津的鼓曲艺人多以师礼待之，连"鼓界大王"刘宝全、"梅花鼓王"金万昌也对他格外恭敬。以前海青见他时，他都是坐在台边伴奏，这还是头一次近距离接触，竟一时没认出来。

韩先生在旁讲情，寿爷的愠色缓和了些，叹道："罢了，反正你也长大了，什么道理不明白？师父领进门，修行在个人。这碗饭是吃还是砸，你自己看着办……"说到这儿他端起茶杯喝了口水，放下茶杯时已换了和蔼语气，"刚才茶楼老板跟我说，你小子还行，在台上挺有人缘的，以后可以在这儿演了。"

"太好了！"苦瓜闻此言不禁欢呼，麻子也拍手而笑。

"别翘尾巴呀。"寿爷又把脸一沉，"给你二两朱砂就要开染坊，你以为刚才那段《报菜名》使得不错？实话告诉你吧，我在后台听得一清二楚，毛病大啦！你也就贫嘴滑舌有本事，一入'正活'就出错，简直不是人话！"

对相声艺人而言，"不是人话"是很严重的批判，一般是指台词逻辑上有重大错误。苦瓜立时笑不出了，却不明缘故："哪儿错了？"

"哼！亏你还有脸问我。"寿爷从袖中掏出一把折扇，轻轻摇着，"登上同乐的台，你大小也算个角儿了，岂能连自己说错什么都不知道？我不告诉你，自己悟吧，倒要看看你小子够不够聪明。"

苦瓜低着头，把刚才的表演从头到尾在脑海里过了一遍，并未发觉任何错误，不禁自言自语："究竟错在哪儿呢……"

寿爷与韩先生对视一眼，露出一丝笑容，用扇柄敲了敲苦瓜的肩膀："别像木头棍子一样在这儿杵着，出去逛逛吧，到外面溜达两圈你就明白了。"

迈出茶楼的那一刻海青的心情甚是舒畅，感觉阳光都比平时更加明媚，街上小贩的叫卖声像歌曲一样悦耳。对他而言，与苦瓜交往的最大障碍是身份差距，富家少爷岂能衣冠楚楚地往"三不管"跑？那样招人耳目也不安全。故而每次去相声场子他都换上旧大褂，偷偷摸摸，唯恐舅舅发现；今后苦瓜在茶馆演，再来看就方便多了，至少不必再找老吴借旧衣服。

苦瓜却高兴不起来，满脑子都是刚才那段《报菜名》，恍恍惚惚走了几步，就见甜姐儿迎上来。

甜姐儿是苦瓜的青梅竹马，也是穷苦人，从小跟着父亲在"三不管"摆茶摊，就在相声场子附近。因为姓田，笑起来又很甜，故而喝茶的人都叫她甜姐儿，苦瓜与海青之所以成为至交好友，其中还有她一份"功劳"。今天苦瓜试演，她也一直揪心，不顾父亲劝阻跑到茶楼门口等消息——封建年代女子紧守闺阁，大门不出二门不迈，无论戏院还是茶楼，只接待男客；民国以来风气开放，女性也开始走进剧场，原先还是男女分坐相隔甚远，近年来逐渐解除，但曲艺园子里依旧罕有女宾。因为曲艺词句中包含市井俚语，尤其相声有不少"臭活"[1]，女子听了甚是不雅，所以甜姐儿不便进去，在外面守候。

"怎么样？没出错吧？以后能不能演？"甜姐儿满脸关切，"你倒是说话呀！"

海青见苦瓜不言语，替他答道："旗开得胜，马到成功，真是一炮而响啊！"

"那怎么跟霜打了一样？"

"没什么，寿爷教训他几句，正反省呢。"

"顺利就好。"甜姐儿抚着胸口，这才安心，"你们不知我在外等着有多着急，又不敢进去。"

"没关系，这儿是同乐茶楼，跟'撂明地'不一样，嘴上有把门的，你进去看看也无妨。"

"那也不进去！贫嘴滑舌，谁稀罕？"甜姐儿瞟了苦瓜一眼。

苦瓜还是蔫头耷脑不说话，海青又道："不稀罕你还来？"

"我是盼着他多挣点儿钱。"

"原来如此。你不喜欢他说相声，就盼着他挣钱，等挣了钱好挺直腰板跟你爹提亲，是不是？"

"呸！"甜姐儿脸一红，"狗嘴里吐不出象牙，你天天跟着他混，学不出好来。我就不该搭理你们，走了。"说着转身便去。

"开个玩笑，你急什么？"

"我爹一人看摊儿忙不过来，我得赶紧回去，改天见！"

待甜姐儿走远，海青才扭头对苦瓜道："她忧心忡忡等了半天，你怎么连句话都不说？"

"烦着呢！"苦瓜紧锁眉头，"究竟哪儿不对？你有没有想法？"

"你这'老合'都不'清头'，我一个'海青'怎么知道？"

1　臭活，荤段子。

"别看我在台上夸夸其谈，菜名背得挺多，其实那些菜我根本没见过，更别说吃了。你家不是很有钱吗？一定都吃过喽。"

"我也有一大半没见过，什么'炖吊子、烧连筋……一百单八样，都带小竹牌子'，闻所未闻。"

"哼！我还以为你家有多了不起呢。"

"谁家天天熊掌鹿尾？等着吧，以后我若有机会见到这些菜，一定告诉你，要是知道市面上哪家饭馆有卖，我请你吃……不过这月不行，昨天雇汽车送你这醉鬼，把半个月的零花钱都搭进去了。"

"嚯！昨天我坐汽车回去的？"

"是啊。坐汽车回'三不管'小店的，估计你是第一个。"

"这我可真有的吹啦！穷说相声的哪儿享过这福分？坟头上浇开水——欺祖啦！"

"没关系，反正你也不知道自己祖宗是谁。"

"等哪天我要是知道自己姓什么，一定得把这件事写进家谱。你用得着这么破费吗？"

"不雇汽车怎么办？我怕你坐洋车翻跟头！要是跌破脸，更没法儿上台了。瞧昨晚那情形，刚才我真怕你背错。"

"放心，自小下的苦功，就是喝醉了照样报菜名。"说到这儿，话题又绕回来，苦瓜自己跟自己较劲儿，急得抓耳挠腮，"我背了这么多年，不会出错呀！难道是'垫话'有毛病？"

"放轻松。寿爷不是让你出来逛逛吗？那你就开开心心散步，兴许一会儿就明白……"

"我开心得起来吗？"

"那就想想开心的事，以后可以多赚钱了。"

"你还是'血空'[1]，不明白这里的事儿。像我这种小角色在茶楼演出赚不了多少，无非就是'扬蔓儿'，让更多观众认得我。鼎鼎大名的同乐茶楼还怕招不来说相声的？能叫我登台就很不错了，这还是看师叔

---

1 血空，外行。

的面子，给不了仨瓜俩枣。而且这份钱我还得交场子里，大伙均分。"

如今苦瓜跟小麻子、小土豆、小傻子等几个师兄弟在一处"撂地"，掌穴师兄姓陈，绰号叫大头。

"凭什么呀？"海青不理解，"那是你挣的钱！"

"不凭什么，这是规矩。我既是场子里的人，挣来的钱就是大伙的钱。你想想，我和麻子在茶楼演，场子里就少了一对，其他人就得多辛苦，背着抱着一样沉。如果人人都把外面挣的揣自己兜里，谁还在场子卖力气？人心不就散了吗？我们是攒鸡毛凑掸子，互相都得有个照应，有肉不能埋在饭里。"

"话是这么说，但我觉得有点儿冤。"

"没办法，将来我若'响蔓儿'，包银提高，一天能赶三四家茶馆，那就可以脱离场子了。可是现在我还得靠'撂地'活着，一切都得按规矩办，哪能没发财先忘本？"

"唉！我还以为你能陡然而富呢。"

"没富，饿得光剩下抖了……"

这时一个拉着洋车的少年凑过来："少爷，您不是还有约会吗？咱回家吧。"这少年叫刘大栓，十三岁，本来是从滦县到天津寻父的，无意中发现海青和苦瓜的"秘密"，海青看他可怜，便雇他拉包月车，生活上颇为照顾。

海青扫了一眼手表，明知已过三点，却说："还早，不急，我陪苦瓜随便逛逛。"一来他觉得商界的聚会很无趣，二来也想弄明白刚才那段《报菜名》错在何处。

两人严格遵照寿爷的指示，绕着露天市场遛开了弯儿，一边走一边聊。可苦瓜哪儿放得下这桩心事？总是爱搭不理，海青一个人说东道西，渐渐就没得可说了。这会儿正是"三不管"最热闹的时候，外围都是各种做小买卖的，什么卖梳子的、卖膏药的、卖包子的、炸馃子的、修鞋的、补伞的、剃头的、拔牙的……逛市场的人更多，那些在货站码头干重活的人都散了工，陆续聚集到这儿，或是买东西，或是看玩意儿，或是纯粹瞧热闹，仨一群五一伙的，简直摩肩接踵。

一圈还没遛完，海青已满头大汗，掏出手绢擦脸，不禁抱怨："实在太吵了，也太热，我衣服都汗透了，一会儿还得换新的。这倒霉天气，已经八月份了，咋还这么热？"

"俗话说得好，秋老虎赛过伏，中秋之前都别打算凉快。"说完这句话苦瓜突然顿住了，眼睛睁得大大的，回头望着海青，"对啊，现在是秋天……秋天……"

"怎么了？"

苦瓜默然片刻，猛然一跺脚："我明白啦！"

"你踩我脚啦！"

"我总算明白错在哪儿了。"

"哪儿错了？"

苦瓜顾不得跟他解释，转身就往回走，刚开始还是走，后来也不管挡着多少行人，有缝儿就往前挤，惹得众人纷纷埋怨："走路不看人吗？""嘿！长没长眼？""挤嘛？奔丧呀！"他是不管不顾钻过去了，海青跟在后面光剩下赔礼道歉了。

好不容易回到茶楼，两人急急跑到后台，却只见韩先生独自坐在桌边。

"师叔呢？"

韩先生擦拭着三弦："训了麻子几句就走了，估计是赶场。"

"您老不赶场吗？"

"我今天歇着，没应场，到这儿来也是给徒弟把关，一会儿就轮到他了。"说到这儿，韩先生把琴往桌上一放，"怎么样？悟出来没有？"

"唉！"苦瓜狠狠扇自己一巴掌，"我说的确实不是人话。"

"错在哪儿？"海青还糊涂着。

"时令不对！我第一番说请客吃春饼，可现在已经入秋了，哪儿还有吃春饼的？炒合菜、炒香椿，这月份香椿老了，根本吃不得，也没有卖豆芽菜的。幸而还没到冬天，若是十冬腊月，外面飘着雪花，我在屋里说请客吃春饼，岂不成了笑话？"

"哈哈哈……"韩先生仰面大笑，"你小子果然机灵，这两圈没白逛，还真'醒攒儿'了。"

海青不以为然："这也太细致了，鸡蛋里挑骨头嘛。"

"不！"苦瓜断然道，"相声就是要以假作真、入情入理，说出的话若连自己都觉得情理不通，又怎能打动观众？"

"说得好！"韩先生一跷大拇指，"咱们作艺的必须直工直令、精益求精。许观众不在意，不许咱们出错，一万个观众里哪怕有一个挑刺儿的，问出来也是咱的短处。你小子悟性不错，又知道上进，难怪寿爷一个劲儿夸你……"

"师叔夸我？"苦瓜有点儿不信。

"是啊。"韩先生笑道，"瑕不掩瑜嘛。虽说有点儿小纰漏，但大体上很不错，铺平垫稳，贯口流畅。寿爷刚才在后台听着，说你近来大有长进，日后不可限量。"

"真的？"

"我这一大把年纪，还能哄你？别看他嘴上训你，其实心里把你当宝贝疙瘩，甭提多喜欢呢！他这人呀，就这脾气。"

苦瓜赧然道："他是怕我骄傲，故意不给我好脸。其实……"

"嘘！"韩先生突然抬手，打断苦瓜的话。这时只听前台传来悠扬的曲声，三弦、四胡、琵琶、鼓板，继而有人唱起来，原来是梅花大鼓《鸿雁捎书》：

> 塞北沙陀凛冽风，我表的是出了塞的昭君盼想还宫，在心中恼恨奸贼毛延寿，将哀家的《美人图》献与番营。昭君她玉石琵琶就在怀中抱起，她眼含珠泪进了雁门关城……

苦瓜心知是韩先生的徒弟在伴奏，便不再说话，海青也在一旁呆呆站着，连大气儿都不敢出。只见韩先生闭着眼睛凝神聆听，继而又挺直腰板，架起二郎腿，左手在上，右手在下，跟着前台的唱腔虚比画着，上手搬、捻、揉、抹，下手弹、挑、撮、扣，认认真真一丝不苟，宛如在台上一样……忽然他双眼一睁，轻轻叫了声："妙！"

果不其然，他这"妙"字刚一说完，前台就传来叫好声——观众里不乏行家，也听出了好处。其实这只是一段过门，艺人并没唱，单凭伴奏赢得彩声甚是难得。韩先生似乎松了口气，不再跟着比画，一脸傲然地对苦瓜道："你也算半个行家，听听这弦儿！这才叫慢如秋叶荡漾，快如疾风骤雨，比你嘴皮子还溜呢。我这徒弟强爷胜祖，日后造诣还要在我之上……"

"是是是，我哪儿敢跟您的徒弟比？"说相声和弹弦根本不是一个行当，怎能相提并论？苦瓜只是见他欢喜，故意顺着他说。

这段《鸿雁捎书》演完，观众反应甚是热烈，好半天才见通往前台的帘子掀起，唱曲的艺人当先下来，朝韩先生行礼。又过片刻才见弹弦的慢吞吞下来，一手抱琴，一手扶着门框，脚下试探着路——原来是个盲人。

江湖人中有不少失明者，尤其以鼓曲伴奏居多。一是因为他们行动不便，又不能读书，很难从事体力或文案工作；再者他们眼睛看不见，听觉反而更灵敏，乐感优于常人。这弹弦的二十多岁，很懂礼数，听到其他人打招呼，忙停下脚步，原地"打千儿"："师父，您老人家来了。"

"呸！亏你还有脸叫我师父，别不害臊啦！"韩先生刚才还有说有笑，一见徒弟立刻板起面孔，表情变得比翻书还快，"糊涂！你不单眼瞎，心更瞎！这程子没敲打你，怎么'回椁儿'了？唱曲儿的和弹弦儿的，谁是保驾的，谁是'坐纛'的？怎么连这都择不清？把腔儿托稳了才要紧，你自己抖什么机灵……"

海青掩口窃笑——背后夸赞，当面斥责，亏您刚才还说寿爷，原来你们这些当师父的都一个毛病！

苦瓜拉了拉海青衣袖，示意他不要旁观老先生"夹磨"徒弟，两人不声不响下楼。刚一出茶馆大门，刘大栓急急迎上来："我的大少爷，都三点四十了，您还去不去赴约？"

"糟糕！迟到了。"海青急匆匆跃上洋车。

苦瓜已解开心结，又变得眉开眼笑："我还没'响蔓儿'呢，你都已经赶场啦！佩服佩服。"

"昨天跟利迪尔定好了，必须去。"

"记得跟飞毛腿说，曼伦向他问好。"

"好的。"海青往椅背上重重一靠，"唉！我这一下午都为你提心吊胆，聚会虽然无聊，但总算可以轻松一下了……"话未说完，大栓已提起车把飞奔而去。

　　然而海青想错了，更提心吊胆的事正等着他呢。

第二章
吃什么？

自从咸丰十年（1860年）清政府与英国签订《北京条约》以来，先后有英、法、美、德、日、俄、奥、比、意九个国家在天津划分租界，租界失序你争我夺，列强割据好不热闹，不过随着时代的发展，将近一半的地域已被民国政府收回。

最先放弃的是美国，由于美国本身就是自英属殖民地独立的，当时实力未可与老帝国争锋，加之南北战争后忙于自身建设，曾两度向清朝要求退还租界；然而清政府觉得大量涌入的外国人很难管理，又正在搞"以夷制夷"的把戏，竟然不予理会，美国只得将租界转给英国。继而世界大战爆发，德国战败、奥匈帝国解体，这两国的租界被民国政府收回；俄国在战争的影响下爆发了十月革命，新建立的苏维埃政权无暇顾及海外，只能放弃租界换取民国政府的外交承认；比利时的租界面积最小，虽然他们在天津投资电灯、电车、建筑等公共事业，但是由于租界建立较晚，这些公司都设在英国租界，本国的租界一直没建设起来，每年的收入仅能勉强维系开支，成了财政包袱，所以也在交涉归还。至今还在天津拥有大片租界的只剩英国、法国、日本、意大利，其中占地最广、发展最好、公共设施最齐全的是英租界。

英租界建立最早，基础雄厚，在兼并美租界后又继续向西扩展，开辟了三千多亩荒地，经营起一片别墅区。这片地区的规划水平很高，建筑用地不得多过公共面积，街道两旁遍植花草树木，所有房屋均配备水电设施、独立下水道，为了确保治安。该区域内不准开设商铺、工厂、学校，环境十分宁静。所以不但外国人乐于居住，中国人也趋之若鹜，大量政客、富商、学者乃至前清遗老、下野军阀都在这片地区居住，海青家也是其中之一。

海青从"三不管"回到租界，不仅是从喧嚣到宁静，更是从天津最乡土的地方到最西式的地方，宛如穿越到另一个世界。不过他没时间享受悠闲，聚会已经迟到，饶是他迅速换好干净衣服，大栓也开创了拉车速度的新纪录，当洋车停在刘会长家门口时也已将近下午五点。

新兴商会的会长刘文卿是个传奇人物，他是直隶乐亭人，年轻时来天津务工，虽没有海外留学的背景，却在开放的商业大潮中与外商结下亲密关系，靠给洋行担任买办淘到人生的第一桶金。后来独立经商，创建了新泰贸易行，靠进出口生意赚了不少钱。虽然他的资产远远比不上郑秉善，却一直跟军政府保持着亲密关系，无论皖系、直系、奉系，哪一路军阀上台他都能迅速跟当权者打成一片，被委以咨议、帮办之类的职务，可以说他是亦商亦官，他主持的这个新兴商会不是单纯的民间组织，更像是官商乃至外国人之间沟通的掮客。总而言之——在商界中他是官当得最好的，在政界中他是最善于经商的，在政商两界他是认识外国人最多的。

似乎是为配合他亦商亦官的身份，他家房子也盖得半中半洋。整体结构是一座三层的欧式建筑，有点儿乡村别墅的风格，却加了许多中国传统装饰，檐上有兽头，砖上有镂花，起脊屋顶还铺着青瓦，感觉非常怪异，倒也不难看。平心而论这幢房子不是很大，在英租界的众多公馆里只能算下等，但是刘文卿在家乡还坐拥大片产业，而且他有个习惯，永远跟着当权者跑，皖系当权他就在合肥买房，奉系当权他又在奉天买房，天津这栋房子不过是他诸多落脚地之一。

按响门铃的那一刻海青还在为迟到而自责，不过当他踏进那幢建筑时羞愧立刻转化为庆幸——客厅里满满当当全是人，有老有少，或坐或站，或饮茶或交谈，尽是商号老板、银行经理、洋行买办，有些还携夫人前来，甚至还有几位小报记者，人挤人、人挨人，比"三不管"还热闹。不是刘家客厅不够宽大，而是来客太多，他们甚至已经蔓延到餐厅。

仿佛是嫌这场面还不够乱，楼梯对面竖着一架照相机，镁光灯每隔几分钟就"轰"地响一下。利迪尔就倚在楼梯扶手上，笑得很不自然，因为与他合影的人像走马灯一样在换，显然这些人把奥运冠军当成照相道具了。

海青的到来暂时将利迪尔解救，很快就有人转移到他这边："您是利盛商行郑先生的外甥吧？""关于最近粮食、棉布的行情暴涨你有什么看法？""南北局势变化会对贵公司造成影响吗？""罢工的潮流会继续蔓延吗？""不知您有没有兴趣再投资一些股票……"

海青努力保持微笑，回答都很简略，"不清楚""不知道""不感兴趣"，绝对都是真心话。不少客人失望地走开，并暗自为郑秉善先生难过——未来的继承人是个一问三不知的废物，家门不幸啊！

海青倒不在乎大伙怎么看自己，经过他和利迪尔的共同努力，他们终于各自摆脱纠缠，在餐厅角落的大花瓶后面"胜利会师"。海青蹲在花瓶架子后面一个劲儿道歉："对不起，我来晚了，迟到一个小时，实在太失礼……"

"一个小时吗？我感觉是一个世纪，上帝会惩罚你的。"

"抱歉，我前面还有个约会，本来想尽快赶过来，可惜我没你跑得那么快。"

"别再提这个，外面那些人除了聊生意就是聊我的腿。"

"哦，曼伦向你问好……"

这时房子的主人突然出现："谁在花瓶后面？哦，海青……在那儿干什么？"

"花瓶很漂亮，我想仔细看看。"海青红着脸走出来，鞠了一躬，"刘叔叔，您好。"

"你好。"刘文卿身材不高，五十岁左右，身材略有些发福，穿衣风格和他的住宅风格保持一致，中式大褂配西式皮鞋，留欧式的胡子，叼着家乡的旱烟袋，"最近天气不错，桂花都开了，郊外的景致不错，你没出去玩玩吗？"

海青微微一笑："正有这打算，只是目前有点儿忙。"其实连他自己都说不清自己整日瞎忙什么。

刘文卿又道："我听说新上映的电影《天涯歌女》挺不错的，欧阳予倩是位天才的导演，你看过了吗？"

"没有……刘叔叔也爱看电影？"

"还行，最近也是机缘巧合，看了许多部电影。其实我还是更喜欢看戏，听说《顺天时报》正在评选五大名伶，我要是投票一定要投给梅兰芳、白牡丹（荀慧生早年艺名）的……"刘文卿跟郑家交往甚久，算是少数的明白人，知道跟海青没有正经事可言，经过一番闲扯最后才问出那句关键的话，"你舅舅怎么没来？"

"他出国了，谈一笔生意。"

"德国？"

"是的。"海青很意外——他怎么猜到的？

"不愧是郑老板，有先见之明。"刘文卿咕哝了一句，脸上流露出钦佩的表情，"哦，你也留下吃晚饭吧。"

在目睹客厅的盛况后，海青实在没信心留在这里用饭："谢谢您，恐怕我……"

"留下来陪我吧。"利迪尔帮腔道，"你已经迟到一次了，别再让我失望。"

"但是……"

"别操心外面那些人，下午茶很快结束，留下吃饭的只是刘会长的私人朋友。他们也都是俱乐部的常客，一会儿我介绍给你。"

"可是……"

这时刘文卿说出一句很有分量的话："两个月前我刚聘请到一位新厨师，是餐饮界很知名的师傅。他手艺好极了，朋友们都喜欢，他能做许多菜，就像……有段相声叫什么来着？哦，就像《报菜名》里说的，南北大菜满汉全席！棒极了，哈哈……"

于是海青的决定就这么改变了。

大约一小时后，镁光灯飘出的迷雾散尽，客人走得差不多了，除去海青和利迪尔之外，客厅的沙发周围还剩六个人，五男一女，竟然没有一个中国人，他们分别来自不同国家。

其中最有权势的是英国工部局的董事——格林先生。工部局是租界的行政机构，最高决策层便是董事会；英国工部局共设九个席位，其中英国人五席、中国人三席、美国人一席，均由租界内纳税人推选产生，任期一年，当上董事就意味着成为租界内最有权势的人。格林先生年近六旬，原本金黄的头发已有些发白，他不仅是杰出的商人，据说还拥有什么爵士头衔，在英国侨民中有很高威望，已经连任两届董事。利迪尔介绍，他是一位很和蔼的绅士，但海青没瞧出来，反而觉得这个英国人表情木讷、心事沉重，似乎有点儿不高兴。

这也难怪，此刻他妻子正和一旁的法国人聊得热火朝天。格林夫人比丈夫年轻许多，相差至少二十岁，穿着一身艳丽的百褶长裙，在海青看来这身装束有点儿小题大做，不适合这种聚会，更适用于社交舞会。她有一张活泼可爱的脸，金发碧眼身材小巧，说话声音很小，笑起来很迷人，像只顽皮的小猫咪。

与她说笑的法国人叫高缇耶，四十上下，又高又胖，胖到坐进单人沙发都有些困难，即便穿了一件很宽大的黑西服，还是包不住他肥硕的肚子，于是他又围一条浅灰色的缎面腰封，这才勉强将最下边的两颗扣子系上；他的圆脸上留着两撇上翘的小胡子，并不浓密的黑头发梳得整整齐齐，紧贴在鸡蛋形状的脑袋顶上，还泛着油亮亮的光，不知抹了多少发蜡，他是利威洋行的经理。利威洋行是一家出售珠宝、钟表的法国公司，总店在上海，高缇耶主管天津分店的业务。他身后还站着个年轻小伙，鹰钩鼻子、褐色头发、相貌英俊、笑容可掬，手里提着个公文包，一直跟着高缇耶插科打诨，那是他手下的业务员，据说是瑞士人，却给自己起了个中国名字——李亚溥。

相较而言，坐在长沙发另一边的两人沉默多了，美国人福克斯和德国人米勒，虽然都不说话，却是两个极端。

福克斯先生大约四十岁，穿着一身花呢格子西装，系着一条花哨的领带，梳大背头，明晃晃的戒指，金灿灿的手表，油亮亮的皮鞋，跷着二郎腿，抽着大雪茄，一副财大气粗、玩世不恭的架势，他是影剧行业老板，到处搞投资，也是这群外国人中唯一不在天津长期居住的，他来中国只是旅游。

米勒先生无疑是所有客人中年龄最大的，恐怕超过七十岁了，留着稀疏苍白的短发，鼻梁上架着一副厚厚的金边眼镜，穿着一身笔挺的黑礼服，那礼服的款式很老，老到现在的裁缝店已经不做了，穿这身衣服简直可以去拜见慈禧太后！他浑身上下透着严谨刻板，从来都不笑，还随身带来一只大皮箱。利迪尔说他是个房产租赁商，可他看起来丝毫没有商人的随和气质，倒像是退役军官。

听完利迪尔的介绍，海青忍不住想笑，感觉自己仿佛正在参加某个国际会议，或是正在逛动物园。这些外国佬他一个也不熟悉，聊以慰藉的是，除了福克斯以外，其他人汉语说得都很好，看得出都是在租界混了多年的中国通。这些人都跟刘文卿有很深的交往？不像。海青猜测，或许真正吸引他们的是刘家的厨子。

"好了，亲爱的朋友们。"刘文卿微笑着招呼，"请允许我介绍一下我的妻子……"

刘夫人是个身材矮胖的中年妇女，盘着发纂儿，穿青布旗袍，下面是一双半大不大的"解放脚"[1]。跟热情健谈的丈夫不同，她非常羞涩，见到众人只是微笑点头，半个字都没说——海青曾听舅舅提及，刘文卿闯荡商海之前就在家乡娶妻生子，刘夫人一直守着老宅，养育儿女操持田产，最近才来天津。刚才有那么多客人，夫人却一直躲在楼上，可见不善交际，不过她也在努力适应新环境，比如配饰方面，她左腕上挂着一串檀木佛珠，右手却戴着一枚西式钻戒，和她丈夫的半土不洋的风格非常契合。海青不禁对刘文卿多了几分好感，发财不娶姨太太，一直和结发老妻相濡以沫，还真是有情有义之人。

1　解放脚，早年缠足后又放开的脚。

绅士们出于礼貌一致称赞刘夫人很美丽，高缇耶甚至想吻一下夫人的手，不过没成功，夫人迅速后退两步，那矫捷的动作与她臃肿的身材极不协调，显然是被吓到了。

刘文卿想制止这混乱场面，张开双臂像赶鸭子一样招呼道："朋友们！朋友们，已经六点钟了……请到餐厅就座，咱们边吃边聊。"

这时门铃响了。

"还有别的客人？"

"没有啊。"刘文卿摇摇头，"或许有人落下什么东西。"

刘家的仆人把门打开——外面站着一位少女。

这是个叫人一见就难以忘记的漂亮女孩，约莫十六岁，明眸皓齿长发乌黑，笑起来非常甜美，虽是中国人，却穿了一身淡粉色的西式晚礼服，脖子上戴着一串珍珠项链，纤细的裙腰、蓬松的裙摆，越发衬得她亭亭玉立婀娜动人。

面对这样一位可爱的不速之客，刘文卿不知所措，很和蔼地问："小姑娘，你找……"

"您就是刘叔叔吧？"女孩笑得越发灿烂道，"冒昧来访请多包涵。"她深深鞠了一躬，又转身招呼，"爸爸，快过来呀！刘叔叔果然在家。"

一个身材高大穿着警服的男人随即出现在门口，也爽朗地笑着："刘会长，好久不见！我刚好从您家门前路过，过来看看……"他的目光迅速而不失礼貌地扫过客厅中所有人，最后落到海青身上，笑容变得有些尴尬。

海青同样很尴尬，他不愿意见到这位老相识——天津警察厅的二把手，曹副厅长。

由于曹氏父女突然来访，晚餐的人数增加到十二位，圆桌坐不下，只能用西式餐桌，即便如此还是拥挤，这主要是拜主人的装饰风格所赐。在刘文卿看来，餐厅似乎不仅是用来吃饭的，也可以用来展示自己的爱好，于是五斗橱上摆了青铜雕像，墙上挂了几幅画，再加上墙角的大花瓶，搞得用餐空间十分狭小。

用长桌子吃中餐是件非常烦人的事，难以保证客人夹到每道菜，刘文卿很有风度，当仁不让坐到窄的一头，这也符合他主人的身份。海青立刻走向另一头，瑞士职员意识到自己身份低微，与海青竞争起来，经过众人七嘴八舌的调解，最后还是海青坐在那里——毕竟是中国人嘛，应该尽地主之谊。仿佛是对他绅士风度的补偿，曹小姐立刻坐到他左手边。

"嗨！我知道你。上次小丑侦探揭露'三不管'命案，你也在现场，对吧？"曹小姐一落座就兴致勃勃提起此事。

"呃……对，那宗案子给我招来不少麻烦……"海青想起几个月前各种小报纷纷登载"利盛少爷诱拐卖茶少女"的绯闻，有些难为情。

曹小姐无心听他解释，自顾自念叨着："小丑究竟是什么来历？虽没有亲眼见到，但听说他来无影去无踪，不惧危险伸张正义，就像小说里的亚森·罗平一样，我猜他摘下面具一定是个美男子。"

美男子？海青咬住下唇，竭力不笑出来："你也知道罗平？"

"我在中西女校读书，看过不少侦探小说。"中西女校是天津著名学府，中英双语教学，采用道尔顿学分制，还经常组织各种文化活动，但是学费高昂，只有达官贵人家的女儿才上得起。

"你也会外语喽？"

"当然，不会的话怎么读罗平小说？但是没想到生活中真有这样的奇人，好想和他见一面呀！"

"恐怕你爸爸不喜欢这个小丑，被他搞得有些难堪。"

"是啊，爸爸到现在还耿耿于怀，发誓要抓到他。"

海青终于笑出来："恐怕永远也抓不到。"那次事件之后苦瓜把夜行衣和小丑面具藏了起来，发誓再也不管闲事。

"我也希望抓不到，爸爸从不懂浪漫。"曹小姐努努嘴，"有时我也觉得他很无聊，总是想挤进别人的社交，比如今天这场晚宴，还要拉上我给他当翻译。"

海青倏然意识到，曹小姐说漏嘴了。曹副厅长并非偶然路过，他是故意挤进这场聚会的，还考虑到可能有外国客人在场，把女儿带来当翻译，方才大门口的那一幕不过是他们父女合演的一场戏。他为什么非要参加？难道这场聚会与他有关？

经过好一番谦让，所有客人都已就座；因为临时更换餐桌，刘家的仆人忙着重新摆放碗碟。刘文卿觉得这时该说些什么："很荣幸邀请大家共进晚餐，我想生意方面的事刚才都谈得很顺利，现在让咱们共享清闲时光。各位来自不同的国度，今天却齐聚一堂，我相信只有在天津租界里才有这样的盛况，大家亲密和睦，宛如一家人……"

刘文卿扬扬自得，完全没意识到这是个糟糕的开场白，其结果是差点儿导致"第二次世界大战"。

格林先生清了清喉咙，很严肃地说："刘先生的观点我个人不敢苟同，事实上不是十分和睦，尤其是最近大批德国人回来之后，治安越来越糟。"一次大战德奥战败，两国租界撤销，侨民被迫回国，他们遗留的产业或被民国政府没收，或被英法财阀瓜分。而随着局势缓和，民国政府与德国重新建交，近年来又有许多德国人回到天津，物是人非当然会引发矛盾。

身为德国人，米勒先生不得不捍卫尊严，他的蓝眼珠透过厚厚的镜片直视着格林："尊敬的董事阁下，这个问题咱们讨论过，我一再声明，我的那些同胞原本都很富有，是战争改变了一切。他们已经失去很多，现在别无所求，只想恢复正常的生活和工作……"

"战争是谁挑起的？"

"导致战争的那个国家已经解体了，即便我国也有责任，但是身在中国的侨民绝对是无辜的……"

"容我插句话。"高缇耶气势汹汹加入辩论，他嗓门非常高，震得桌上的玻璃杯嗡嗡作响，"昨天有一对德国夫妇去了我们公司的员工宿舍，声称那是他们的房子，我说这房子是我从中国人手里租的，已经和他们没关系了，他们要求再转租过去，出的价却低得可怜。我不答应，他们赖着不走，还哭哭啼啼的，搞得附近的居民都来围观，就好像我做了什么见不得人的事一样。这很过分！"

米勒微微低头："仅就此事我向您表示歉意……"

格林先生却见缝插针："莎士比亚说，少量的邪恶足以抵消全部高贵的品质，害得人声名狼藉。我想对国家而言，这句话同样适用。"

"没错！"高缇耶继续嚷着，"我对德意志民族一向友好，即便你们侵略过我们，我还亲自参加过战争，但我始终认为一切都是政客们搞的鬼，没有谁真的喜欢打仗，时过境迁不该再有仇恨。但昨天的事改变了我的看法，那对夫妇一再搅扰，使我无法安心工作。"

米勒连忙安抚："别激动！他们并没把你怎么样，不是吗？一切都会过去的，他们只是怀念旧日时光。万事都在改变，毕竟连我们的皇帝都退位了，现在咱们不存在矛盾。"

这番话转移了矛盾焦点，高缇耶的态度立刻转变："是的，唯独这件事你们做得有风度……不像某些国家，还把封建君主当宝贝。"法国人的目光轻轻瞟向英国人。

"我抗议！"格林先生很生气，"我们有权维护自己的君主，这并不影响国际交往，难道这场战争还不能证明我们的友谊吗？"

"没错，友谊地久天长。"高缇耶以嘲弄的口吻道，"只不过你们在海峡另一边，没看到我们法国的残垣断壁。你们的军队拍拍屁股走了，回家喝着苏格兰威士忌、吃着牛肉腰子饼，而我们却丧失了无数民众，那些保护国家的英雄至今还无家可归，也没有工作，只能在教堂和剧院里借宿，还要承受弹震症的折磨。"

"那你也没关照他们，而是雇用瑞士员工，因为他们不像你们法国人那样动不动就罢工，不是吗？"

"嘿！"高缇耶又愤怒了，"想雇用谁是我的自由……"

"好好好。"格林先生针对的还是米勒，无意与他争吵，"我收回刚才的话，一切都会好转的，《洛迦诺公约》已顺利签署。美国促成并见证了这一切，不是吗？"

美国人福克斯却否认道："不，或许那不是个好合约，并不能解决实际问题。我作为一个忠诚的民主党人，不赞成。"

格林先生很讶异："你们民主党不一贯宣扬平等和睦吗？你不应该

反对贵国政府的主张呀。"

"是的，可问题是现在的总统是共和党人，所以我反对……"

餐桌上已吵成一锅粥，所有人都自说自话，曹小姐愤愤不平，敲着桌子道："该抗议的是我们！你们说了半天，别忘记这是在中国，你们还能不能安静吃饭？而且当初巴黎和会为什么不归还山东？"厅长赶紧按住女儿的手："你就别跟着添乱啦！"他完全错估情况，没想到这些老外不但会说中国话，甚至能用中国话吵架，根本没必要带女儿来。作为主人的刘文卿已完全插不上嘴，海青和利迪尔也不知如何解劝；格林夫人倒一直在劝，但她那猫一样细小的声音已被淹没，根本听不清说的是什么，刘夫人似乎又被吓到，捻着佛珠不停地念叨："菩萨保佑，菩萨保佑……"

"诸位！安静，安静！"瑞士职员李亚溥站起来，脸上带着和善的微笑，环顾在场每个人，"按照中国人常用的说法，咱们聚到一起就是有缘。无论战争还是什么更糟的事，都已经过去了，或许彼此之间还有小摩擦，但我们应该抛开成见，珍惜现在的快乐时光，孔子说'有朋自远方来，不亦乐乎'，孟子说要'与人为善'，相信大家留在这儿是出于对刘先生的尊敬，所以首先我们应该对主人表示感谢。"

海青瞥了一眼这位小职员——天才！真是拯救晚宴的大英雄！

众人都闭嘴了，米勒擦着眼镜，福克斯松松领带，高缇耶在脖子上塞好餐巾。沉默片刻后，众人齐向主人致谢，刘文卿又找回了自信，欣欣然捋着小胡子。只剩下位高权重的格林先生还在喋喋不休："可有些事不能通融，比如……"

"大卫！"格林夫人柔声呼唤丈夫的名字，"别说了，上帝保佑我们所有人，保佑米勒先生，保佑你，也保佑克瑞格，请看在上帝的分上，少说两句吧。"格林先生轻轻拉住妻子的手，终于不再争吵。

海青有点儿糊涂——也保佑克瑞格？克瑞格又是谁？

"嘿！"曹副厅长灵机一动，找到新话题，"这位瑞士小伙连孔孟的话都能娓娓道来，了不起呀！高先生，您雇到一位好员工。"

"没错！"高缇耶眉飞色舞，"我们利威雇用的都是优秀人才，亚溥是他们当中最棒的，仅仅这个月他就售出十三件名贵首饰，绝对是金牌推销员……当然，主要还是因为我们的珠宝品质一流。"

"确实不错。"福克斯举起手，向大家展示他手上亮闪闪的蓝宝石戒指。

格林夫人很惊讶："您也从亚溥那儿买的戒指？"

"是的。"

"我也是！"格林夫人兴奋地举起左手，"刚才我注意到了，刘太太的钻戒跟我的一模一样，这绝对是命运的安排！"

刘文卿笑了："都是利威出品，亚溥上门卖给我们的。"

李亚溥向刘夫人鞠躬："您还满意吗？瞧这钻石，晶莹剔透，就像观音菩萨玉净瓶中滴下的圣水……"继而他的目光转向格林夫人，"又像圣母玛利亚纯洁的眼泪。"

海青心中暗忖——不愧是金牌推销员，真能投其所好，比说相声的还会说！

李亚溥绕到福克斯身边，以明显阿谀的口吻道："蓝宝石代表真理和希望，也是财富的象征，最适合您这样的企业家、冒险家……"说着他已踱到米勒先生身后，"而且宝石坚韧不朽，我一直觉得这跟德国人的传统品德相似……"见米勒先生还是那副刻板的表情，他悄悄走开，又亲切地拍了拍曹厅长的肩膀，"中国南北交战局势动荡，储存宝石也能使财富保值……"最后当他重新落座时目光已经转向海青，"我们的产品采自北非，宝石都是经过精挑细选，首饰工匠也都是一流水准。不但有蓝宝石、钻石，还有红玛瑙、紫水晶、绿松石和黄玉，最棒的是祖母绿，清澈如水，美极了。"

海青低头看了看光溜溜的双手，他生日在五月，祖母绿恰好是五月的幸运石，似乎可以考虑买一枚祖母绿戒指。

李亚溥也没忘记利迪尔，以崇敬的口吻道："冠军奖牌若能镶几颗钻石，那才叫完美！"

利迪尔不吃他这套："奖牌只是象征，没必要搞得俗气。"

亚溥不气馁，越发恭维道："我一直觉得奥运冠军除了艰苦不懈的努力，更重要的是天赋。我有个朋友小时候很爱游泳，发誓一定要成为奥运游泳冠军，也付出许多努力，可现在……"

"他成功了吗？"

"没有，但他找到了发挥他特长的工作。"

"当游泳教练？"

"不，他在威尼斯当交通警察。"

哈哈哈……除了刘夫人，在场所有人都笑得前仰后合，海青也承认这是个好包袱。一直满脸阴郁的米勒先生终于有了笑容，俯身拿起那只时刻不离身的皮箱："我给大家带来份礼物，是从朋友处借的，可以当餐后节目。"

"什么东西？"

"一部电影！刘先生，我记得您家有放映机，是吧？"米勒把一卷金属盒包装的胶片从箱子里取出，"这部电影叫《诺斯费拉图》，是一部吸血鬼的恐怖片。"

海青瞠目结舌，万没想到这位不苟言笑的德国老人竟有这份闲情逸致，震惊过后，几个年轻人发出欢呼。尤其是曹小姐，不停地拍着手："我都等不及了，现在就想欣赏电影。"

"请先欣赏我家大厨的手艺，精彩程度绝对不输给电影。"刘文卿自信满满地说。

厨房的门豁然敞开，刘家的四位仆人准备就绪，每人手中一只红木托盘，托着热气腾腾的菜肴，给人一种近乎神圣的仪式感。菜还未摆上桌，香味已经飘过来，一时间静悄悄的，所有人都在暗自吞口水。格林夫人表现得最镇静，她双手紧握举到胸前："让我们先做祈祷吧。"

祈祷的过程中出现分歧，大多数人感谢的是上帝，刘夫人感谢的是观音菩萨，曹小姐说她只感谢厨子。

第一道菜上桌，是拌菠菜。烫熟的菠菜摆在青花碟子里，上面覆盖着蒜泥和花生碎末，还有几粒鲜红的小辣椒，淋着醋和麻油。东西虽不出奇，但这是时令蔬菜一年中最可口的时候，而且刘家的厨子很注意菜品的造型，红绿相间十分可爱，故而这道菜有个好听的别名——红嘴绿鹦哥。

第二道菜是炒红果。红果就是山楂，这也是秋天的时令水果，这种酸酸的果子似乎不适于烹饪，但是天津人用水把它煮到半熟，加上砂糖炒制，成了一种极具地方特色的小吃。刘家的厨子似乎另外加了蜂蜜，打破单一的酸甜，使味道更为浓郁。

接下来是盐水肝尖、蜜汁排骨、酱焖酥鱼、五香牛肉……都是适合下酒的菜。果不其然，刘文卿叫仆人取来一坛好酒当众启封，不过外国友人显然都领教过中国白酒的厉害，响应者寥寥，格林先生似乎想要喝一点儿，却被他妻子夺去酒杯，此举逗得众人直笑。最后除了不知深浅的福克斯先生以及曹副厅长，其他人均表示力不从心，于是又开了一瓶葡萄酒，那是高缇耶带来的礼物。

据说自清朝乾隆年间以来，官宴是有等级的，最高的一等称"燕翅席"，顾名思义主菜里要有燕窝、鱼翅；略低一等的是"鸭翅席"，主菜自然是鸭子，或蒸或炖，尤其烤鸭时兴以来，这几乎成了宴席上不可或缺的菜品，就连天津的鸿宾楼、燕春楼、会宾楼等清真饭店也以烤鸭驰名。海青完全不晓得自己举杯时说了些什么，全部注意力都在餐桌上，他倒要看看所谓"南北大菜满汉全席"是什么阵势。

但很快他就意识到轻信别人往往会失望，滑炒银丝、清炒虾仁、醋熘鱼片、油爆猪肚、油焖大虾、芙蓉鸡片、葱烧海参、清汤银耳、香酥鸡腿、糖醋鲤鱼……每道菜都十分精美，却没有《报菜名》里蒸鹿尾、蒸熊掌之类的珍馐，也没见到什么烧宝盖儿、炖吊子之类传说中的菜品。不过海青承认，刘家的厨子有一种化腐朽为神奇的本领，能把饭店里很常见的菜肴烹制得异乎寻常，总能有所创新，这位师傅的手艺不输天津各大饭店的任何一位主厨。而且食材也很好，海参最小的也有中指那么长，瑶柱粒粒晶莹大小一致，还有北方很少见的板鸭、火腿，有一道菜是烩鳎目鱼丁，把鳎目鱼去骨，只取肚腩的嫩肉，切成半寸大小的方丁，然后煎炸烩制，能切出满满一大盘肉丁的鱼得有多大呀！

这菜品对海青来说尚且有吸引力，外国人更不必提。这些金发的、棕发的朋友根本顾不上说话，一个个低着脑袋、张牙舞爪，全神贯注对付眼前的美食。格林先生失去了他高贵的矜持，米勒的蓝眼珠一直盯着盘子里的肉丸；高缇耶是典型的老饕，无论什么都夹一大堆，然后风卷残云般往嘴里塞；而坐在他对面的福克斯却紧锁眉头，似乎内心深处正在挣扎，他实在用不惯筷子，尤其喝过白酒之后更拿不稳，所以在考虑能不能直接下手抓。几乎每道菜只能在桌上停留两三分钟，然后立即就被分抢一空，这场你争我夺的大戏在黄焖鱼翅端上桌时达到高潮。面对这一幕，海青不禁联想，是不是二十多年前这些外国人在中国争夺租界时就是这幅情景？多亏曹小姐怕海青离得太远，总是帮他把菜夹到眼前，他才有幸把每样都尝一尝。

酒过三巡，菜过五味，肚子都填得差不多了，餐桌上的人似乎领悟了孟子说的"与人为善"，大伙已把那场饭前争执抛到九霄云外。格林先生与米勒碰了杯，高缇耶与福克斯称兄道弟，格林夫人与刘夫人鸡同鸭讲地聊着天，李亚溥和利迪尔在钻石的问题上不再有分歧，连海青和曹副厅长互相看着也不碍眼了。海青深刻体会到，难怪刘文卿以自家的厨子为荣——这位师傅绝对是他结交达官贵人的重要本钱。

"谢谢您的款待，一切都那么美好。"英国夫妇最先向刘文卿说起感激的话，相较饭前那番感谢，这次真诚许多。

米勒说："这是我第二次在这里用饭了，和上次一样无可挑剔，我觉得烹饪也是一种艺术。"

"没错！绝对是艺术。"李亚溥附和着，依然不改他逢迎拍马的本色，"刘先生能聘请到这样一位艺术家，同样慧眼不凡。"

"哈哈哈……谬赞谬赞……"刘文卿得意扬扬地叼起烟袋，"这位厨师确实很了不起，他姓丛，叫丛富贵，是餐饮界响当当的人物，著名的鲁菜师傅，曾在多家大饭店担任主厨。后来他为了钻研技艺竟然舍弃高薪，南下江淮两广，还去过四川，到处寻访名厨学习菜肴，一去就是十多年，刚回到天津就被我盯上，为了聘请他我也是三顾茅庐啊！"

"原来如此。"这解开了海青的疑惑——丛师傅做鲁菜融入南方的配料和技法，难怪滋味独特。

高缇耶解下餐巾，仔细擦干净手，松了松腰封，让他塞满美食的大肚子更舒服一些，又小心翼翼清理了胡子，然后将餐巾往桌上一放，郑重其事地说："在我们法国，如果一顿大餐烹制得非常成功，我们通常会把厨师请过来，敬他一杯酒，向他致以最真挚的感谢。"

"对！"福克斯举起酒杯，用蹩脚的中国话嚷道，"把我们的大艺术家请出来。"

在众人的呼唤声中，刘文卿亲自走进厨房，把丛富贵领出来。不得不说这位大厨改变了海青对饮食行业的偏见——他印象中名厨都是高高的、胖胖的，长着红扑扑的圆脸。丛师傅不是这样，他五十岁左右，身材很瘦，个子不高，脸色黑黝黝的，满口白牙格外醒目，若不是穿着白大褂，系着油乎乎的围裙，戴着厨师帽，说他是顶着太阳拉洋车的也有人相信，这可能是他多年奔波外埠所致吧？迈出厨房的那一刻他还笑盈盈的，但当他看到众人之后，笑容就凝固了，显然见到一群外国人使他手足无措。

格林先生率先伸出手："谢谢您的款待。"

丛师傅赶紧解下沾满油污的围裙，用干净的那面擦了擦手，才和英国人握到一起。

"太棒啦！"高缇耶一跃而起，给丛师傅献上一个拥抱，由于动作太大碰翻了桌上的酒杯，酒洒在厅长身上，曹小姐赶忙起身帮父亲脱去警服。

法国佬嚷着："我这一生都不会忘记这一餐。"他实在太热情了，光拥抱还不够，竟然在丛师傅的脸上亲了一口，那架势活像一只大狗熊在啃玉米。

众人瞧了忍俊不禁，米勒先生却很感动，蓝眼睛里闪着光芒，感叹道："有些事、有些人确实一生都难以忘怀，至今回想起来还历历在目。"

曹副厅长挽着袖子，颇有感触地点点头："是啊……"

丛大厨被法国人的热情吓晕了，以至于跟米勒握手时一直颤抖。福克斯早等不及了，而且喝得有些多，冲上前给晕头转向的丛大厨灌了杯酒，并且表示他可以支付更高薪水，希望丛大厨以后为他工作。刘文卿顿时紧张，赶紧示意丛大厨回厨房去，于是这场艺术家见面会戛然而止。

"电影！电影！电影！"曹小姐、海青、利迪尔齐声呼唤下一个节目，于是众人转移战场，乱哄哄地爬上二楼。

刘家二楼除了有间客房，绝大部分空间都被刘文卿的书房占据，其实说书房不如说是收藏室，架子上只有薄薄几本书，其他地方摆满瓷器和雕塑，依旧是土洋结合什么都有。仿制的石膏维纳斯盯着面前的康熙五彩瓶，黄铜拿破仑挥舞长刀，刀尖指向抱着鲤鱼的惠山泥娃娃，北墙上挂着国画《山海图》，南墙却是波斯风格的挂毯，西墙倒是很干净，但是摆在墙边的日本刀架与两侧的沙发毫不协调。

客人们没有质疑主人的品位，反而赞叹主人收藏丰富，尤其是福克斯先生，几乎每看见一件东西都要问价钱，似乎什么都想买，他自从喝下白酒后说得最多的就是"How much（多少钱）？"和"嘛好吃？"刘文卿随口搪塞，忙着指挥仆人摘去挂毯，换上一块白布单做银幕，又亲自把放映机摆在大班台上，固定好电影胶片，调准镜头角度。年轻人已跃跃欲试，干脆直接坐在地板上，成了最前排的观众。

一切准备就绪，灯光熄灭，恐怖电影开始……

任何一部电影，只有在电影院里才能享受最佳观感。刘家的小放映厅无疑印证了这一点，没音乐伴奏，单纯盯着屏幕已使感觉大打折扣，后面再有人窃窃私语就更不好了。最烦人的是必须有位观众牺牲手腕，一刻不停地转动放映机摇杆，这项艰巨的任务交给了专业运动员利迪尔。电影还没开始福克斯就出言嘲讽："我们美国已经能看到有声电影了，无声片早晚要淘汰。"格林先生也不屑地嘀咕着："没有任何戏剧比得上我们的莎士比亚，这种歇斯底里的影片纯属恶俗趣味，而且我怀疑吸血鬼的故事是根据我们英国小说《德古拉》改编的。"于是法国佬又向他泼冷水："我得给您提个醒，《德古拉》的作者是爱尔兰人，贵国几年前已承认南爱尔兰的独立地位。"照这个势头发展，世界大战又要爆发了，而这次米勒先生一言不发，微笑着倚在沙发上，似乎对这部电影的感染力很有信心。

果不其然，很快他们就不再废话了。当吸血鬼从棺材里站起来的那一刻，所有男士都屏息沉默，所有女士都惊声尖叫。大伙已经暗自庆幸这是一部默声片，时而闪现的字幕能缓解恐惧。饶是如此，一幕幕的冲击也令人受不了，海青感觉身后接连响起脚步声，不知是谁承受不住恐怖气氛溜出了书房，好像还不止一人。

随着剧情的推进，海青开始入迷了，这真是一部不错的电影。当然女士的惊叫也接连不断，出乎海青意料，叫得最响的是刘夫人，看来这位太太只是不善言辞，嗓子却很亮，唱歌剧不输给巴里恩托斯[1]，唱大鼓不输给林红玉[2]。每当刘夫人叫一声，随即就有个苍老的女人声音劝慰："太太！莫怕！是假的，是哄人玩的……哎呀！吓死俺啦！"像是刘太太的贴身仆妇。曹小姐紧挨海青坐着，一有恐怖镜头就忍不住抱他胳膊，而坐在后面的曹副厅长立刻就将女儿扯开，这仿佛成了一种游戏，也不知重复了多少遍。海青不禁回头瞟一眼——屋里黑黢黢的，除了厅长看不清其他身影。书房门没关，走廊里亮着灯，倒是能看见门外有几个人影晃动，似乎刘家的仆人也被电影吸引，站在外面跟着看。

转眼间将近一个小时过去，镜头突然停住。

"怎么了？"

"抱歉！"利迪尔笑道，"我想去趟厕所。"

"开灯，留神别摔倒。"

吊灯再度闪亮，众人都长出一口气，利迪尔慌慌张张跑去厕所，而格林先生、高缇耶、米勒也都不在屋里，可能到外面吸烟去了吧。福克斯倒是老老实实瘫在沙发上，酒劲儿已消退，脸色惨白，似乎被电影吓得不轻；刘文卿用手半遮着脸，也不太敢看；李亚溥依旧是那副笑容可掬的样子，却有些心不在焉，或许他脑子里一直在想他的生意，根本没认真欣赏电影；反倒是女士们勇气可嘉，虽然尖叫不止却一直坚守阵

1　巴里恩托斯，20世纪初著名女高音歌唱家，西班牙人。

2　林红玉，著名京韵大鼓女演员，被誉为"女鼓王"。

地……海青骤然发觉曹小姐还死死抱着他手臂，轻柔的秀发拂过他脸颊，感觉痒痒的，两人对视不禁脸红。厅长也随即注意到这一幕，赶紧又把女儿扯开："你今天太不像话啦！还懂不懂羞臊？"海青暗自感叹——多可爱的姑娘，怎么偏偏是他的女儿？

为了缓解尴尬，海青起身走到放映机旁："让我来吧。"

灯又关上了，放映继续进行。真正摇上放映机，海青才明白这不是个轻松的工作，因为坐在旁边的刘文卿总是问："累吗？""要不让我来？""想不想喝水？"主人太过殷勤，根本没办法专心看电影，其实跟他说话比摇放映机更累！

刘文卿刚安静片刻，利迪尔又回来了："嘿！让我来吧。"

"你还挺快。"海青低声道。

"那当然，飞毛腿嘛。"

"你摇一个小时了，剩下的交给我吧。"

"你想不想喝点儿东西？"

"怎么都问这句？来一杯吧。"

"让我看看，这儿有白开水、咖啡、乌龙茶，还有……"

"随便，别给我喝墨水就行。"

利迪尔倒了一杯白开水，海青边喝边摇。或许是刚才的停顿缓解了紧张气氛，女士们不再害怕，这段剧情也相对平缓，吸血鬼侵入城镇，制造瘟疫害死许多居民，接着又盯上主角的妻子，这位勇敢的女士决心牺牲自己消灭吸血鬼……

正在这时突然传来一声尖叫！

这声尖叫并不比先前听到的响亮，特殊之处在于它是从书房外传来的，似乎是楼下。

"怎么回事？"刘文卿第一个站起来。

"听声音像格林夫人，可能是在楼梯上跌倒了吧？"

虽然仆人已跑去察看，但大伙还是不放心，纷纷往外走，挤到门口才意识到应该把灯打开。进行中的影像瞬间消失，海青也只好停下来，尾随众人一起下楼，只剩刘夫人和她的女仆还愣愣地坐在那儿，兀自摸不着头脑："咋又没了呢……"

楼梯拐角的壁灯亮着，海青不知道是一直开着还是刚刚打开，楼梯上不见格林夫人的身影，众人窸窸窣窣走到一楼，倏然发现餐厅的门敞开着，里面灯光明亮，格林夫人正倚着门框瘫坐在地，一脸惊恐地望着里面。

"怎么了？"大伙匆忙围上去，这才发觉地上尽是碎瓷片——那只摆在墙角的大花瓶摔碎了。

"哈哈，不用担心，那只是不值钱的仿品……"刘文卿以为格林夫人不小心打破了花瓶，还想安慰几句，可是走近才发现，餐厅里面连着厨房的那扇门也开着，丛大厨和他的徒弟以及几位男下人都挤在厨房门口，瞪大了眼睛朝内张望，所有人的脸上都写满惊恐。

刘文卿顺着众人的目光望去，这才看清楚。米勒瘫坐在餐厅旁的椅子上，脑袋不自然地歪向一边，眼睛睁着，脸上还挂着一抹诡异的微笑，而额头多了一道伤口，鲜血顺着脸颊流到身上，染红了礼服——他已经死了。

接下来的两分钟场面很混乱。明知没多大希望，曹副厅长还是迅速检查了一下米勒的呼吸和心跳，无奈地摇摇头。顾不上死的先顾活的，众人七手八脚将格林夫人拖到客厅的沙发上，她显然受到巨大惊吓，一个劲儿哆嗦。

刘文卿急得团团转："怎么办？这可如何是好……"在他家里死了个人，还是外国人，这无疑会带来麻烦，慌乱之中他把曹副厅长当成了救命稻草，"厅长！现在怎么办？要不要叫医生？"他似乎幻想着还能把米勒救活。

"叫医生？"曹副厅长凝望尸体苦笑道，"这里唯一的医生已经死了……"不过他毕竟是久经大场面的人，抛下这句没头没脑的话，立刻振作起来，朝厨师等人嚷道，"给我回厨房去，任何人不得再进餐厅，更不能接近尸体，这绝不是意外。"继而又看了一眼手表，"八点三十五分，这是发现被害人尸体的时间。"

"被害人？"刘文卿也开始颤抖，连说话声音都变了，"您的意思是说……他、他是被人杀死的？"

"这还瞧不出来吗？难道花瓶自己飞起来砸到米勒？还是他抱起花瓶，狠狠照自己头上来一下？肯定有人行凶。"

"那、那……您赶紧叫手下人来查吧。"

"不。"曹副厅长无奈地摇着头，"您怎么忘了？这儿是英租界，不在我的管辖范围，快给巡捕房打电话吧。"

刘文卿颤巍巍抓起电话，其他人仍在沙发边安慰格林夫人，曹小姐忽然说："怎么好像少个人？"

海青不仅被命案吓到，更因另外一件事感到吃惊，听到曹小姐的话才缓过神来，抬头环顾众人——福克斯面若死灰，口中不住自言自语；高缇耶坐在一把椅子上，耷拉着脑袋，苦着脸，再也不大嚷大叫了，他那大肚子活像个泄气的气球，坠在皮带外边；李亚溥站在老板身后，一脸烦躁沉默不语；刘夫人那双"解放脚"走路不便，这会儿才由仆人搀扶着走下楼，还没明白怎么回事；利迪尔也有些手足无措，但还是很贴心地安慰格林夫人……

海青猛然醒悟："她丈夫呢？格林先生哪儿去了？"

没有人回答。

餐厅里死了个人，另一位客人又突然消失，顺着这思路会得出怎样的结论？这未免太离奇——堂堂工部局董事竟在别人家里将人打死，然后溜之大吉？

曹副厅长快步走到沙发前，尽量保持和蔼的口气："夫人，我知道您受了惊吓，但这很重要，必须问清楚。您丈夫哪儿去了？"

格林夫人惊魂未定，不住地摇头："我不知道……不知道！"

"您是和他一起下楼的吗？"

"不……不……"

"那您刚才为什么要去餐厅？大家明明都在看电影，您为什么离开房间到楼下来？"

"我……"格林夫人兀自颤抖，眼里噙着泪水，"我只是口渴，想

找点儿喝的，然后……就看见他死在那儿……我什么都不知道。"她
努力摇着头，似乎是想把瞧见尸体的那一幕从脑中抹去。

海青与利迪尔对望一眼——谎言！仆人早预备好饮料和杯子，就摆
在放映机旁，她根本没必要下楼找喝的。

曹副厅长死死注视着格林夫人，见她精神憔悴几近崩溃，也不便再
追问下去。站在一旁的李亚溥插嘴道："我猜这件事与咱们无关，一定
是咱们看电影时有贼溜进来，本来想偷东西，却在厨房撞见米勒先生，
争执之间用花瓶打死了他。这种案子不是很常见吗？"

"在租界并不常见……但也不是毫无可能，我见过来无影去无踪的
飞贼，有必要检查一下门窗。"曹副厅长回头瞥了一眼海青。

海青明白，他一定又想起小丑了。

或许是为了避嫌，没人响应厅长的提议，连刘文卿也没帮忙，任由
他自己把客厅乃至厨房的窗户检查了一遍。所有窗户都锁得很好，没有
一扇破裂，前后门也都关着——这种门锁只能从里面打开，从外面开门
必须用钥匙。

"这房子还有别的出口吗？"

刘文卿怔怔道："厨房后面还有一道小门，通往后院，仆人们住的
屋子也在后院，他们通常走那个门。"

"后院也有门通到街上吧？"

"当然。"

"赶紧把仆人们召集过来。"

刘家共有四位仆人，是一家子，和主人是同乡，而且也姓刘。管
家老刘和他儿子小刘自晚饭后就上了二楼，布置完放映机就站在书房
门口跟着看电影；老刘的妻子刘妈就是刘夫人的贴身老妈子，一直陪
在夫人身边；老刘的女儿小凤则在后院跟其他人聊天吃饭——客人也
有随从：格林夫妇的汽车司机，给米勒拉车的洋车夫，曹副厅长的勤
务警员兼司机李大彪。这些人也要吃饭，所以在后院摆了一张小桌，
他们几人连同丛师傅，还有一个给丛师傅剥葱剥蒜、洗菜生火的小徒
弟，始终在一起。

经过对众人的询问，曹副厅长的脸色越发阴沉。他们吃饭的桌子就摆在后院，正是厨房的后门口，根本不可能有人从他们身边溜进房子，还是格林先生的嫌疑最大。

这时门铃响了。

"唉！"曹副厅长一声长叹——英国巡捕来了，他的调查只能止步于此。纵然他身份特殊，能调动许多警力，在这一案中他也是当事人之一，要接受巡捕房的调查。

刘文卿迫不及待地冲到前面，亲自开门。

出人意料的是，站在外面的是格林先生！

朦胧月光下格林先生的脸色显得有些晦暗，他看到房子里所有人都出来"迎接"自己，颇感惊讶："电影结束了？你们怎么都在楼下？"

"您到哪儿去了？"

"我感觉胸闷，出去散散步……发生了什么事？"

"这……其实……"刘文卿正不知如何解释，忽见昏暗的街上射来两道灯光，随即一辆汽车停在门口——这次巡捕真的来了。

第三章
真想请客要去饭店

第二天傍晚，苦瓜坐着大栓的洋车来到英租界海青家。

一进门他就没好气儿地嚷道："怎么回事？你这大少爷的派头越来越足。有事直接去'三不管'找我呀，怎么连腿都懒得迈？还非叫我过来，你以为我们穷人整天闲得发慌啊？"

海青连忙赔笑："抱歉抱歉，我现在是凶杀嫌疑人，有可能被巡捕房监视，实在不方便出门，只能让大栓接你过来。"

"嚯！鸟枪换炮越玩越壮，怎么又扯上凶杀了？"

"你以为我愿意呀？出门没看黄历，总也不参加聚会，好不容易去一回还赶上凶杀案。"

"你不去人家好着呢，你一去就死人……"苦瓜故意压低声音跟他逗，"说实话，你们家是不是土匪呀？难怪赚钱这么容易，昨天你抢劫不成把人宰了，是不是？"

"你别挨骂啦！到餐厅去，我慢慢告诉你……"

海青猜到苦瓜还没吃饭，特意准备一大碗炖肉，还有一锅米饭。他把昨天刘家发生的事详详细细讲述一遍，就连他在现场观察到的众人的一些细节都没遗漏。讲了将近一个小时，末了道："巡捕询问的那些问题跟曹副厅长问的差不多，总之，凡是在电影放映期间离开过那个房间的人都有嫌疑，但所有人都宣称除了厕所没去过其他地方。因为时间太晚，在场的又都是租界里有身份的人物，尤其还牵扯工部局董事，巡捕也很为难，没拘捕任何人，只是取了我们的指纹，确认了住址，然后把米勒的尸体以及那只碎花瓶带走了。现在我们必须配合调查，随传随到，直至查清楚凶手是谁。"

炖肉早就吃完了，连肉汤都没剩，米饭也吃进去大半锅，苦瓜优哉游哉地剔着牙。海青见他一副漠不关心的样子，忍不住发问："你有什么看法？"

苦瓜把牙签一丢："咸了。"

"什么？"

"炖肉盐放多了。"

"谁问你肉啊？我是问这案子你有什么看法？"

"唉……"苦瓜叹口气，"我问你俩问题，你老实回答。第一，那德国人是你杀的吗？"

"当然不是！"

"第二，你有没有可能被误当成凶手？"

"应该不会吧。"海青思索着，"我根本不认识他，昨天是第一次见面，有什么理由杀他？就算抓错人也不至于落到我头上吧？"

"那就好。"苦瓜站起来，"我走了。"

"别走呀！"海青急忙拉住他。

"大少爷，咱有话直说吧。你是不是侦探瘾又上来了，打算拉我调查这宗案子？"

"如果可以的话……"

"不可以！"苦瓜把脸一沉，"上次蹚浑水是为救甜姐儿，而且被害的是我们'三不管'的人，我是不得已而为之。这回死了个洋人，非亲非故的，人又不是你杀的，错抓又抓不到你，我管得着这闲事儿吗？别说死一个，死一万个跟我有什么关系？咸吃萝卜淡操心。"

"我话还没说完呢，丛师傅有个帮厨的徒弟……"

"徒弟怎么了？"

"是宝子。"

"宝……"苦瓜一怔，"以前在药铺的那个宝子？"

"除了他，我还认识哪个宝子？"

宝子、顺子两个小孩原本是"三不管"逊德堂药铺的学徒，那家药铺专贩卖假药，后来掌柜的死于连环命案，两个小孩便弃恶学好，顺子改行卖菜，宝子经人介绍投入勤行[1]。

"他不是改学厨艺了吗？"

"巧的是，他跟随学艺的那位师父是刘家的大厨。我也没想到，晚饭时都没见着，直到发现尸体他才从厨房出来。那种场合突然碰面，还真吓我一跳。"

"倒霉催的！"苦瓜哭笑不得，"刚出萝卜地，又进咸菜缸，这小子命犯太岁呀！又被糊里糊涂抓去顶罪啦？"

"没有，涉外案件总要细查查，不会轻易抓个人顶罪。可要是案子总也不破，到时候也难说……"

这时管家老吴走了进来："少爷，有人拜访您。"

"谁？"

"警察厅的曹副厅长。"

"谁？"海青怀疑自己听错了，"不能吧？他昨天碰见我还老大不痛快呢。是不是来拜访舅舅？告诉他，舅舅出门了。"

老吴重申："厅长说得清清楚楚，特来拜访少爷。"

海青凝眉思忖——曹副厅长此来必定与昨天的案子有关，可这不合情理，租界里的凶杀案轮不到他插手，况且他也是当事人，这个节骨眼儿上避嫌还来不及，怎么还往我这儿跑呢？

苦瓜嘿嘿一笑："黄鼠狼给鸡拜年——没安好心。"

"不错……你才是鸡呢。"海青搔了搔头皮，"纵然没安好心，我也得搞清楚他究竟意欲何为……老吴，请他到客厅，沏茶招待。"

"是。"老吴答应一声却没动，目光冷冰冰地扫向苦瓜，"这位客

1　勤行，方言，旧时北京一带对餐饮、饭店服务人员的俗称。

人是不是……"明显是下逐客令。

苦瓜一副毫不见外的样子,嬉皮笑脸道:"甭管我,这儿有吃有喝的挺好,你们忙你们的,等他走了咱再聊。"

老吴见他这死猪不怕开水烫的架势,摇头叹息——少爷交的这是什么朋友啊?说相声的三天两头来串门,还总扯上人命案,堂堂郑公馆也快变成"三不管"啦!

苦瓜貌似嘻嘻哈哈,但等他们一出去就迅速蹿到门边,将门轻轻推开道缝儿,偷窥外面动静……

今晚曹副厅长未穿警服,只套了一件半旧的灰大褂,全然没有往日的威严,瞧着还挺亲切。他规规矩矩坐在沙发上,面前的茶几上还摆着一包糕点,海青见了越发疑惑——黄鼠狼给鸡拜年已经是没安好心,若再给鸡送礼就更要提防啦!

"您太客气了。"

"没什么,我恰好从桂顺斋路过,闻到酥皮点心的香味就随便买了点儿。"厅长环顾客厅,连连咋舌,"不愧是利盛商行的郑老板,品位就是高,记得上次来拜访还是令舅刚到天津时……墙上挂的那幅画,真好呀,是名家手笔吧?还有这桌上的雕塑,是郑老板从欧洲带回来的吧?"

"可能吧,我也不清楚。"海青含糊回应。

经过一串冗长的寒暄,厅长夸赞了郑秉善的品位、气魄、人格甚至培养孩子方面的成功,也间接恭维了海青,最后才话归正题:"昨天的事很棘手。"

"怎么?厅长您被列为重点怀疑对象啦?"

"正相反,今天早上巡捕房再次审问刘家的仆人,管家父子做证说电影放映后有多位客人进进出出,有的吸烟,有的上厕所,具体都是谁他们也记不清楚了,但肯定没有我……可能因为我穿着警服,他们印象深刻吧。"

"恭喜您摆脱这场麻烦。"

"不,比当嫌疑人更糟糕。今天下午英租界巡捕房的佩斯利总监去了我的办公室，请我协办此案。"

"什么？"海青大惑不解——鸦片战争以来，英国人一向把治外法权把控得牢牢的，有时甚至干涉租界外的事。把中国警察请到租界内协同办案，这还是头一回听说。

"这次情况比较复杂，大部分嫌疑人和被害人都是外籍身份……"

"那不更应该由巡捕房调查吗？"

"话虽如此，但众人国籍不同，身份也很特殊。格林先生是英租界的董事；福克斯在美国戏剧界、新闻界有很大影响，他是作为格林先生的客人来到天津的；高缇耶在法国商界也很有名，他们利威的客户名单几乎囊括了租界内所有达官贵人。更要命的是，死去的米勒是德国侨民组织的代表，正在努力解决战后德国人回津的居住问题。这桩案子如果处理不好可能会引发国际纠纷。"

"国际纠纷？我不明白您的意思。"

"简单说就是因为那个《洛迦诺公约》，战后各国重划边界，签署互不侵犯协议，又适当减轻了战败国的负担。"

"这跟案子有什么关系？"海青越听越糊涂。

"虽然各国都在宣扬什么洛迦诺精神，但是那个公约并未化解多少矛盾，各国之间仍在钩心斗角……"

"哼！明明闹得不可开交，却还在假装一团和气。"

"是啊，尤其各国在野的政党一直对当局持批评态度。德国近年又冒出个什么纳粹党，鼓动民众对抗政府，对外态度也不怎么友好，总之斗争很激烈。现在这节骨眼儿上，如果昨天那案子宣扬开来，肯定会闹得沸沸扬扬，各国之间争闹不休，且不论造成什么国际影响，单是租界的那帮外国人就要乱成一锅粥了。我想英国巡捕一定觉得这是个烫手山芋，如果调查过程中稍有偏差就会招惹抗议，而将来无论查明凶手是哪国人，都免不了引发丑闻。"

海青渐渐领悟："所以拉你当垫背的？"

"呃，大致就是这么回事儿。虽然佩斯利嘴上说得好听，恭维我是警界精英，邀请我参与调查。可是一旦侦办不利，他们肯定会把责任推到我头上，即便推卸不了也可以拉上警察厅分谤。"

海青虽不喜欢曹副厅长，却也对巡捕房这种行径感到气愤："你应该拒绝啊！凭什么帮他们背锅？"

"我也想拒绝，但是……"厅长沉默了，抿着嘴唇双眉颤动，似乎内心深处在犹豫，好半天才发出一声叹息，"唉！告诉你吧，我这个副厅长的位子已岌岌可危，不能再出半点儿差错。总厅长换人了，你听说了吧？"

这海青倒是知道——自第二次直奉战争以来，奉系督办褚玉璞主政天津，治安混乱案件频发。很多时候警察部门也想秉公执法，但是许多案件牵扯政界、军界的人物，关乎乌纱乃至脑袋，只好睁一眼闭一眼。几个月前褚玉璞的哥哥勾结富商杜笑山强抢人妻，闹出一桩轰动津门的"白宗巍坠楼案"，警察厅慑于褚玉璞的淫威不闻不问，弄得怨声载道，甚至民间自发组织起纪念白宗巍的活动，影响极为"恶劣"，故而警察厅第一负责人丁厅长引咎辞职。按理说该从现有的副职中再提拔一位，可当局却任命陆军某旅的旅长常之英为新任厅长。原因是常之英是直鲁联军总司令张宗昌的心腹，而褚玉璞也是跟随张宗昌起家才坐上如今的高位，又都是山东老乡，自然互相提携。

"俗话说得好，新官上任三把火……"

"哈哈。"海青笑了，"这顺口溜还有后半句。新官上任三把火，以后缺德有话说。"

"历来便是如此。常厅长刚上任也想立威，他当然不敢抓褚督办的哥哥，就转而抓了杜笑山，但我也听到传言，说常厅长以往与杜笑山有恩怨，好像是为了争夺一家屠宰场的股权，两人结过梁子，这次是公报私仇。"

海青笑而不语——当官的参股经商不是什么新鲜事，有政府机关做靠山，这样的买卖大多收益颇丰，像屠宰场这类涉及检疫的行业，几乎被他们垄断，经商挣的钱可比他们的薪资高出好几倍。

"且不管那么多，反正点完这把火他又开始内部整肃，要惩办以往办案不力、贪赃纳贿、纪律败坏之人，还公然扬言要再拿一个有分量的人开刀作法，多少年的陈芝麻烂谷子都翻腾出来了，闹得警察厅内人人自危……"

话说到这份儿上，海青已了然，看来曹副厅长是被新上任的常厅长盯上了。欲加之罪，何患无辞，要是存心挑人毛病，秃子头上也能揪出辫子，更何况天下没有不吃腥的猫，曹副厅长混迹警界半辈子，如今常厅长要拿人作法，还有比他这个留任的副厅长更合适的人选吗？他近来之所以频繁活动，想必也是为了拉拢关系广结善缘，好保住位子。就比如昨天那种场合，刘文卿是政府帮办、格林先生是工部局董事，都是关键时刻能在督办面前说上话的人，当然不能错过。只可惜他运气太差，本来是去交朋友的，没想到反而惹上一场是非。

"这就是我现在的处境，答应巡捕房的要求，把这一案侦破兴许还能大事化小，若是不答应，他们找到常厅长那里就更麻烦了。况且答应下来我的身份是办案者，不答应就是个一般嫌疑人，纵然我是清白的，报刊记者可不管那么多，要是把我的名字和其他嫌疑人一起登到报上，我这副厅长的位子就彻底保不住啦！没办法，现在是打落牙和血吞，不想干也得干。"

海青算是彻底明白曹副厅长的难处了，只能报以苦笑："那您今天来找我是为了查案？"

"不。"曹副厅长下意识地把那包糕点往前推了推，"其实我是想请你帮我一起调查。"

"我？！"海青心头一阵狂跳，说不清是诧异还是兴奋。

"没错，我是以个人名义参与巡捕工作的，没办法调动警力，租界也不可能让中国警察进来抓人，巡捕房的人不可能把我当自己的上司看，所以我现在无人可用。再说警察厅还有许多工作，我不能只忙这件事。更重要的是所有嫌疑人都知道我的身份，对我抱有戒心。你不一样，你是利盛商行的少东家，用不着找任何借口就可以堂而皇之跟他们坐一张桌上吃饭，很容易就能套他们话。不看僧面看佛面，你舅舅是郑秉善，他们还要和利盛做买卖，谁能把你拒之门外？"

"可我也是嫌疑人之一。"

"你不是。"曹副厅长断然道，"电影放映前米勒还活得好好的，他是放映期间在楼下餐厅里遇害的，所以凶手肯定是那段时间离开过书房的人，而你自始至终没出去过。"

"你怎么……"海青想问，你怎么确定我一定没离开过书房？话到嘴边一琢磨——对啦！你一直盯着你闺女，不让她跟我亲热，当然知道我没出去过呀！

海青确实对这起案件感兴趣，但怀疑曹副厅长的企图——厅长看中的八成是郑秉善的影响，即便将来这一案办不下来，各种小报议论满天飞，也可以借重郑家的财力来买通报界，当初所谓"利盛少爷诱拐卖茶少女"的绯闻就是这样消弭的，舅舅保全海青，也就保全了他曹某人。如果说巡捕房是拉曹副厅长垫背，那么曹副厅长此来就是要拉他垫背。

"我帮不了您。"

"为什么？"曹副厅长稍感意外，"你不是喜欢参与这种事吗？上次'三不管'那个卖茶女孩受屈被捕，不是你买放出来的吗？"

"这次不一样。"海青当然不能明说，小丑这次不愿出手相助。

"有什么不一样？怕有危险？"

"不不不，我不是害怕，是身份不合适。我一个普通居民怎能干预办案？"

"租界外当然不行，但在租界里根本不是问题，外国人经常让一些非官方身份的人解决案件，只要有授权就行，他们管这叫……"

"侦探？"海青眼睛一亮。

"没错，私家侦探。"厅长捕捉到他流露出的兴奋，"就像小说里的福尔摩斯一样。想想看，多么荣光啊，谜案破解功成名就，郑老板也会为你感到骄傲……"

海青听得有些飘飘然，不过一想到是为曹副厅长做事还是感觉不舒服，趁他还没把自己吹捧成大英雄，赶紧打断："我不行，真的，舅舅也不会同意我参与这件事。"

或许曹副厅长真是被逼到墙角了，口气中竟带着几分祈求："我从警二十多年，不敢说没做过昧良心的事，但好歹是脚踏实地立功无数，从一个小小的巡长熬到今天的。想当年天津警务部门还是袁世凯当直隶总督时创立的，中国第一个警察机构，我也曾在北洋巡警学堂受过训，文懂得各国律法，武能擒贼缉凶，何等风光荣耀！再看看今天这惨相，当官的、有钱的，还有青帮头子、外国人，谁都惹不起，都是那些打来打去的军阀闹的！我都五十岁了，却要向三十出头刚入警界的常之英俯首帖耳，这已经够窝心的了，难道连这个不尴不尬的副厅长都保不住？我有个女儿，你也见到了，她还指望着我过好日子，你就帮我们一次吧。"

听了这番话，海青不免动容，想起活泼可爱的曹小姐，父亲若是失去职位，她一定也很难过，恐怕付不起中西女校的学费了，也看不到喜欢的书……但海青还没丧失理智，他摇摇头，不再往下想："这完全是两回事，我也很同情您，但是……恕我爱莫能助。"

"好吧，我也不能强人所难。"曹副厅长气馁地站起来，"你不愿意蹚浑水，这我能理解……可你有没有想过，你脚下的这方土地本来属于中国，这里发生的事本该由咱们处理。而现在它却是租界，中国警察来查案反倒成了邀请，还受到各种限制，这简直是屈辱。这次的事即便我不参与，巡捕搞砸案子一样会归咎咱们，他们会宣称都是因为中国治安混乱造成的，而咱们政府照样忍气吞声不敢辩解，因为他们必须维系和各国的关系，屁颠屁颠地讨好人家，因为要靠英美的力量去制衡日本，还要进口德国的武器跟南方作战，所以只能低头，这就叫弱国无外交！"他双眼直视着海青，带着难以抑制的激动，"有机会靠咱自己解决这宗案件，让那群道貌岸然的洋人原形毕露，这也是为咱中国人争口气……你再好好考虑一下，我等你的消息。"说完他便头也不回地走了。

海青呆呆地站在那里，心下一片茫然。

"嗨！"苦瓜从厨房里蹿出来，摇了摇他肩膀，"黄鼠狼走了，你这呆鸡怎么还无精打采？"

"他说得对。"

"不会吧？你还真喝了那老小子的迷魂汤？"

"唉！没想到姓曹的也会讲民族大义。"

"但这话从他嘴里说出来总感觉怪怪的，而且我猜这件事必然还有隐情，巡捕邀请他参与办案，这话越想越不靠谱……"

"可他讲出的道理是对的！应该帮他一把，你干不干？"海青还是有自知之明的，知道凭自己办不到，必须依靠苦瓜的智慧以及他矫健的身手。

苦瓜直咧嘴："巡捕房非要拉上曹副厅长，他又拉上你，你又拉上我，乱不乱呀？这路群口活我不会演……"

"少废话！我就问你一句，干不干？"海青的眼神凛冽认真，完全不是平常开玩笑的样子。

"他妈的！最讨厌你们这种动不动就满口大义的家伙，真到办事的时候却依赖别人。"苦瓜一屁股坐到沙发上，拆开那包糕点大嚼几口，终于说出海青期盼已久的四个字，"把点开活！"

翌日清晨，当海青打电话告知曹副厅长他愿意帮忙时，电话另一头传来喜悦的叫声，那音调比平常高许多，就像《四郎探母》里那句"叫小番"一样："好小子！我就知道你一定会答应的，不愧是郑先生的继承人。"放下电话后，海青捂着差点儿被震聋的耳朵止不住感慨，有时候这位老奸巨猾的副厅长也挺可爱，不然也养不出可爱的女儿。

商量案情的地点并不在警察厅办公室，而是在英租界附近的顺兴楼饭庄，厅长坚持要请一顿午餐以表感谢。不过当他看到还有另一个西装革履、夹着皮包的年轻人与海青同来，立刻流露出不悦。海青忙解释，说这位是曼伦先生，是利盛商行的办事员，而且声称曼伦曾帮舅舅解决过许多棘手的问题，一定对破案有帮助。

曹副厅长根本不信，一直用怀疑的目光打量苦瓜，就冲"曼伦"这不伦不类的外国名，他断定这小子是海青的狐朋狗友，说不定也是某家的少爷，参与这事儿纯粹是为了找刺激。不过事到如今他不能太计较，还得指望海青办事，只能忍了。其实苦瓜同样在忍，他得耐着性子扮演"文明人"，谈吐举止要符合秘书身份，还得克制住插嘴的欲望，言多语失，尤其不能说俏皮话。

顺兴楼虽然比不上登瀛楼、同福楼那样的一流大饭庄，也算小有名气，尤其坐落的地段好，既能招揽住租界的达官贵人，又能吸引一些想换换口味的洋人，自然是生意兴隆日进斗金。曹副厅长驾临，掌柜的亲自接待，尽管只有三人，却给他们开了一间宽敞的雅座。海青见厅长和掌柜的说说笑笑十分亲密，料想他们关系不一般，这顿饭肯定是不用花钱的。

　　掌柜的给他们安排了几道菜，又奉承几句便去招呼别的客人。曹副厅长从公文包里拿出两份文件："上午得到消息，尸检结果已经有了，致命伤就是太阳穴那处重击。下手非常狠，左侧颅骨碎裂，脑部受损，再加上米勒年纪大了，经不起这样的袭击，简单来说就是一击致死。之所以流了许多血是因为他戴着眼镜，重击之下眼镜碎裂，把他的脸割破了，甚至有几片玻璃扎进了眼眶。"

　　回想目睹尸体的那一刻，海青不禁打个寒战："这结果准吗？"

　　"非常准确，外国人习惯把尸体送到医院，由医师鉴定，这比咱们的检验更靠谱得多。其实多年前我就曾建议当局改革尸检制度，即便不聘请医学专家，也要组建科学的检验室，不能光凭经验。现在警察厅的检验吏跟过去衙门的仵作有什么区别？他们甚至是子承父业，就是当初那些人的后代。"

　　"为什么建议没被批准？"

　　"没钱！他们才不关心人命，有钱还留着买飞机大炮呢……医师对尸体进行解剖，通过对胃液、尿液、食物残渣的分析……"

　　"我突然不饿了。"海青皱着眉头把餐碟推到一边。

　　厅长却没有任何不适的感觉，似乎忘了这是在饭馆："米勒体内未发现任何有毒物质，只有少量酒精，死亡时间推定在发现尸体前一个小时内，大约就是七点半到八点三十五分之间。"

　　"这不是废话吗？从放电影到发现尸体，总共就一小时多点儿，在电影开始前咱们都知道他还活着。"

　　"没办法，验尸也不可能详细到几分几秒。还有一点，医师无法做出解释，为何米勒脸上会带着微笑？"

"我也注意到了，那笑容很可怕，阴森森的，仿佛死人在嘲笑咱们活着的人……"

"死人发笑这种鬼话不值一驳。你们不知道，曾有研究表明，如果一个人瞬间死亡，他临死时的表情会留在脸上。我猜罪犯行凶前正和他交谈，可能还开了几句玩笑，使他放松戒备，然后突然下手，米勒还没反应过来就被重击致死……这点非常重要。"

"重要？"海青不理解。

"这说明凶手不太可能是下人。好好设想一下，主人与仆人交谈时一般不会笑，尤其是做客的时候，仆人怎么可能跟客人开玩笑呢？何况米勒是外国人，还是个严肃的外国人，咱们笑的时候他都不怎么笑。难道有个下人堂而皇之地走到他前面，说你长得像庙里的黄毛妖怪，然后米勒就哈哈哈地傻笑一通？这不合情理！所以我猜凶手只可能在客人之中……当然，作为主人的刘文卿也有嫌疑，如果他不介意住凶宅的话。"

海青用敬佩的眼光看着曹副厅长——不愧是老警察，果然有两把刷子。苦瓜不以为然，毕竟厅长耿耿于怀的侠盗小丑坐在面前，他却完全没意识到，不得不令苦瓜心生藐视，故意嘲弄道："也有可能凶手是说相声的，那样笑容同样能解释通。"

"你这笑话一点儿都不好笑。"厅长瞪了他一眼。

苦瓜毫不畏惧，慢悠悠道："雁过有声，车过有辙。我寻思大多数情况下没人会无缘无故遇害，总得有点儿缘由。说某位客人无缘无故到餐厅里，先跟老米逗个乐，然后拿花瓶照他脸上狠砸，这同样讲不通。现场情况很重要，但我觉得更重要的是找到缘由，他为什么会被杀？有果必有因，您对老米了解多少呢？"相较米勒这个名字，苦瓜觉得称呼"老米"更顺嘴。

厅长垂眼看着文件："几乎什么都不了解，包括刘文卿、格林先生在内所有人都对他知之甚少。只听说他是今年才来到天津的，独居在法租界一栋公寓里，自称从事房地产行业，其实名下任何地产都没有，也未在任何公司参股，他在各租界奔走，帮助贫困的德国侨民解决住房问题，有点儿公益性质，所以有人猜测他可能是退休的官员。他没结过婚，没亲属，没仆人，也没有亲密的朋友，就连给他拉包月车的车夫也是一个月前才雇的，除了米勒住在哪儿这个信息，其他的全不知道。但从他的汉语熟练度判断，很可能他战前曾在中国生活过。"

苦瓜连连摇头："您不觉得这不正常吗？'三不管'附近随便捡个饿死鬼，只要用心去查他的生前经历，能发现的东西都比这多。如果在场的其他客人都对他一无所知，那他怎么会出现在宴会上？"

"你的意思是……"

"有人在说谎！我问你们，谁提议饭后看电影？"

"米勒。"海青和曹副厅长异口同声回答。

"谁带来的电影？"

"也是米勒。"

"哈哈，老米提议看电影，而且影片是他带来的，他自己却死在楼下餐厅里，他不看电影吗？可见他就是借电影把大家吸引到二楼，然后单独约某人在餐厅里谈话，由此引来了杀身之祸！"

"没错。"曹副厅长不禁重新审视苦瓜，眼神中多了几分尊重，"你跟我想的一样，可是到目前为止没人承认曾和米勒单独密谈。"

"杀了人当然不承认，所以现在最要紧的是深挖老米的背景，看看谁跟他有仇。"

厅长面露无奈："你说的我都懂，可现在没人提供线索，巡捕房也在查，有些事必须联系德国警方印证，不是一时半会儿能解决的，咱们有多少米做多少饭吧……继续刚才的话题，指纹的比对结果也出来了。餐厅门把手上留的指纹太多，恐怕有十几个人的，而且大多残缺不全，根本没办法辨识。"

海青并不意外："很正常，那天下午刘家来了许多客人。"

"至于花瓶上的指纹，仆人自不必说，他们平常打扫卫生当然接触过花瓶，除他们之外还有三个人的指纹。"

"谁的？"

"其中最清晰的就是你的！"

"我？"海青吓一跳，苦瓜掩口而笑。

"对此你作何解释？"

"让我想想……"海青挠着头皮，"哦！那天下午刚到刘家时我曾躲在花瓶后面，摸过那只花瓶，当时刘文卿也在场，他可以证明。"

"嗯，其实证不证明无所谓，反正放映期间你没离开过书房，巡捕房相信我和仆人的证词，你不在嫌疑人之列。第二个是利迪尔的指纹。"

"这也很正常，我在花瓶旁边时利迪尔也在，他应该也碰了，可以排除他的嫌疑。"

"恐怕不能。放映期间他离开过房间，你不会忘了吧？原本他负责摇放映机，突然说要去厕所……"

"但他很快就回来了，顶多两三分钟。谁能在这么短的时间跑下楼杀人，然后再跑回来？除非是飞毛腿。"

厅长露出一丝意味深长的微笑："可他正是飞毛腿呀！"

"呃……"海青无法反驳，以利迪尔的速度确实可以办到，"但他没有杀人动机啊！他是体育明星，有大好的前程，梦想就是教书育人，而且一向亲切随和，我不相信他会杀人。"

"可他毕竟是英国人。晚饭时的争吵你亲眼看到了，英国人与德国人之间矛盾很大，毕竟他们之间打过一仗，死了上千万人。"

海青兀自争辩："总共损失一千多万人，并不只是英德两国，就连咱们中国派去的劳工也死了四千多。"

这次苦瓜没偏袒海青："厅长说得对，没发现确凿证据之前任何人都可能是凶手。"

"好吧……但我坚持自己的看法。"

厅长笑了："别着急，我知道你跟利迪尔关系好，但目前嫌疑最大的不是他，而是福克斯。"

"第三个指纹是他的？"

"没错。"

海青低头想了想："我不记得他碰过花瓶。"

"我也不记得，实际上吃饭时他就坐在我左手边，我们在远离花瓶的一侧，他根本不可能摸到……"

苦瓜突然插了一句："福克斯是什么意思？"他联想到海青给自己取名"曼伦"，意思是瓜，那"福克斯"又是什么意思？

"姓名一定要有意义吗？巧了，福克斯（Foxx）这个姓在读音上与英语的狐狸（fox）一样。"

"哈哈，这家伙是老狐狸。其他几个人名字有含义吗？"

"德语、法语我不懂，但格林（Green）这个姓氏有含义，也可以表示绿色。"

"绿色？哈哈，男人姓这个不吉利呀！"

厅长没兴趣跟他们玩文字游戏，高声打断："那天晚饭后所有人都上楼了，发现尸体时我又迅速封闭餐厅，所以我认为福克斯是电影放映期间触碰的花瓶，他嫌疑很大。"

"也不能排除另一种可能。"海青补充道，"他比我到刘家更早，在我去厨房前他已经碰过花瓶了。您也知道他那人，财大气粗，什么东西都想买，很可能刚到刘家就对花瓶起了兴趣。"

"没错。"厅长点头，"而这正是我需要你们求证的问题，尽快去趟刘家，问清楚这件事，不过要尽量委婉。"鉴于刘文卿与常厅长的亲密关系，曹副厅长不愿因案情上门打扰，那会给刘文卿留下不好的印象，所以让海青出头。

"遵命！"苦瓜抢着道，"一会儿我们就去。"其实他是想见宝子，自从"三不管"那桩案子之后两人一直没见面。

"那您有什么行动？"

"我要撬开老狐狸的嘴。"不知不觉曹副厅长也受了苦瓜影响，"这只美国来的狐狸绝对有问题，案发后他就躲进租界的饭店房间里，不肯迈出一步，连三餐都要求送到房间里。无论他是不是凶手，心里肯定有鬼！"

海青感觉曹副厅长的眼神冷森森的，像是要把人吃了——也难怪他动怒，抛开他受的委屈不论，身为警察厅的二把手、有多年办案经验的高级警探，凶犯竟敢在他眼皮底下杀人，这简直是对他的蔑视和侮辱。不过仅仅如此吗？对于一桩被迫参与的案子他有必要抱以这么大的执着吗？如果案子发生在中国地界，他八成会把嫌疑犯抓起来，一顿威胁恐吓，甚至抽皮带、抡警棍，直到问出实话。可惜案发在租界，英国巡捕很少搞这一套，尤其是对欧美人士，他不能刑讯逼供。

正在这时，跑堂的把菜端了上来："爆三样、独面筋、焦熘肉片、芜爆散丹，来啦！"

随着这声吆喝，苦瓜顿时振奋，抓起筷子狼吞虎咽，一边嚼还一边催促堂倌："快！上米饭呀！"他平时没钱吃好东西，这会儿大快朵颐，完全顾不上装斯文。

厅长瞧得两眼发直，海青一脸尴尬，怕他起疑连忙遮掩："曼伦一家久居南洋，他最近才回来，因为生活习惯不同很少吃中餐，偶然吃一顿很有胃口，所以就……"

"难怪呢。"曹副厅长豪爽地笑着，"瞧这吃相跟前天那群外国人差不多。吃吃吃，能吃是福嘛！不够再叫俩菜，还是咱们中国菜最好吃，哈哈哈……"

午饭后与厅长分别，海青在附近的水果店买了几个苹果，提议再叫一辆洋车，快些前往刘家；苦瓜拒绝了，坦言自己吃得有点儿多，需要散散步。海青便也不坐车，陪他一起走，大栓拉着空车也跟他们闲聊，引得路人纷纷侧目——有车不坐，顶着太阳跟车夫一起溜达，这是什么毛病？

所幸距离不远，很快就走到刘家门前。海青瞧了一眼手表："一点十分，时间有点儿紧，不耽误你演出吧？"

"早着呢！我登台改到三点半了。"

"嘿！了不起，才演了两天场次就往后挪，行市大涨啊！"

"没办法，谁叫咱的玩意儿好呢？"苦瓜拍拍胸脯，"等着瞧，过几天就改到倒三，再过两天压轴，不出一个月咱就'攒底'。"

"吹吧你就！"海青知道，曲艺园子没有以相声"攒底"的，最后一个节目永远都是京韵大鼓，"先说眼前的，一会儿这场活怎么使？"

"你只管和姓刘的聊天，我的行动你甭管，咱是姐妹俩出嫁——各忙各的。"

"行，听姐姐你的。"

说话间，海青按响门铃，苦瓜赶紧收敛笑容，将西服纽扣扣好，把吃得溜圆的小肚子勒紧。来应门的是管家老刘，一瞧见海青二话没说就把他们让进去了，还低声嘱咐："会长心情不好，一直无精打采。"似是想请海青安慰一下主人。

刘文卿就倚在大客厅的沙发上，胡子头发乱糟糟的，眼窝凹陷神情憔悴，面前的茶几上铺满了报纸——家里出了命案他日子当然不好过，吃不下睡不安，再加上巡捕房的人时不时来察验现场，他也没心思再去商会主持工作，连着两天赖在沙发上看报，聊可慰藉的是到目前为止这桩命案的新闻还未出现在任何一张报纸上。

瞧他这副样子海青倒是打心眼儿里同情："刘叔叔，我和朋友正要去公司，从这儿路过来看看您。"说着双手递上苹果。

刘文卿如大病在身一般，依旧歪在沙发上，只是扬扬手，示意老刘把礼物接过去，口中喃喃道："有心的孩子，苹果，多好啊。但愿一切平安……"他看到了陌生的苦瓜，却没在意，也没打听名姓，只是点头致意——苦瓜腋下夹着皮包，确实很像去公司办事的样子。

海青贴身坐在刘文卿旁边，安慰道："您老且放宽心，一切都会过去的，相信很快就会真相大白。"

"真相大白？"刘文卿一阵惨笑，"白不白的对我而言又有什么意义？命案出在我家，影响已无可挽回。那天参加聚会的都是租界名流，无论他们谁杀了米勒都是大丑闻，肯定会妨碍生意。"比起人命他似乎更担心自己生意受损，絮絮叨叨一番，又低头摆弄着戴在右手小拇指上的黄玉戒指，"骗人！说什么幸运石能带来财运，一点儿都不灵！现在哪有什么财运？简直是霉运当头啊！"

"夫人还好吗？"

"受了惊吓，这两天都在床上躺着，还总说做噩梦，也不知是命案闹的还是电影吓的，刘妈时刻不离伺候着。唉！我儿子要是也在天津该多好，现在身边连个能指望的人都没有……"

趁他们说话之际，苦瓜悄悄观察刘家的房屋格局——这幢房子坐北朝南，从大门进来，左手边是宽敞的大客厅，一楼非常高，再加上西式装潢，采光良好，头顶上悬着铁艺吊灯，南、北、西三面墙都有窗户，西北犄角有个很小的房间，似乎是厕所；大门右手边就是餐厅，此刻餐厅门紧闭着，因是凶案现场，已被巡捕房贴了封条，调查结束前任何人不得进入；而回转式楼梯就正对着大门，紧贴后墙，楼梯右边的墙上有个后门通往后院，比正门小许多，此刻门敞着、垂着纱帘，可以看见后院摆着一张圆桌，有些还未清洗的碗筷放在桌上。幸而厨房也有后门，还能把饭菜端到院里，若不然餐厅封闭后刘家人只能下饭馆了。后院面积也不小，还有五六间平房，似是贮藏室，还有仆人住的地方。

见海青还在安慰主人，苦瓜假装浏览客厅陈设，缓缓踱到后门朝外张望，透过纱帘恰见有个十二三岁的男孩正在收拾餐桌——正是宝子。

苦瓜不便直接呼唤，就压低声音道："辛苦辛苦。"

"三不管"出来的人岂会不知这俩字？宝子一听备感亲切，一抬头瞧见苦瓜，正要呼喊却见他把食指压在唇上，示意别出声。

宝子与其说兴奋，不如说是惊讶——苦瓜啥时候也混上西装了？左右瞻顾一番，见没有旁人，也扔下抹布蹭到阶边，隔着纱帘问："海青带你来的？"

"是。"苦瓜扭嘴指向后院门，"后面是什么地方？"

"有条巷子，一巷之隔是太平洋钟表行的孙老板家。"

"好，你到巷子里等着，一会儿我过去。"

说完苦瓜若无其事地往回走，抚摸着楼梯扶手暗自思忖，如何才能到楼上瞧瞧？

此时海青已从闲聊慢慢进入正题："您的儿子都在外地奔忙，证明他们有本事，能独当一面。似我这般守在舅舅身边，实在没出息，也不怨舅舅训斥我，说我不务正业。前天下午您家来了这么多商界人士，我原本就迟到了，还一直在餐厅里躲着，实在不像话。也不知晚餐那几位友人何时到的，事先都没跟人家打个招呼，太失礼了。"

"嗨！他们来得比你还晚呢。"刘文卿大大咧咧道，"格林先生那种身份的人很清高，一般的商人根本不入他眼，我也是邀请许多次他才赏光，他们夫妇是最后到的。福克斯原本不在晚餐之列，但他是格林先生的客人，坐同一辆汽车来的。米勒几乎与他们同时，倒是高缇耶和他那个下属来得很早，逢人就兜售他们的珠宝。"

海青不动声色接着问："这么说您对福克斯也不了解喽？"

"其实我也是第一次跟他见面。据说他不做生意的时候就周游各国到处旅行，在英国结识了格林家的亲戚，就拿了一封介绍信跑到天津来玩。说心里话，我不喜欢福克斯，那家伙心高气傲，觉得自己很有钱，如果可能的话简直想把整个世界都买下来。再说他是搞影剧行业的，跟咱的生意不挨边，招待他纯粹是看格林先生的面子。"

"那米勒呢？我记得他说过，以前来过您家。"

提到死者，刘文卿的表情立时变得不自在："嗯，他在我家吃过两次饭。"

"您跟他很熟吗？做过买卖？"

"也说不上有多熟……"刘文卿的语气越发踌躇，"他以前来我家也是类似前天那种情况，有许多客人，我从来没跟他做过买卖。"

海青继续追问："那您怎么跟他认识的？"

"我也不记得了。"

"不记得？"

"你或许听说过，我年轻时在德国洋行当买办，认识许多德国商人。由于战争他们都离开了，这两年又有不少回来的，他们搞了几次聚会，我也参加了。就是在一次聚会上有人向我介绍米勒，具体谁介绍的我已经忘了。你想想在那种场合，你一句我一句乱哄哄的，总之是圈套圈的关系……"

"啊！有老鼠！"一阵叫嚷打断了他们的对话。

两人回头一看——苦瓜正低着头、抢着皮包，往地上一通乱拍，继而又急匆匆奔上楼梯。

"哎呀！"刘文卿以手遮面，一副无地自容的样子，"时来天地皆助力，运去英雄不自由。如今连老鼠都欺负我。大白天闹耗子，看来这个家真要败落了。"

海青猜到这是苦瓜耍的花招，却只能憋住笑安慰道："您老别这么想，常言道'喜鼠聚财'，家里若没有屯粮能招来耗子吗？依我看这是时来运转的征兆。"

苦瓜挥舞皮包，追赶着那只莫须有的老鼠，堂而皇之上了二楼，又仔细观察一番——二楼的布局比一楼简单，靠南边是刘文卿的大书房，北边只有两间小客房，书房与客房之间形成一道狭长的走廊；走廊西边的尽头是厕所，恰好和一楼厕所位置相对；走廊东边的尽头是个阳台，那阳台面积很小，站在走廊里就能一目了然。

逮耗子的动静闹得不小，整栋房子的人都惊动了。老刘的儿子小刘正在二楼厕所打扫卫生，听见声音赶紧跑出来；刘文卿、海青以及老刘也跟着走上楼；紧接着三楼传来脚步声，刘夫人听见声响，叫女仆小凤下来察看。

"哪儿了？哪儿有老鼠？"

"不见了。"苦瓜皱着眉头，"可能窜进某个房间里了。"

一时间所有人都低着脑袋察看，先找了书房，又找客房，当然不见踪影，小凤有些着急："不好！该不会蹿上三楼吧？可别再吓着太太。"说着便往楼上走，苦瓜也趁乱跟在后边。

三楼布局更简单，东边是露台，边缘处有半人高的石头护栏，露台上摆着两把躺椅、两张小桌，可以晒太阳；其余部分都是主人的房间，隔成起居室和卧室两部分，三楼的厕所似乎在卧室里面。苦瓜大致瞧了一眼立刻转身下楼——毕竟是人家女眷住的地方，不宜窥探。

这会儿海青又站在书房门口跟刘文卿聊起来："您这屋里怎么没收拾？放映机还摆着呢。"

"为了配合调查，任何东西都没移动过，连茶杯都没刷。"

"也好，巡捕那边好交代。"

"等这桩案子了结我就搬家，一天也不想多住……"

两人只顾说话，完全没注意到苦瓜从楼梯溜过，直接下到一楼。到一楼苦瓜更不停歇，快步走出大门，又出了院子，顺着院墙一溜小跑，绕到后面果然有条小巷——宝子早在后院门口等着。

"瓜哥，好久不见，想死兄弟我了。"

"你小子壮实了，最近享福了吧？"

宝子脸红："享福不敢说，天天守着吃的，总不至于挨饿。"

"哈哈！难怪人们都说，厨子不偷，五谷不收。"

"我就便宜一下肚子，没多大出息，哪比得上哥哥你？如今连洋装都混上了。"

"海青借我的。"苦瓜松了松皮带，"这破裤子白给我都不要，中看不中穿，卡裆！"

宝子连连咋舌："我听说海青家有钱，没想到身份还不一般，到我们刘会长家做客的除了富商就是当官的，哪有寻常人？前天晚上猛一眼瞧见他，吓我一跳。"

"当时你没跟他说话？"

"没有。人家是座上客，咱是帮厨的，好意思跟他相认吗？当众叫出来岂不折了人家颜面？何况餐厅里还有个死人，闹哄哄的，也顾不上说体己话。"

"甭提他了，说说你自己吧，怎么到刘家来了？"

"自从'三不管'的案子了结，药铺隔壁的沙掌柜介绍我到慧罗春饭庄学艺。那儿的主厨姓牛，人称牛三爷，他说刚入行的小子还不知资质如何，前堂后灶的活儿都要干，试过俩月再决定让我学厨艺还是学跑堂。于是我就先到后厨干杂活儿，劈柴烧火、剥葱洗菜，哪知干了没几天，我现在的师父找来了。"

"就是刘家的厨子？"

"对，他叫丛富贵。据说十多年前就是天津卫很有名的厨师，为了增进技艺游历南方，半年前刚回到天津。他来到慧罗春，跟牛三爷说，自己应了刘家的差事，缺个打下手的徒弟，让三爷帮他找一个，还说在宅门里做事必须要老实孩子，最好要刚入行的，就是笨点儿也没关系，他可以慢慢调教，绝不要油滑世故的，省得讨主家嫌弃。牛三爷立时就想起我……"

"嘿！你小子傻人有傻福，来这儿可比天天守着大灶强多了。"

"那是自然！我在饭庄劈柴挑水供六七个灶，现在只供一个灶，能一样吗？而且三爷跟我说，师父的手艺深不可测，好好跟他学，日后大有出息哩！"

"那你学到真东西没有？"

"学什么呀？还是干零活儿，师父手底下麻利得很，连切带炒，快得跟变戏法儿一样！我瞧着都眼花。而且每次他调味时总是故意把我支开，不是叫我刷家伙，就是叫我淘米，根本不知他放什么作料。至今我只学了切丝切片，还没练熟呢。"

"常言说得好：'教拳不教步，教步打师父'，哪个行业都一样，猫教老虎还得留一招上树呢。我们相声的师父，只念词句不教动作；唱戏的师父，只教唱腔不教做派；说评书的师父，一说到重要回目，准叫徒弟出去买东西，不准他听。关键的地方要等天长日久，师父真心信任你了才能告诉，你就慢慢熬着吧！"

"是啊，难得遇见有本事的师父，在这儿吃的住的都不错，再不好好学艺简直天理不容。"

"这会儿你师父睡午觉了吧？"苦瓜有些担心，怕丛师傅突然出现打断他们。

"放心吧，他出去遛弯儿了。"

"大中午的顶着太阳出去遛弯儿？"

"他就这习惯，天天如此。"

"哈哈，倒是个好习惯，以后我就专挑这钟点来看你。"苦瓜放心了，终于聊到案子，"说正经的吧，前天晚上你们忙什么呢？怎么餐厅里死个人都不知道？"

"你怎么也打听这个？"宝子眼珠一转，"哦，我明白了。跟上次一样，你和海青又要管闲事。"

苦瓜赶紧嘱咐："你知道就行，千万别告诉旁人。"

"好吧……那天我一直在厨房里干活儿，要准备的菜肴一大堆，根本没往餐厅里去。等客人们都吃完上楼了，我又帮着小凤收拾碗碟，然后就到后院跟其他下人一起吃饭。"

"都有谁？"

"有我和师父，有英国董事的司机，那人是个假洋鬼子，说话还老冒出一两句外语，我听不明白。还有曹副厅长的勤务官李大彪，这位李大哥长得威武，却笨嘴拙舌的。还有给那个死鬼拉包月的车夫，那车夫一看就是老实人，不言不语的，另外还有小凤姐。"

"只有小凤吗？"苦瓜一丝一毫都不放过，"她父母哥哥怎么不跟你们一起吃饭？"

"平常都是主人吃完我们就吃，可那天刘会长说要放电影，谁要是想看可以跟着一起看，于是老刘他们都到楼上去了。其实我也想瞧瞧，可是师父不去我哪儿好意思？至于小凤……"宝子露出一丝坏笑，"自从李大彪一进门，她就两眼发直，秋后的蚊子——紧盯（叮）。李大彪又高又壮，又穿着警服，确实挺帅的，小凤哪儿还顾得看电影？一直在后院跟我们闲聊。"

"这期间没见外人从厨房后门溜进去？"

"怎么可能？你自己瞧瞧……"宝子伸手向院里指，"我们吃饭的桌子就摆在后门口，有人溜进去会不知道？"

"你们这些人也没进去过吗？"

"没有。"

"没人去厕所吗？"

"后院有茅房，不必用主人的厕所。我敢保证，这段时间绝没有人进过餐厅。"

苦瓜想了想——也是，这几个下人原本是不认识的，偶然坐在一起吃饭，没必要互相遮掩，更不可能串通证词。若有人行为可疑，巡捕房早就审出来了。

宝子笑呵呵道："那天客人们高不高兴我不知道，反正我们这桌很热闹，小凤偷偷拿了瓶酒，李大彪说开车不敢喝，小凤说好不容易拿出来的，最后还是喝了一杯，我们都拿他们开玩笑呢。李大彪说自己是山东人，师父一听特别高兴，遇见老乡啦！又单独为他炒个菜，叫……哦，那道菜叫肚丝乱蒜！猪肚和蒜末烩在一起，特好吃，我也是第一次见师父做。哈哈哈，我们比客人还多一道菜，大伙聊得可开心了，没想到后来就……"

"乐极生悲。"

"是啊。"宝子不笑了。

"你们这些人之中谁第一个发现出事了？"

"就是我啊。"

"嘿！回回死人都让你碰上，你可真是丧门星下凡。"

"你以为我愿意？碰巧嘛。当时我们聊得正起劲儿，忽然听到厨房那边传来一声尖叫，我立刻跑进去，没发现什么，又推开通往餐厅的门一看——那满脸是血的死人就在餐桌边坐着，还一脸笑容，太吓人啦！英国太太才是第一个发现死尸的，瘫倒在地又哭又叫，那声音跟踩了猫尾巴似的，比死人还可怕呢。随后师父、小凤、李大彪他们都赶来了，大伙都吓坏了，紧接着客人们也都下楼来，我就在那时看见了海青。"

苦瓜一时默然，觉得再没什么可问，仆人的情况很简单……他猛然想起："对啦！那个死鬼老米以前在这儿吃过饭？"

"可能来过，我不清楚。我是师父的徒弟，不算刘家的仆人，也不拿刘家工钱。其实连师父也不住在这儿，有自己的家，每天吃完晚饭就回去休息，因为他家太小容不下我，才让我借住在刘家，反正后院有空房。我整天就在后厨干活儿，别的事不问，连餐厅都很少进，即便那人以前来过我也不知道。"

"嗯……时候不早了，我得去找海青，一会儿还有演出，咱们改天再聊。"

"直接从院里穿过去吧。"

"不，我还绕外边，别叫人知道咱认识。如果你想起什么或者发现什么与案子有关的事，一定设法告诉我和海青。"

"好的。"宝子依依不舍，"你若是哪天遇见顺子，记得替我带个信儿。如今他卖菜、我帮厨，可以照顾他生意。"

"行，我一定记着。"

苦瓜原路返回，顺着院墙一溜小跑，刚绕到前面就见大门敞开，刘文卿送海青出来。海青故作震惊："刚才我还在屋里找你呢，原来你都出来了。"

苦瓜顺嘴编个瞎话："我想抽烟，在屋里怕有妨碍。"

刘文卿全然没理会他俩的一唱一和，呆呆望着前方。海青见他这副表情，心中已猜个大概——前天晚上格林先生就像苦瓜一样，谁也没知会，悄悄从正门出去，刘文卿一定在想此事吧？我也想不通，大晚上的为何独自出去散步？他说的是实话吗？

离开刘家后，海青还想交流一下案情，苦瓜却说时间不够了，得赶紧去茶馆，说着便躲到洋车后面脱衣服。

海青瞧了直笑："马路边上换衣服，可真有你的。"

"没办法。"苦瓜脱了西装衬衫，从皮包里取出大褂，"我可不能穿洋装到后台，叫同行看见免不了啰唆，要是传到师叔耳朵里，又是一场麻烦。"他动作很迅速，三下五除二已系好纽襻，将西装随手一卷就往包里塞。

"嘿嘿嘿，那可是好几十块大洋买的，你倒是叠一下啊！"

"来不及啦！"苦瓜嬉皮笑脸道，"先让大栓拉我走，行不行？"

"甭客气，我的就是你的，快走吧。"

大栓拉着苦瓜先走，海青独自走了两趟街才又遇见一个拉车的，也立刻赶奔"三不管"。等他到了同乐茶楼，苦瓜与麻子已经登台了，也没有靠前的座位了，他就在后面随便找个板凳坐。

今天苦瓜与麻子表演的是拿手节目《大保镖》，海青明显感觉观众比先前更加热情了，当最后苦瓜说出"我把牛宰了"的时候，喝彩声和笑声十分热烈，有些人甚至嚷着叫他们再来一段。不过茶馆演出比不得"撂地"，艺人们的表演排得很紧，没有返场的时间。幸而接下来一场是近来名动津门的梅花大鼓女艺人小翠宝，为其伴奏的是韩先生的高足，所以观众并未感到失望，转而又开始为色艺双绝的女艺人叫好。

回到后台，小麻子有些不满，嗔怪苦瓜上午没到场子"撂地"。苦瓜当然不能实言相告，推说这两天有事，承诺暂时不拿钱了，茶馆的所有收入都由其他师兄弟均分，麻子这才悻悻而去。

苦瓜有些担忧："我若总不去'撂地'，师兄弟肯定会有意见。再说我现在大小有个'蔓儿'，认得我的人也越来越多，真怕哪天有人会认出曼伦就是苦瓜。"

"别担心。"海青宽慰道，"车到山前必有路。"

"有路的是你，我还踩在泥里呢。"

"怕什么？我可以把你从泥里拖出来。"

"算了吧，就你那小细胳膊，咱俩准得一块儿陷在泥里。"

"别废话啦！抓紧时间解决案子，走走走，跟我回家。"

"唉！我是光赶场不挣钱啊……"

在海青的催促下，苦瓜又跟着他回了租界。几乎就在他们踏进家门的那一刻，电话铃响了，老吴拿起听筒只说了一句，立刻交给海青："曹副厅长打来的。"

海青匆忙抓过电话，汇报了下午在刘家的调查，确认福克斯晚饭前没进过餐厅。电话另一头随即传来曹副厅长的咆哮："可恶！我就知道这只老狐狸有问题。可我没法儿撬开他的嘴，别说审讯，他连面都不肯见，整天把自己锁在房里，只要一跟他说话，他就在里面嚷着要见律师。巡捕房也没办法，鉴于格林先生的关照不敢拘捕他，只能派两个人在房间外面守着。他奶奶的！这种人就是欠揍，案子若不是发生在租界，老子早扒了他的狐狸皮啦……"

电话里叫嚷声实在太大，连站在一旁的苦瓜都听见了，他不屑地笑了笑："告诉他，你能让老狐狸开口。"

"什么？"海青赶紧捂住话筒。

苦瓜重申一遍："告诉厅长，你有办法让老狐狸开口。"

"我？我有什么办法？"

"傻瓜！只是叫你这么说。你当然没办法，但是我有。"苦瓜打开皮包，从凌乱的西装底下掏出小丑面具……

曹副厅长对海青的承诺没抱多大期望，自己撬不开的蚌壳这小子会有办法？可人家毛遂自荐，不好打击积极性，试试总不会是坏事。所以晚饭后他乘汽车到租界，接上海青一起前往福克斯居住的利顺德饭店。

利顺德饭店坐落于英租界维多利亚道与咪哆士道交会口，街对面就是英国工部局，已有半个多世纪的历史。它原本是英国传教士殷森德开办的客栈，后来得到怡和洋行投资，扩建为四层楼的大型饭店，也是租界内占地最大的建筑。这座饭店装潢精美，设施齐全，是典型的欧式建筑，雕花拱窗、木质长廊、水晶吊灯、人工电梯，还配有中庭花园和宴会大厅，客房内所有家具都是从英国购置的。自营业以来吸引了世界各地的社会名流，在《辛丑条约》签订之前，美、日、德等国都在这里租赁房间充当临时领事馆，晚清重臣李鸿章曾在此会见美国前总统格兰特，孙中山先生三次北上路过天津也都下榻在这家酒店。

汽车停在饭店门口时恰好是晚上七点钟，天色半黑不黑，这座华丽的建筑看上去朦朦胧胧的，大多数客房的电灯还未亮，只有一楼大堂灯火辉煌。

不待李大彪开门，曹副厅长便急不可待地自己开门下来，回头一瞅海青——安安稳稳坐着，完全没有下车的意思。

"怎么了？"

海青捂着喉咙道："有点儿恶心，可能是晕车？"

"晕车？你家也有汽车啊，又不是没坐过，怎会晕车？"

"可能晚饭吃得太急，胃有些不舒服，咱们稍微休息一会儿。"

"真是……"出于礼貌曹副厅长还是把"没用的少爷秧子"这几个字憋了回去，已经被这块膏药黏上了，还能怎么办？他只好在路边抽烟等候。

海青懒洋洋地坐在车里，用手摩挲肚子，一副很难受的样子，双眼却一直注视着街对面——在工部局大楼的旁边有个花园，英国人为之命名为维多利亚花园，林木茂盛郁郁葱葱，在渐渐阴沉的夜幕下甚是幽暗。

曹副厅长紧锁眉头，时不时看表，在他掐灭第二根烟时忍耐终于到了极限："你要耗到什么……"

"好了好了。"海青笑嘻嘻地跳下车，"别急，磨刀不误砍柴工。"

"什么刀？你肚子里有刀吗？"

"我的舌头比刀快，有道是唇枪舌剑，一会儿我就凭这三寸不烂之舌，准保叫他开门受审。"

曹副厅长懒得再听他夸夸其谈，吩咐李大彪在车里等候，转身进了饭店大堂。有个服务生满脸堆笑迎上来，想问问是住店还是吃饭，但当他看清来者是谁时立刻停步，鞠躬说了声："请便。"既不用登记也不用出示证件，显然曹副厅长已经来过好几趟了。

他轻车熟路，也不乘电梯，直奔楼梯而去。海青在后紧紧跟着，很快来到三楼走廊——这是一条木质的狭长走廊，左手边是一间间客房，门上挂着号码牌；右手边是半人多高的护栏，紧邻马路，低头望去可以看见停在路边的汽车。

这时又有两个穿大褂的男人迎上来："厅长，您又回来了，往返奔波真是辛苦啊！"他们是奉命看守福克斯的巡捕，怕影响到饭店生意，没穿制服。

"狐狸还是老样子吗？"这绰号已经传扬开了。

巡捕苦笑："是啊！不让我们进去，他也不出来，现在连跟他说话都不理，不知要耗到什么时候。"其实他们也满腹牢骚，但慑于佩斯利总监的命令，不敢来硬的。

曹副厅长径直走到305号房门前，回头瞥了一眼海青："就是这间房，瞧你的了。"

"放心吧，一会儿就搞定……可以给我来支烟吗？"

"你毛病真多。"曹副厅长终于忍不住抱怨了一句，掏出香烟，连火柴一起递给他。

海青叼上烟卷，转过身面朝大街的方向划着火柴，费了半天劲竟没点着，眼看这根火柴快烧到手指了赶紧扔掉；又划第二根，磨蹭半天还是没点着烟。

厅长瞧出问题了："你瘸了吗？"

"没有啊。"

"不噙烟能着吗？"

"哦，点烟还得噙，我头一回听说。"

"你到底会不会抽烟？"

"不会呀。"

厅长气大了："不会抽你要什么烟啊！"

"这是为了思考！"海青没理搅理，"不动脑子能叫开门吗？我听说抽烟能帮助思考，正好趁这机会试试。"说着又划了第三根火柴，这次终于把烟点着了。

厅长被他磨得没了脾气，抱着胳膊往门框上一倚——随便吧！

海青哪儿吸过烟？噙了两口，呛得直咳嗽，索性撇到一边，又清了清喉咙，这才开始叫门："福克斯先生，你在里面吗？请开门。我是沈海青，利盛商行郑老板的外甥，前天晚上咱们在一起吃饭，你一定还记得我吧？快开门……"

他连喊带敲，好半天才听里面回应："别喊了，我早就从门镜看见你了。"

"开门，我有话跟您说。"

"不！不管是巡捕还是警察，现在我不回答任何问题。"

"我没有官方身份，只是想和您私下聊聊。"

"胡说！那个警长就在你身边，而且两名巡捕已经在外面把守两天了，你是他们找来的。"

"就算是吧。"海青没再掩饰，"但他们也没把你怎样，不是吗？这两天里服务生给你送了好几顿饭，他们明明可以趁机冲进去，可他们没这样做，还是希望你主动开口。我来这儿没别的意思，只是想帮帮忙，既帮警方也帮你。你让我一个人进去，把你在事发当晚的情况告诉我，剩下的我来跟他们交涉，OK？"

"不行！"福克斯气急败坏在里面嚷道，"不管你代表谁，你们全都一样！包括格林先生在内，你们久居中国，有各种各样的关系，只有我刚从美国来。我听说过这里的司法一团糟，你们肯定串通一气把这桩命案算到我头上，我不要进监狱。"

这句话勾起了曹副厅长的怒火："少胡扯！根本没人迫害你，你能赖在这里不出来已经是特权啦！那只花瓶上有你的指纹，你必须交代问题。"

"没有律师陪同，我不会回答任何问题。"

"你心里有鬼！米勒就是你杀的。"

"不，你这是诽谤！"

厅长使出激将法："那就出来，回答我的问题。"

"必须有律师见证我才能答复，这是我的权利。"

海青见他们越闹越僵，赶紧接过话茬儿："别着急，我可以为您联系律师。我认识一位朱律师，是天津律师公会的副会长，跟我们商行合作多年，打赢过许多官司，很有威望。您要是信不过，我还可以帮您联系上海的张耀曾先生，他以前担任过司法部长……"

"不需要。"福克斯非常固执，"我只信赖自己的律师。"

"您的律师在美国，等他过来要什么时候？"

"我已经给他发电报了，他会尽快出发。"

"等他乘船过来至少得半个多月，现在要解决的是一桩人命案，谁知道凶手有没有下一步行动？又牵扯什么利益？等他过来一切都耽误了。中国有句俗话，人命关天……"

两名巡捕不住摇头，显然这些话他们已说过许多遍，根本没效果，也不指望海青能创造奇迹了。

可就在这时，房间里突然传来一声巨响，似是什么东西碰倒了。

"怎么回事？"厅长紧张起来，用力擂着房门，"福克斯！你怎么了？快回答！"

福克斯没有回答，或者说是顾不上回答了，他放声大叫："救命！救命！"

这一刻，海青总算相信曹副厅长是巡警学堂的高才生了，果然名不虚传——只见他当机立断，退后两步猛踹一脚，正蹬在门锁位置，几块木屑随之迸飞。

救人要紧！两名巡捕这才反应过来，也抱着膀子朝门上猛撞，紧跟着海青也加入了。不愧是著名酒店，房门很结实，四个人轮番撞了五六下，随着轰的一声响，总算被曹副厅长奋力撞开。

房间里灯光明亮，还有一股风迎面拂过，原来是朝向中庭花园的窗户被打破了，碎裂的玻璃和窗棂散落在地毯上。福克斯瘫坐在窗边的一张椅子上，浑身颤抖面若死灰，脖子上抵着一把尖刀！持刀之人就站在他身后——黑衣、黑裤、黑绑腿，整个人就像一道黑影，而他脸上却戴着小丑面具：红红的鼻子，笑盈盈的嘴，眼睛处有两个孔洞露出双眸，右边眼角下还有个水珠形状的刻痕，涂着红漆，宛如一滴鲜血。

两名巡捕被这诡异的情景吓住了，不知所措。

"是你?！"曹副厅长浑身血脉偾张，没料到"朝思暮想"的侠盗小丑竟会突然出现，恨不得立刻扑上去抓住他。

"厅长，好久不见啊……别动！"小丑阴森森道，"我这把刀是新磨的，吹毛立断！谁再靠前一步，我立刻捅死他。不信咱就试试，倒看看是我的刀快，还是你们的腿快。"

"你、你……"厅长内心斗争一番，终究没敢动——福克斯是这一案的重要嫌犯，要是死了就无对证啦！只后悔没带手枪。

刀刃似乎已经割到肉了，福克斯连声求饶："别伤害我！你要什么我都给！我有钱，有很多钱……"

"放屁，你打发要饭的呢？"小丑拿刀反复蹭着他的脖子，"老子不要钱，你自己留着到阴间花吧。"

厅长怒吼："你究竟想干什么？"

小丑冷嘲热讽："别那么凶嘛！现在的主角是我，你们老老实实看戏吧。"

半天没话说的海青突然插嘴："我得纠正一下，刚才你说阴间。可他是美国人，恐怕不懂什么是阴间，你应该说地狱。"

厅长瞪他一眼——什么时候了还要贫嘴。

"对！是地狱，谢谢提醒……"小丑答应一声，又开始割福克斯的喉咙，"我分文不取，免费送你下地狱见阎王爷！"

海青想再纠正，外国地狱里没有阎王，可还是忍住了。

"不要啊！"福克斯虽然不懂什么是阎王，但脖子阵阵发凉，刀刃蹭来蹭去，可能已经流血了，吓得直哭，"我和你无冤无仇，为什么杀我？"

"杀人偿命天经地义，你杀了米勒先生，我要替他报仇……"

"不！你搞错了，不是我杀的。"

"少啰唆，就是你干的。你在刘家的餐厅用花瓶砸死他的。"

"没有！"福克斯声嘶力竭地辩解，"我到餐厅时他已经死了，当时我吓蒙了，后退两步不小心碰倒了花瓶，真的……"

"胡说！"

"没胡说，句句是实。"

"你满口谎言，去死吧！"小丑把刀一举，照定福克斯的脖子狠狠戳下去。

"啊！"在场之人不禁尖叫，连海青也吓得一哆嗦。

福克斯身子一抽、双腿一蹬，以为自己死了，却没感觉到疼，缓了片刻才发觉那把刀紧贴着脖子戳在椅背上，庆幸之余早已尿了一裤子，鼻涕眼泪也都下来了，抽抽噎噎道："真不是我杀的……我进去时他已经死了……我向上帝发誓，没说谎……呜呜呜……"

"哎呀呀！"小丑戏谑地拍着他脑门，就像哄孩子一样，"瞧你这扇样儿！罢了，谅你也没胆子杀人。"说罢迅速将刀子抽出，就势一个后空翻，已落到窗台上。

"站住！"曹副厅长猛冲上前，可还是迟了一步。小丑纵身一跃跳出窗外，消失在漆黑的夜幕中。

第四章
南北大菜满汉全席

小丑突然出现，事情一下子变容易了。

劫后余生的福克斯抱着曹副厅长放声痛哭，就像见到亲人一样，再也不耍脾气，无论问什么都直言不讳。

据他供述，当晚在二楼看电影，他本来是抱着挑剔的心态，可随着剧情的推进他觉得这部片子很不错，惊险刺激抓人眼球，有很高的商业价值。福克斯本身就是从事影剧业的，不但投资拍片，也代理外国影片在美国上映，他想到米勒既然能从朋友手中把影片借来，那位朋友可能是德国某家电影公司的人，何不通过米勒介绍他们认识？若能拿到独家代理，引进他们的新片在美国上映，肯定能赚大钱，于是他就想跟米勒谈这宗生意。当时米勒不在书房内，他觉得也许是去厕所了，可是越等越不回来，便到二楼厕所敲了敲门，然而里面的人不是米勒，还建议他到楼下找找；他又下楼去了餐厅，或许是因为太兴奋，再加上喝了一大杯白酒，走进餐厅时他完全没意识到坐在那儿的是死人，还在大谈自己的构想，直到靠近才发觉情况不妙。他吓得倒退几步，无意中碰翻了架子上的花瓶，慌乱之际没扶住，花瓶掉在地上摔碎了；因为楼上女士们一直在尖叫，餐厅门又被他随手关上了，没人听到响动。

发现尸体应该立刻报警，更何况看起来不像正常死亡，但是福克斯吓坏了，他想到在凶杀案中第一个发现尸体的人往往嫌疑最大，而做客的其他人都在中国生活多年，都有一定背景和社会关系；只有他独自来旅游，摊上这件事会很麻烦，再加上不相信这里的司法制度，律师又不在身边，所以他选择沉默。他觉得反正自己不是凶手，只要不做第一个发现尸体的人就可以置身事外，于是他悄悄回到二楼，装作若无其事，继续看电影。没过多久，利迪尔上厕所，电影中断，紧接着格林夫人代替他成了发现尸体的人……

也正是由于亏心之举，指纹暴露后，福克斯格外害怕，坚持要等律师到来后再接受审讯。曹副厅长越听越生气，拍桌子瞪眼道："你给我听好了。无论中国还是外国，任何一个国家的法律和文化都教育我们尊重生命，如果事情真如你所说，你在发现尸体后漠视不管，还妄图把麻烦推给别人，这是极不道德的！"

"是是是，我很惭愧……"这时福克斯已换上干净裤子，幸而脖子并未割伤，连印痕都没有，羞得只剩下低头认错了。

"你有没有想过，或许米勒当时还没死，如果早点儿告诉我，可能还有一线生机。"

"他的确已经死了……"

"我就在楼上！身边明明有个专业侦探，你却视我为无物。你不但怀疑法律的公正，还怀疑我的职业操守，这是对我的侮辱！"

"不不不，我绝没有冒犯您的意思。"

"由于你的拖延，误导了此案的调查，现在甚至连凶器都有可能搞错了，你这是明目张胆地妨碍司法！或许因为某些非官方的原因，我没办法给你定罪……但如果小丑再回来取你性命，完全是你自找的。"

这话戳到了福克斯的痛处，他又开始哭哭啼啼，差点儿给曹副厅长跪下："您不能不管我呀！我有生命危险，你们得抓住那个疯子！"

"你以为我不想抓他吗？"厅长露出一丝无奈的苦笑，随即又板起面孔，"能不能抓到取决于你的表现！从现在起你必须配合调查，不准再有任何隐瞒。"

"绝不隐瞒。"

"不准藐视执法人员，态度要诚恳。"

"绝对诚恳。"

"任何时候向你提出问题，都必须立刻回答。"

"一定回答……"福克斯像个听话的小学生，不断重复"老师"的吩咐。

曹副厅长的态度稍微缓和，提议再以官方名义追加一封电报，催促律师尽快启程。福克斯表示目前这种状况律师也解决不了问题，他已经对租界的治安丧失信心，希望能换个安全的地方。对这个要求，厅长无能为力，推给那俩巡捕。巡捕也没办法，连工部局对面的饭店都不保险，还有什么地方小丑不敢闯？他们打电话给佩斯利总监，佩斯利又打电话联系美国第十五步兵团——美国虽然失去租界，却还在天津留有一支军队，用于搜集情报、保护侨民。显然英国人也把福克斯视为扫把星，干脆把他扔给美国大兵。

一切安排妥当已将近零点，福克斯草草收拾了一下行李就钻进美国兵营派来的吉普车；佩斯利则被饭店经理、服务生以及其他房客包围，有的叫他赔偿门窗，有的指责他巡查不力，有的要求他尽快抓获歹徒，否则无法安心居住，搞得他十分狼狈。乘电梯下楼时佩斯利一再央求："曹先生，那个小丑的事希望您也能帮助调查，他闹得人心惶惶，我们必须给租界居民一个交代。"

厅长微微一笑："米勒的命案是因为牵扯我在内，所以我愿意帮助调查，一般的治安事件我就没必要插手了。既然小丑在租界闹事，你们自己去抓吧。"

海青捂嘴窃笑——干得漂亮！

可当他们回到汽车上，厅长的脸色又阴沉下来："如果福克斯说的是实话，那一切都搞错了。"

"我觉得他说的是实话。"海青提醒道，"刀压在脖子上，不太可能撒谎。而且回想那天的情景，电影中断后我见他脸色很难看，疑神疑鬼自言自语的，当时我觉得他是被恐怖片吓的。可现在想来他本身就是搞电影的，应该见过不少恐怖片，不至于吓成那样，应该就是因为他刚刚目睹了尸体，所以紧张。"

"混蛋！我还以为他是只狡猾的老狐狸，没想到是只笨狐狸！"

"我倒是安心了，既然福克斯发现尸体在电影中断前，那么利迪尔不可能是凶手。"

"他是可以排除，其他人呢？都有可能是凶犯，而且现在连真正的凶器都没找到，问题更复杂啦！"厅长很失望，本以为云开雾散，现在却不得不重新调查，"还有，又多了一桩麻烦——小丑为什么会出现？难道他跟这件事有关？"

"和上次一样，他又帮了大忙。要不是他恐吓福克斯，那家伙不会老实交代，不是吗？"

"没错，可他又一次愚弄了我！这家伙究竟是谁？"

"我有个猜想。"

"什么？"

海青一本正经地说："既然小丑声称要为米勒报仇，我猜这家伙的真实身份是个德国人。"

"德国人……德国人……"在剩下的路途中曹副厅长反复默念着这三个字，时而点头时而摇头，越思考越迷惑。海青瞧在眼里，想笑又不敢笑。

事情当然是从一开始就计划好的。海青和曹副厅长通电话时问明了福克斯的住处，那时苦瓜就先一步出发，带着化装的道具，在饭店斜对面的维多利亚花园等候。汽车到达酒店时海青察觉天色还不够黑，不利于行动，所以假称晕车又拖延了一段时间；等他们来到三楼走廊，海青又谎称要抽烟，三次才点着。其实三次闪火是约定好的信号，苦瓜观察闪火就可以确定房间位置了，他趁众人在门外交涉的时候潜入中庭花园，凭借轻功和飞爪攀上三楼，撞碎窗户闯入房间，演了一出"复仇大戏"，目的就是攻破福克斯的心理防线，使其吐露实情。曹副厅长做梦也不会想到，吊儿郎当的郑家少爷竟会在他眼皮底下捣鬼，更不会想到小丑就是今天和他共进午餐的曼伦先生。

回到家，海青依然很兴奋，却不见苦瓜的踪影，据老吴汇报，苦瓜走后就再没回来，看来这小子直接回了"三不管"，打算一早继续到场子"撂地"。海青也想早休息，可他太兴奋了，一会儿思索案情，一会儿回想饭店里那精彩的一幕，在床上翻来覆去"烙饼"，直折腾到天蒙蒙亮才睡着……

次日他是被老吴叫醒的。

老吴又站在他床边唠唠叨叨："少爷，我必须提醒你，现在已经是十点……哦不，十点五分了。"老吴随身带的那块怀表很旧，总是慢，动不动就得校准时间，"虽然老爷不在家，你也不能放纵自己，生活不规律是会得病的，也是堕落的开始。"

"堕落？"海青打个哈欠，"这个词儿与我无关。"

"不要狡辩！我在你衣服上闻到烟味。太令人惊讶了，你竟然偷偷抽烟，我必须向老爷汇报这件事。"

"别烦我了，再让我睡会儿。"海青翻了个身，"我昨晚帮曹副厅长查案，熬得太晚。"

"这不是理由，厅长同样休息得很晚，可他一大早就来电话……"

"厅长来电话找我？"海青猛地坐了起来，"为什么不叫我？"

老吴掐着腰，一脸不满："我是想叫醒你，但那会儿你呼噜打得比电话铃还响，我叫得醒吗？"

"下次再有这种情况，用凉水泼我！"海青一跃而起，仅穿了条裤头就往楼下跑，接着拨通了警察厅的电话。

"我起晚了，有新情况吗？"

"今早巡捕房做了进一步检测，他们把破碎的花瓶拼起来，确定了福克斯指纹的位置，一个清晰的左手掌印，在瓶子的中下部，还有两个不太完整的右手指纹，在瓶口附近。"

"所以呢？"

"他昨晚说的是实情。那只元青花虽然是仿制品，但是很大，分量也很重，所以我们才怀疑是凶器。而根据福克斯的指纹位置判断，他不可能那样举起来，根本拿不稳，更不要说用它袭击人。若是解释为看到花瓶要倒想要扶住，留下那样的指纹就合理了。所以花瓶不是凶器，它上面的血迹应该是破碎后崩到米勒身边蹭上的。"

"真正的凶器是什么？"

"不知道，巡捕已经去刘家再次核查现场，我不抱多大期望，餐厅里能当凶器的东西太多了，五斗橱上的座钟、雕像，甚至还包括椅子，那都是实木家具！如果凶手戴了手套或者握了一块手绢，根本不会留下指纹，血迹也可以擦去，即便某些东西有印痕也难以搞清是行凶造成的还是年深日久早已有的。另外凶手还可能把凶器带走，对此他们最先想到的是李亚溥，因为那天他带着公文包，不过当晚已详细搜查过，包里除了几份订单就是珠宝货品的照片，没有任何可以充当凶器的东西。总之是一头雾水，佩斯利还举着放大镜在刘家厨房里翻箱倒柜，我真替他难过，希望他们的上帝保佑，别让他白忙一场。"

海青感觉曹副厅长的声音很轻快，完全不似昨晚那么忧郁："您又有新的发现，对吗？"

"好小子，猜对啦！拼花瓶的时候我灵机一动，突然发现咱们忽略了一个问题。"

"什么问题？"

"血！米勒遭到的那一击很重，当时一定有血进出来，既然连掉在地上的碎瓷都沾到血，凶手身上会不会也有血迹？"

海青有点儿泄气："我早想过这点，那天发现尸体我仔细观察了每个人，谁身上都没有血迹。"

"不对！你观察得不仔细，我当时都看到了，昨晚躺在床上回想那一幕，突然意识到有个人很反常。"

"谁？"

"高缇耶！"

"他？！"海青一直认为最不可能行凶的就是高缇耶，他身材太胖行动困难，"我没觉得他有什么反常呀！自从发现尸体他就愁眉苦脸，似乎还有点儿难过，一直坐在客厅的椅子上，他那大肚子……"

"对！关键就是肚子。"

"肚子？"海青仔细回想，"他那大肚子一直挺着，跟个大肉球似的。我都怕那玩意儿太重，从他身上掉下来。"

"他的腰封呢？"

"腰封！"海青陡然一惊。

"高缇耶虽然胖，但是很注重仪表，为了收住肚子他戴了一条灰色缎面的腰封，你应该有印象吧？在放电影前那条腰封还戴着，然而发现尸体后就不见了，他的肚子就那样挺着，这不奇怪吗？"

海青豁然想通——黑色礼服沾上血迹基本看不出来，可要是灰色的腰封沾上血就太明显啦！

"还有，我翻阅昨晚的审讯记录时发现漏了个问题。笨狐狸说他曾到二楼厕所敲门，里面的不是米勒，还建议他到楼下找……这个人值不值得怀疑？"

"难道那人知道米勒在楼下？"

"或许不仅知道在楼下，还知道米勒已经死了。刚才我特意打电话到美国兵营，找福克斯问了这件事。他说他也不知道是谁，那种情况下不方便询问谁在里面，但他说听声音好像是高缇耶。"

"咱们要找的究竟是啥玩意儿？"已经到高缇耶家门口了，苦瓜还没搞清"腰封"是什么东西。

海青不厌其烦解释："一种腰带，穿洋装时戴的。"

"可我从没见你戴过呀。"

"那当然。以我的身材用不着那东西，腰封大多是身材较胖的人戴的，用于正式的社交场合，能兜住肚子显得身材笔挺。"

"咳！你早说呀，不就是板儿带吗？练把式的都戴那玩意儿。"

"不一样，板儿带是练功或者干活儿时用的，是为了防止受伤。"

"样子差不多吧？"

"呃，确实差不多，你大概能认出来就行，咱们要找的是一条灰色的绸缎面的……"

"真搞不懂，你这是查案还是要开估衣铺？"

"那上面可能有血迹。"

"老米遇害四天了，若真是老高下的手，还不把它洗干净？"

"绸缎的东西沾上血迹很难清洗，即便洗过八成也会留痕迹。"

"那他不会扔掉吗？"

"不管扔没扔，咱碰碰运气吧。"

曹副厅长和佩斯利总监召集所有参与此案的巡捕开了个会，据众人汇报，事发当晚没人在现场看到高缇耶的腰封，检查李亚溥的公文包也未发现任何衣物，不存在他把腰封放进下属包里的可能，而第二次搜查刘家仍未发现。当天高缇耶和李亚溥是坐洋车去的刘家，不是包月车，是临时雇的，由于调查进行到深夜，结束后是巡捕房的汽车把他们送回家的，其间也没有任何一位巡捕看见他围着腰封。也就是说，他一定是把它摘下来藏在裤兜里，而且从事发到回家没机会把它处理掉，绸缎制品沾上血不易清除，一定会留下印记，那是能证明他罪行的关键证物。

而问题是，这几天里他会不会将腰封处理掉？有一线希望也得试试，巡捕立刻找到利威洋行，令人惊讶的是高缇耶自那天后就没去上班，说是生病在家休养，并提升李亚溥为襄理，暂时代管店里业务。这可难坏了英国巡捕——现在应该立刻对高缇耶家进行搜查，可他住在法租界的威尔顿路，法国巡捕不允许英方在自己辖区内搜查民宅。更何况到目前为止一切都只是猜想，高缇耶又是法国的知名商人，法方一定会予以保护。即便这差事可以通过交涉达成，万一搜不到，英方的处境就尴尬了，佩斯利不敢冒这个险。左右权衡之后这个任务落到海青头上，他可以打着探病的名义拜访高缇耶，这样反而比巡捕直接登门更稳妥，避免打草惊蛇。

相较于洋行高耸、道路宽阔的英租界，法租界局促很多，但是繁华程度却有过之，因为天津几大百货商场都坐落在法租界，此外还有大大小小的商铺、影院、中西餐厅，是富裕阶层的娱乐中心。利威作为知名的珠宝品牌自然不会错过商机，不但在这里开分店，还在多家商场设有专柜，生意十分红火。高缇耶住在威尔顿路的一栋三层的公寓楼里，距商业街很近，步行才几分钟，上下班很方便。

踏上台阶的那一刻，海青回头道："今天咱们改改规矩，我逗哏，你量活，主要瞧我的。"

"你行吗？"苦瓜对他的能力表示怀疑。

"赶鸭子上架呗，其实我只在案发那天跟他见过一面，你与他素未谋面，更说不上话。"

"嘿！这是见了丈母娘叫大嫂——没话找话呀！"

刚迈进公寓楼，管理员就从门房里走出来，挡在他们面前。那是个胖乎乎的法国妇人，三四十岁，衣着朴素表情友善。她只会几句日常的中文，说得磕磕巴巴，能听懂的更少，英语也不怎么精通，显然这栋楼里只有法国住户。海青跟她比画半天才说明白是探望病人，得知高缇耶的房间在三楼。那妇人见他们衣冠楚楚不似坏人，又懒得爬楼梯，索性叫他们自己上去。

楼道狭窄幽暗，他们摸索半天才找到房间，轻轻敲两下门，不到三秒钟就开了——应门的是个金发碧眼的高个子男人，穿着黑色燕尾服，辨不出多大年龄，表情十分严肃。

"您好，是高缇耶先生家吗？"海青怀疑走错了。

这人表情虽然严肃，说话却很绵软："是的，先生。"

海青松口气："听说他病了，我们来探望他。"说着举起礼物——一包点心。

"谢谢您的好意，他正在休息，可以告诉我您的姓名吗？"

"沈海青。"海青特意强调，"我是利盛商行的副经理……这位是我朋友，也是商界人士，对珠宝很感兴趣。"

"很荣幸，请稍等。"那人迅捷而不失礼貌地把门关上，约莫过了十秒钟又把门打开，已换上一副笑脸，"请进，二位先生。"

这是个面积不大的套间，只有一个客厅连通一间卧室，对商界老板而言似乎太过寒酸，但室内陈设绝对丰富，酒柜、书柜、橱柜，到处是工艺品，还有酒具、奖杯、相框，虽然摆得很整齐，可东西一多就有些杂乱无章，角落里还有一台留声机，正在播放歌剧唱片，咿咿呀呀不知唱的什么，更显得闹哄哄。

"沈！欢迎做客。"高缇耶从卧室里出来，他穿着一身肥大的黄色睡袍，趿拉着一双大面包一样的拖鞋，头发胡子乱糟糟的没有打理，这副模样更像狗熊了，"昨晚躺在床上我还在猜想，谁会第一个来探望我。没想到是你，真是个大惊喜！"

海青预感不妙，但为时已晚，还没来得及躲闪，高缇耶已将他紧紧拥进怀里。这种法国式的热情真让人受不了，海青被这肥大的身躯搂得喘不上气来："我、我也很荣幸……"

"我真想亲吻你的双颊，不过生病期间还是免了吧。"

"太遗憾了……"海青言不由衷地敷衍一句，总算挣脱怀抱。

高缇耶热辣辣的目光又扫向苦瓜，说时迟那时快，苦瓜连窜两步坐到沙发上，笑呵呵道："不必让了，我坐这儿就好。"

海青斜了他一眼——真狡猾！赶忙介绍："这是我朋友曼伦，他家是在南洋经商的，也酷爱工艺品收藏。"这故事越编越顺口，曼伦先生已跟许多人结识，海青决定把它继续下去。

"欢迎。"高缇耶嗅到商机更加兴奋。

苦瓜连忙奉上礼物："这是桂顺斋的点心，萨其马和小八件。我本打算买蛋糕，但海青觉得您可能对中式点心更感兴趣。"

海青已做好迎接第二次"狗熊袭击"的准备，但出乎他意料，法国老饕微蹙眉头，一副哭笑不得的表情："谢谢你们的好意。"他请海青在另一张沙发上坐，自己却坐在窗边一张大摇椅上，那椅子又大又结实，似是专门为肥胖人士定做的，"保罗……"

"有什么吩咐？"金发男人立刻凑过来，原来他是男仆。

"快给客人煮咖啡，我要一杯清水就好。"

"是，先生。"

"另外把唱片关了。"

"是，先生。"保罗迅速关上留声机，又从橱柜里取了银制托盘和咖啡壶走出房间，关门时小心翼翼，唯恐弄出声响打扰客人。

高缇耶有些不好意思："实话实说，这公寓小了点儿，每层楼只有一间公共厨房，煮咖啡只能到那边去。其实我也不喜欢歌剧，但楼顶上有一窝猫，近来总叫个不停，渐渐地我发现放音乐时它们会安静一些，于是我就用听歌剧代替听猫叫。"

"哈哈，现在的确是闹猫的季节。"海青四下瞻顾一番，竭力恭维道，"这里虽不大，但看上去很舒适。"

"没错！这是单身汉的温馨小窝，自由自在无拘无束。当然，多亏有保罗帮我打理家务。"

"瞧得出来，他是个好仆人。"

"他是莫兰太太介绍来的，就是楼下那位管理员，她很贴心，可惜，年纪轻轻就成了寡妇，流落异国他乡，只能当公寓管理员，不过也因此我才有幸结识她，进而得到保罗。"或许是平时访客太少，高缇耶很乐于敞开心扉，"保罗每天为我服务六小时，每周六天，薪水挺高的，但能在租界找到职业男仆，还无须提供住宿，已经很难得了。他总能把一切打理得井井有条，尤其在我生病的时候。"

海青从一进屋就感觉生病是假的，高缇耶精神很好，除了大肚子瘪了点儿并没有其他变化："您哪儿不舒服？"

"没什么大毛病。"高缇耶闪烁其词，"关节有点儿疼，可能是因为体重，我毕竟也是四十多岁的人，疏于保养肯定会出问题。就像钻石！再美的钻石如果总放在陈列架上不动，也会落上灰尘。"他把话题引到生意上，"曼伦先生热衷工艺品收藏？听我的肺腑之言，没什么比收藏钻石更明智！陶瓷的工艺品看起来很美，但时常需要清洁，而且搬家时很困难，一个不小心就毁了。画作也一样，名家的画作都很贵，未成名的画家升值又慢，你应该听说过，唯有等到画家死了，他们的作品才能值大钱，你还得跟他们比赛长寿，太不划算啦！黄金虽好，可还是比不上钻石，因为它们不仅是财富，更是艺术享受，送给心爱的人也有纪念意义。"

"有道理。"苦瓜连连点头，努力扮演一个认真的倾听者，心里却想——跟我说这些全是废话，哪样我也买不起！

"而且钻石很轻便，如果发生战争什么的，您只要把它们揣进口袋里，就可以轻轻松松带着它们回南洋。"

"是啊，确实方便。"苦瓜暗忖——我不回南洋，只回南市。

保罗端着咖啡回来，高缇耶亲自为他们斟了两杯，自己只抿了一口清水，又开始滔滔不绝："外行人都以为南非的钻石好，其实北非出产的钻石更好，而且花样更多。最重要的是英国人从来不懂艺术，他们的审美乏善可陈，只有我们法国人才能把钻石的美发挥到极致。我们的钻石产自科特迪瓦、塞内加尔，我们的工匠都是世家出身，好几代人从事首饰制造，曾经给路易十六服务。想想看，您从我们利威购买的项链跟玛丽皇后的皇冠是同一个家族制作的，多么荣耀！"

海青暗笑——果然是商人，为了推销不择手段，被你们推上断头台的那对夫妻这会儿又成了吹嘘的资本。

苦瓜早听得一头雾水，哪知道路易十六是谁？这块"活"他完全没有，但还是故作镇定，点头附和："您说得太对了，有道是货比三家，钻石的品质很重要，我曾经见过一个补锅匠，他用的……"

"啊！我也想买个戒指。"海青意识到苦瓜误会了，把钻石和铜锅铜碗的金刚钻错当成一回事，再说下去就露馅了，赶紧高声打断，"我听说五月生日的幸运石是祖母绿，对吧？"

"是的，我们有全天津……不！全世界最好的祖母绿。"高缇耶又把"火力"转向海青。

苦瓜稍松口气，拿起桌上的茶杯，这是他第一次喝咖啡，只饮了一小口，险些喷出来——怎么搞的？这家伙不会是把大夫开的汤药给我们喝了吧？

高缇耶兀自滔滔不绝："什么叫物超所值？什么叫权威认证？看看吧。"他指向墙上的陈列架，"这些奖章、奖状都是各国皇室颁发给我们的，包括你们前清的皇帝，买我们的产品等于享受皇家待遇……"

海青已疲于招架，再这样下去非买不可，苦瓜灵机一动，指着奖章旁边的相框道："嘿！那男孩儿真可爱。"

"哦，果然很可爱。"海青立刻抓住这根救命稻草，"他的大眼睛真漂亮，是您儿子吗？"

"儿子？哈哈哈……"高缇耶仰面大笑，"不！那是我小时候。"

"是您？！"海青万没想到，看看照片里男孩水灵灵的大眼睛，再看看高缇耶胖脸上的那两道小细缝，难以相信是同一人。

"是的，所有的照片都是我。"

海青仔细浏览，这些照片囊括了一个男人从幼儿到青年的岁月，有蹒跚学步的，有穿着校服的，有踢足球的，有骑自行车的，直至二十多岁穿着军装、背着步枪……海青倏然意识到，自己对这个法国人的认知完全是错的，高缇耶发胖只是近十年的事，他原本是训练有素的军人，参加过战争，即便现在他胖成这样也不雇包月车，坚持步行上下班，他并不是一个不爱运动的人。

苦瓜好奇地问："只有您的照片，怎么没有您妻子儿女的？"

"我没结婚，更没有儿女。"高缇耶缓缓地摆动摇椅，活像个躺在摇篮里的硕大婴儿，"我是崇尚自由的人，没考虑过结婚，只要有足够的财富，日子过得快活就好。另外……不能缺少美食，你们喜欢吃东西吗？"

"喜欢！"苦瓜高声回应，心下却道——可惜总吃不饱。

"这就对啦！一定要喜欢吃。"高缇耶轻轻打开那包点心，"人生有太多变故，许多东西都会随着岁月消失，青春没了，梦想没了，朋友也会离去，甚至有一天连性命都没了，只有食物自始至终伴随我们，珍惜这项爱好吧。"这话与其说是对苦瓜他们讲的，还不如说是自言自语，他拿起一块萨其马，仔细端详一番却没吃，又放回纸包，脸上流露出孤独落寞的神情。

屋内一时寂静，海青不禁思考——究竟是何原因把一个积极开朗的男人变成这样？他为何会有人生无常的感叹？是早年经历过令他心碎的恋爱吗？还是他在战场上目睹太多战友死去？虽然他在宴会上声称不再怨恨德国人，但那是真心话吗？

苦瓜却没多想，反而意识到这是切入正题的良机："您虽是单身，生活却很有条理，尤其在穿衣打扮方面很讲究……海青总跟我这么说，不是吗？"说着轻轻踹了海青一下。

"哦，是的。"海青回过神儿来，"那天我就注意到了，您着装十分得体，而且服装款式很新。"

"那当然！"高缇耶又振奋起来，虽然穿着睡衣，还是忍不住紧了紧衣领，"我是从事珠宝行业的，又是经理，我个人的形象代表着公司的形象。"

"您的身材非常……雍容。"海青搜肠刮肚组织着语言，"但是穿戴起来风度翩翩。我舅舅近年也有些发福，我一直在想，他要是像您一样会打扮自己就好了。"

"哈哈哈，我可以给你一个裁缝的地址，专门为肥胖人士量体裁衣的，我找他定做衣服有两年了。"

"西装是一方面，更重要的是配饰，比如……"海青踌躇片刻还是说出了那个敏感的词，"腰封。"

"腰封！"高缇耶大叫一声，瞪圆了眼睛。

那一刻海青以为他会震怒，或者表现出慌张，而高缇耶却猛地一拍大腿："识货！我的腰封都是从巴黎带来的，有几件衬衫也是。"

"是吗？可不可以拿来让我看看？我也想给舅舅买一条，作为生日礼物。"

"没问题。"高缇耶愉快地拍了拍手，"保罗，把我的腰封还有衬衣都拿来。"

"是，先生。"保罗应声而去——衣柜在卧室里。

苦瓜想趁机窥探一下卧室，至少弄清楚衣柜的位置，哪知这位男仆做事严谨，一进去就把门关上了，啥也没看见。

高缇耶又有了骄傲的资本："我们法国人最懂时尚，这方面英、德没得比，他们一直跟在我们屁股后面。至于美国佬，总是追捧一些花里胡哨的东西，说穿了就是穷人乍富，没品位。还记得福克斯的花呢格子西服吗？那叫什么东西！还不如穿夏威夷草裙呢。"

"说到福克斯……"海青小心翼翼试探道，"我前天遇到他了，在利顺德饭店，他似乎刚接受完巡捕的审问，跟我说了许多关于那天晚上的事，感叹恐怖片成了真。他还提起那天晚上他去厕所找米勒，那时您在里面，是吗？"

"好像是吧，我记不清了。"高缇耶一脸厌恶，"天哪，别再提那天晚上的事，真让人受不了。"

海青想进一步追问，又怕话说得太明，还是克制住了，转而笑呵呵道："确实很不幸，但那部电影还是令我印象深刻，尤其女主角被吸血鬼绑架到城堡的一段，刺激极了。"

"是啊。"高缇耶耸耸肩，"我现在还记得她惊恐的表情。"

海青茫然望着卧室的门，隔了片刻又道："我不爱看悲剧，吸血鬼害死所有人，虽然男女主人公死在一起很浪漫，但是看着难受。"

"没错，我也讨厌悲剧。但那些编剧似乎觉得悲剧才深刻，在这点上德国人跟英国人一样，无论歌德还是莎士比亚。你真该看看我们法国的戏剧，那才够欢乐！"

这时保罗抱着一大堆衣服出来，高缇耶又开始吹嘘巴黎的衬衫有多么棒，特意强调其中几件的袖口镶有钻石，也是他们公司的产品。海青和苦瓜的注意力全在腰封上，这儿有好几条腰封，黑的、蓝的、紫的……唯独没有灰色那条。

没别的办法，海青只能直截了当问："我记得您那天晚上系了一条灰色的腰封，怎么没拿过来？"

"灰的？你为什么单单看中那条？"

"我舅舅有一身灰色的西装，我觉得配那个腰封正合适，能拿出来让我仔细看看吗？"

"呃……"高缇耶的目光突然变得游移不定，"那条脏了，已经送去洗衣店了，是吧？"他回头望了一眼男仆。

"是的，先生。"保罗立刻附和。

"过两天就能拿回来，那时你再来看吧。"

海青心头一凉——若是送到专业的洗衣店，那就留不下痕迹啦！

目的已经落空，海青再没心情耗下去，反倒是苦瓜沉得住气，依旧兴致勃勃浏览那些衣服，甚至还试穿了一件，大胖子的衬衫他穿上简直成了白大褂，活像大夫，逗得高缇耶哈哈大笑。俩人越聊越近，最后苦瓜干脆直接称呼"老高"，他表示自己对利威的珠宝很感兴趣，但必须要回去跟父亲商量一下，再决定投资的数目。高缇耶表示理解，临别还不忘写下裁缝的地址交给海青。

这次拜访在友好的气氛中结束，高缇耶拖着肥大的病躯把他们送到楼梯口，飞吻道别。苦瓜拉着海青的手慢悠悠下到二楼拐角，听见上面传来关门声又迅速转身，蹑手蹑脚回到三楼，贴着房门偷听里面动静：

"灰色西装配灰色腰封，难看死啦！中国商人再有钱也不过是乡巴佬，真正的时尚品位永远源于巴黎，你觉得呢？"

"是的，先生。"

"两个年轻人挺可爱，就像爱弥儿[1]一样！尤其那个叫曼伦的，似乎更聪明一些。但我不喜欢别人打听我哪里不舒服，他们却偏要问，中国人总觉得这样才热情，其实很不尊重隐私，我是不会告诉他们的。"

"是的，先生。"

"不过跟年轻人聊聊天，倾诉一下心事，感觉也挺不错，好久没像今天这样开心了。"

"是的，先生。"

"唉！可惜费了半天唇舌，结果他们还是拿不定主意，我想应该是他们的监护人把钱包管得太紧。过两天我让李亚溥再去推销一次，肯定能促成买卖，至少利盛的少爷会买一枚祖母绿戒指。你知道吗？有时我觉得亚溥比我更出色，他将来一定会成为大老板。"

"是的，先生。"

"这儿都变成服装店了，快收拾一下。"

"是，先生……对啦，明天是周六，又到莫兰太太收各家脏衣服的日子了。可明天上午我要请半天假，需要换洗的衣服我都放在卧室门后的竹筐里，您直接交给她就行了。"

"好吧，你连续三个星期六请假，究竟什么事？难道恋爱了？"

"是的，先生。"

"天哪！连你也开始堕落了，单身不好吗？你不在我怎么办？现在

---

1 爱弥儿，法国思想家卢梭的名著《爱弥儿》的主人公。

我连大吃一顿都不行。你把这包点心拿去送情人吧，别再让它折磨我。"

"不，先生。我有个建议，您可以把它送给莫兰太太。"

"好主意，我这就去，不过得先换件体面的衣服……"

听到这里，二人不敢再逗留，赶紧悄悄溜下楼。走出公寓时，苦瓜还向门房里的莫兰太太打了招呼："一会儿有点心给你，愿你有个好胃口。"胖女士完全没听懂，只是笑着朝他们点点头。

回去的路上海青灰心丧气，低着头缓缓踱步："你觉得这家伙嫌疑大吗？"

"周公恐惧流言日，王莽谦恭未篡时。"

"嚯！你小子学会转文了。"

"这句是跟说评书的学的。依我看老高若不是实实在在的好人，便是大奸大恶之徒，王莽、曹操那种。"

"此话怎讲？"

"你以为你刚才那番表演很成功吗？我看跟挑明了要看腰封也差不多，何况你还提到了老狐狸敲门的事。他若是凶手，早明白你的意图了。可他泰然自若，要么是他心中坦然毫不知情，要么是装傻充愣扮猪吃虎。"

"你觉得哪种可能性更大？"

"我猜他不是凶手。"

"为什么？"

"话多。"苦瓜煞有介事道，"心里有事的人话不会太多，你看我们演《打灯谜》的时候，'二人见面忙握手'猜一个'好'字，逗哏的话都很精练，尽量不多说，因为'好'是个常用字，一不留神就可能带出来，段子就演砸啦！老高刚才岂止话多，简直是话痨，大说特说，可见没有藏着掖着的事儿。"

"这次你错了，我知道他在说谎。"

"你怎么知道？"

"因为我提到了电影。"海青停下脚步，"那部电影中只有男主角到过吸血鬼城堡，女主角虽然一开始就登场了，可是直到最后她都没去过城堡，而且电影的结局也不是男女主人公双双去世，是女主角牺牲自己消灭吸血鬼。高缇耶却信誓旦旦说他记得女主角在城堡中的恐怖场景，对我说出的悲剧结尾也不反驳，这证明什么？他从头到尾都对《诺斯费拉图》不了解，那天晚上他根本没用心看电影，甚至大部分时间都不在书房里。"

"老天爷！"苦瓜一脸震惊。

"惊讶吗？"

"太叫我惊讶啦！没想到你小子学聪明了，会给人下套啦！"

受到苦瓜的表扬，海青却高兴不起来："可惜太迟了，那条腰封他已经送去清洗，再也找不到证据了。"

"嘿嘿，看来你也没聪明到哪儿去，给个棒槌就认针，那条腰封还没送去洗呢。"

"真的？你怎么知道？"

"你没见他说送去洗了的时候神色不定吗？而且还回头问了一下保罗，让男仆确认一声。那肯定是瞎话，故意叫保罗帮他遮掩。记住，凡是表演必有痕迹，我们说相声时重要的词句总会重复一两遍，会加重语气，有时还让捧哏的垫一句，就为让观众留下深刻印象，这样翻包袱时才更逗乐。凡是故意重复的话必有毛病！"

海青撇唇咧嘴一脸怀疑："你总拿相声的经验推理案件，这玩意儿靠谱吗？"

"怎么不靠谱？人生如戏，台上台下都是一个道理，再说刚才偷听的话你忘了？"

"都是闲话啊，很重要吗？"

"完了完了，你一点儿当贼的经验都没有。"

"废话！到底怎么回事，快说。"

"保罗说明天是星期六，是莫兰太太收脏衣服的日子。这就证明了每个星期六莫兰太太都把公寓楼所有住户的脏衣服集中起来，一起送到洗衣店。你想想，这种情况下他还有必要单独跑一趟洗衣店，去送那条腰封吗？"

"可那也许只是搪塞，他要是把腰封烧了或者扔了呢？"

"不可能，他说过几天就送回来，你可以再来看。如果他已经把那东西毁了，到时候拿什么给你看？那玩意儿在天津买不到的，他说是从疖子带来的……"

"什么疖子？是巴黎。"

"你不懂，必须先长疖子，疖子破了才有疤瘌。"

"不是疤瘌，是巴黎！法国首……"

"甭管哪儿，反正那地方不近，要真是毁了，短时间内他不可能再拿出一模一样的。"

"也就是说那条腰封还在他家里！"海青终于明白了。

"没错，准确点儿说就在他卧室门后的竹筐里。"

"曹副厅长猜对啦！他不敢拿出来给咱看，上面必然有见不得人的印记。可是……明天就真的要送去洗了。"

"放心吧，到不了明天。"苦瓜微微一笑，"这趟算是'踩盘子'[1]，你在家等着吧，到不了后半夜我就把它交到你手里。"

金乌西坠，玉兔东升，夜晚逐走了白日的喧嚣，哪怕是繁华热闹的法租界也渐渐安静下来。

月亮依偎在薄薄的浮云间，星星格外明亮，在夜空中一闪一闪，像在眨眼睛。面对如此景致，文人骚客或许会诗兴大发，随口吟诵出美丽的诗篇，可是苦瓜不够"骚"，肚子里没有墨水，思考了半天才想起单弦《秋声赋》里有一句"碧落悠悠星斗惨，银河耿耿月儿孤"。

这句太妙了，尤其是那个"孤"字，虽然苦瓜不会写，但是他忖度应该就是"孤单"的"孤"，这正符合他的身份和心境，在这世上举目无亲，只有他孤零零一人。记得许多年前，有一次他和甜姐儿偷偷跑出去玩，当时年纪还小，到了晚上一起仰望星空，看着看着甜姐儿就哭了，说在天上看见了死去的娘亲；而他只是眨着干涩的小眼睛，遥望那广袤无垠

---

1 踩盘子，正式行动前摸索情况。

的苍穹，连眼泪都没有——自幼流浪，根本不知道娘亲长什么样。

曾经多少次，苦瓜努力在脑海中构想一位母亲，相貌比戏台上的梅兰芳还漂亮，衣装比《贵妃醉酒》里的杨玉环还鲜亮，性情比《望儿楼》里的窦太真还贤良，可那没用，幻想中的人虚无缥缈，觅不到丝毫亲切和安慰，反而更令他惆怅，但明知此举无益，每次仰望星空他还是忍不住浮想联翩。今天又犯这个毛病了，他不禁伸手抚摸脸上的面具。其实没必要每次都戴上小丑面具，不需要震慑敌人时用黑布把脸遮上就行，那样更易于隐藏，然而他就是喜欢这个面具，自从海青第一次拿给他看时他就爱上了，尤其喜欢小丑眼角下的那滴血泪。这世上的人往往表情与心态是反着的，有些当众抹泪的心里或许在笑，整天卖笑的可能心里在哭，当丑角真的是快乐的事吗？海青曾戏言，该买本《孤星血泪》看看，谁知道那是什么玩意儿？听名字应该是孤儿的哀叹吧？可孤儿的痛苦又岂是一本书能道尽的？从小到大苦瓜不知思索过几千几万遍，为何自己从小就独自一人，是遭逢灾祸，父母都死了；是家道贫苦，父母不得已把他舍弃了；还是出于某种原因，父母打心眼儿里恨他……算啦！有些事就是闲死也不能想，想了就会失去勇气，一个人从哪儿来并不重要，重要的是我要往哪儿去！想到这里，苦瓜一个猛子从房顶上坐起来。

是的，从晚饭以后他就独自躺在公寓楼顶上，下边就是高缇耶的卧室。不过说独自并不确切，因为身边还有几只猫——高缇耶说得没错，楼顶上果然有一窝猫，此刻已被他用两个鱼头笼络了。

现在大约是晚上八点，这时候日出而作日落而息的乡村人家早已休息，就算在天津这样的大都市，一般市民也开始铺床洗漱了，不过他听海青念叨过，洋人睡得都比较晚，美其名曰"夜生活"。但是他的行动也不能等到太晚，毕竟已经是秋天，晚风一来，高缇耶把窗户一关，这活儿就不好干啦！

好在此刻留声机的声音很嘹亮，还在咿咿呀呀地唱着，证明窗户还开着，苦瓜很不满，这外国歌剧忽高忽低跟闹鬼一样，有什么可听的？放段荀慧生的《玉堂春》多好，刘宝全的大鼓《宁武关》也不错，实在不行俱乐部里那首《花生小贩》也比这好听啊！他把身子往房檐边挪了挪，朝外张望——街上静悄悄的，只有几盏路灯闪着昏黄的光，即便有行人经过也不会无缘无故往上看吧？

事不宜迟，苦瓜立刻行动。他脑袋朝下，使了个倒挂金钩，双脚钩在房檐上，将身子慢慢落下去……但只落了一半，猛然腰腹使劲又往上探，伸手扒住房檐，爬回屋顶上。

好险！落一半就看见高缇耶的大肚子——原来他就在窗边站着，这要是下去就脸对脸啦！

这番折腾有些慌乱，房瓦碰出声音，好在留声机的声音很大，足可遮掩。苦瓜暗叫侥幸，把头探出去往下观看，见窗内冒出一缕缕烟雾，高缇耶似乎正站在窗边抽烟。

好死不死，这就怨不得我用损招啦！苦瓜从夜行衣里掏出一个黑布口袋，蹑手蹑脚朝猫爬去："乖，听话。我带你们去个好地方。"说罢猛然将口袋一罩，已有两只小猫落入袋中，其余的四散奔逃。

两只已经够用了，他又回到窗户上方，这次是客厅窗户，依旧倒挂金钩落下身子，往客厅里张望。这会儿保罗已经下班了，客厅没有人，苦瓜张开口袋，照着陈列架把猫扔过去，随即攀回屋顶。下面早已传来稀里哗啦的响声，紧接着就听高缇耶叫嚷起来："天哪！路德维希颁赐的奖章！你们从哪儿冒出来的？别、别碰水晶奖杯……啊！混蛋！黑猫果然都是魔鬼……"霎时间猫叫声、人喊声、东西摔碎的声音，再加上歌剧唱片，乱成一锅粥了。

就趁现在！苦瓜转而回到卧室上方，这次不用窥探了，脑袋朝上脚朝下，大大方方爬下去，双手抓住窗框将身子往里一荡，借着这股劲儿正跳到床上。不过他还是失算了，没想到外国佬的钢丝床这么有弹性，他往床上一落，随即弹得老高，脑袋差点儿撞到吊灯，赶紧躺倒身子，又弹了两下才稳住，立刻下床蹿到门边。

通往客厅的门半敞着，苦瓜丝毫没犹豫，随手就掩上了，这会儿高缇耶一门心思捉猫，早闹得沸反盈天，根本不会注意到。门后果然有个精致的竹筐，堆满了脏衣服。苦瓜不必着急，大胖子要逮住那两只灵巧的小家伙可不是件容易事，他有的是时间，可以哼着小曲慢慢找。然而事情比他预想的更顺利，只拿起一条裤子就看见了那条腰封——灰色的缎面上果真有块黑乎乎的污迹，十分醒目！

苦瓜立刻把它塞进装猫的口袋，往腰带上牢牢一系，连翻两个跟斗已蹿出窗外。高缇耶全然不知，还在气急败坏地跟猫"搏斗"呢。

十个小时之后，激动得一夜未眠的海青跑到了天津警察厅。他去得太早，大门才刚打开，还没开始办公呢，又经过一阵焦急的等候，最终他在门口拦住了曹副厅长的汽车，迫不及待地献上腰封。

厅长也激动不已，连声夸赞，什么"好样的""年轻有为""前途无量"，几乎把能想到的一切美好词汇都用到海青身上了。又问怎么得来的，海青当然不能实话实说，就说高缇耶无意间提到腰封送洗衣店了，他立刻追查到那家洗衣店，晓之以理动之以情，说服店主交出来，因为行动及时，还没来得及清洗。

"哈哈哈，干得漂亮！你的办事效率不亚于专业警探。"

"现在可以批捕高缇耶了吧？"

"哪儿这么容易？还早着呢。污渍虽然有了，还要经过检验，确认是血迹后才能算铁证。另外还需要证词，这样吧，一事不烦二主，你去跟那家洗衣店的店主打个招呼，等检验结果出来我就找他记录证词，人证物证都有了才可以逮捕高缇耶。你以为我不着急吗？没办法，办外国人的案子很麻烦，得一步一步来，事先还得跟法国巡捕通通气，商量一下具体由谁拘捕。但我想这一案已十拿九稳，你就放心吧，哈哈哈……"

厅长的汽车进了大门，海青愣在原地，早已一身冷汗——放心？怎么可能放心？哪儿来的洗衣店主？哪儿来的证词？

他把事情想简单了，原以为拿到有血迹的腰封便可抓人结案，哪儿知还有这么多道道儿？糊里糊涂走到这步，到时候曹副厅长连同英国巡捕、法国巡捕一起找上门来，他如何交代？这要是打破砂锅问到底，苦瓜的身份岂不曝光？若是继续编瞎话，怎能凭空变出个洗衣店主？要不先叫老吴乔装打扮应付一下？不行，店铺在哪儿？要不就说是我自己偷的？我怎么偷的？我有这本事吗？米勒的案子成功告破，却把自己和苦瓜搭进去了，这不是耗子逗猫——没事儿找事儿吗！

海青脑袋都大了，想去"三不管"找苦瓜商量又张不开嘴，不能再给人家添麻烦了，这个雷无论如何只能自己顶。他浑浑噩噩回到家，饭也不吃水也不喝，背着手在客厅里来回溜达，搞得老吴莫名其妙，问他话他也懒得搭理。

他就像驴子拉磨一样转悠大半天，就是想不出应对之策，直到下午一点多电话铃响起。

该来的迟早会来，他叹息着拿起听筒，果然是曹副厅长。

"混蛋！"

海青一惊——怎么张口就骂？已经露馅了？

"抱歉，不是说你……我气糊涂了。"

"怎么回事？"海青预感事情有变。

"检验结果出来了，腰封上的污渍不是血。"

"那是什么？"

"他们说是消化残留物。"

"什么东西？"海青没听懂。

"大便！"厅长气呼呼嚷道，"那污渍是大便。"

海青惊呆了，一时反应不过来，这样的结果真不知是该庆幸还是该难过，讶异半晌才回应道："不会搞错吧？"

"我也希望弄错了，但佩斯利他们认认真真检验了两遍，怎么可能搞错？现在看来一切都合情合理。高缇耶行动不方便，当晚他吃得太多了急着上厕所，可能当时已经憋不住了，刚解开腰封就……"厅长停顿片刻，仿佛在设想这"壮观"的一幕，"腰封上不小心蹭上粪便，他怕其他客人看见或者闻到臭味，所以把它藏起来。他垂头丧气不是为米勒难过，而是为这件事郁闷，那个人很爱面子。"

海青想了想："这么说也有道理，我去他家诓骗他拿腰封时他一脸难堪之色，应该就是怕我看出上面沾的是什么。"

"唉！突然消失的腰封影响了我的判断，现在回想起来，福克斯说高缇耶让他下楼找米勒也不是什么重要线索。既然米勒不在书房，也不在二楼厕所，自然会猜想是不是下楼了。咱们纯属疑人偷斧，无端猜测而已。"

"我真是白忙一场。"

"你以为我闲着吗？这两天我走访许多法国人，包括李亚溥和其他一些利威的店员，到处打听高缇耶的情况，寻找他作案的动机，现在都没用了。虽不能排除高缇耶的嫌疑，但就目前的情况看他的嫌疑跟其他人相比也只是半斤八两，根据刘家仆人的证词，除你我之外所有人都离开过书房，而他们都宣称只去过厕所，谁又能自证清白？也包括刘文卿在内。"

"凶手在说谎，他想鱼目混珠。"

"凶手说谎？"厅长苦笑，"恐怕说谎的不止是凶手，其他人因为自身的某些原因也在说谎。就像福克斯和高缇耶一样，他们俩不都有所隐瞒吗？"

"是啊。"直到此刻海青才体会到调查罪案有多困难，每个人都有自己的秘密，即便不是罪犯也会说谎掩盖行为，这本身已经够烦人了，而此案牵扯到的人又来自不同国家，这就像……像是一桌南北大菜满汉全席。海青又一次想到这个词，但这次他已经开始感到厌恶，"好吧，忘掉一切重新调查，回到一开始的线索。"

"一开始的线索？"

"对，既然所有人的嫌疑都差不多，那就回过头来追查最反常的人——格林夫妇。格林先生当晚为什么会出去？您真的相信他没事儿出去散步吗？他妻子为什么无缘无故下楼？她不可能去找水，咱们心里都清楚，书房里有饮料。"

"我一直在调查，可他们坚持自己的说法。"

"所以您就相信他们了？不可能吧？"海青觉得曹副厅长的话有些含糊，"是不是英国巡捕偏袒他们的董事，不让您深入调查？"

"有这方面的因素……不过……"

"是怕工部局向警察厅投诉您，影响您的职位？"

"也不是……"

"让我来！"海青又一次自告奋勇，"我才不在乎他是谁，就算得罪了他，大不了以后不跟他的公司做买卖，就算把英国人都得罪了，我们利盛还可以跟德国、法国合作，我去会会他吧。"

"你最好别跟他接触，让我慢慢来。"

"为什么？"海青有些气恼，"案件调查要一视同仁，如果有的人能查，有的人不能查，那我真要怀疑是不是有阴谋了。再说这一案本来就是英国巡捕找您帮忙，现在公然庇护他们的人，有这样的道理吗？您应该向英方说明，如果他们不配合，这一案咱就不管了，到时候破不了案一切责任由他们自负！"

电话那边忽然沉默了。

"怎么回事？情况有变？您有难处？"

"是的，有些话我在厅里不方便说……这样吧，今晚你还在大门口等着，我带你回家，慢慢告诉你。"

"好的……那条腰封怎么办？"海青可不能忘记这件事。

"哎呀，这件事不好办。"厅长连连咋舌，"咱们好不容易弄到这条腰封，却什么也证明不了，现在反倒成了大麻烦。如果高缇耶发现腰封丢失，向洗衣店问明情况，搞不好会向法国巡捕反映。毕竟咱没有任何证据就到法租界调查，还拿走了私人物品，法方一定会向英方抗议，而英方八成会把责任推到咱俩身上。所以……"他有些难以启齿，"你能不能再把它送回去？"

正中下怀！海青连忙答应："没问题。"

"最好神不知鬼不觉。"

"对对对。"

"就当这件事从未发生过。"

"没错，从未发生过。"海青忍不住想笑。

"那今晚我把腰封给你……"

"不！我现在就去取。"

"可是腰封在英国巡捕房，等下午……"

"我直接去那边取。"

"没我出面他们不会给你，你若是自己去除非我给你写证明。"

"好！您赶紧写，我这就去。"

"也不必这么着急吧？"

"早送回去早省心，迟则生变呀！"这绝对是海青的心里话。

曹副厅长还挺感动："真是麻烦你了。"

"不麻烦，不麻烦……"

海青暗念阿弥陀佛，放下电话立刻出门——送回去也不易，他哪有这本事？还得找苦瓜。

海青一下午忙得不亦乐乎，先到警察厅拿曹副厅长的证明书，再折回英租界巡捕房取回腰封，紧接着又去"三不管"找苦瓜。当然，比海青更忙的是大栓，拉着车一路狂奔，脚底都快冒火星了，所以一到茶楼海青就让他休息了，还给点儿钱让他买吃的，晚上自己回家。

海青踏上二楼时相声已演到结尾，连什么段子他都不知道，就听见一句"别挨骂了"，直接便去后台。苦瓜一见到他立时眉头紧锁："你还有完吗？这破事儿没完没了呀！"

海青红着脸把检验结果说了，苦瓜笑得前仰后合："好！大晚上的我辛辛苦苦帮你弄来，结果是那玩意儿，可真应了那句俏皮话——茅房里打灯笼，这次是名副其实地找屎。"

"别恶心人了，你把它还回去吧。"

"偷出来找我，送回去也找我？这点儿小事儿你自己不会吗？"

"怎么送？"海青一脸为难。

"唉！"苦瓜无可奈何，"这要换别人我早大耳刮子抽他了，就因为是你……"

"所以你下不去手？"

"我怕脏了手！"苦瓜嚷道，"真拿你没辙，还是瞧我的吧。"

两人离开茶楼去了法租界，这次苦瓜既没化装也没爬楼，只是路过市场时捡了个烂鱼头，又诓到一只猫；等来到公寓楼门口，苦瓜把那条腰封往猫脖子上一围，这会儿莫兰太太恰好不在，他把猫往门房窗户里一扔，扭头就走。

"这、这行吗？"

"怎么不行？本来就是莫兰太太负责收送脏衣服，偶尔落下一两件很正常，再说昨晚野猫大闹老高家，趁乱叼走东西也合情合理嘛。难道非得放回屋里才叫送？"

"对呀。"海青傻笑，"我怎么没想到？"

"'念攒子'[1]！动动你的脑筋吧。"

办完这件事两人同到警察厅门口等候，不一会儿曹副厅长的汽车就出来了。厅长看到曼伦很不高兴——他让海青帮了这么多忙自然要顺便请吃晚饭，这个曼伦早不来晚不来，一吃饭就出现。这家伙正经事一点儿不管，怎么总跟着蹭吃蹭喝呢！

看在海青面子上，曹副厅长依旧不便发作，也请苦瓜上车；而苦瓜也依旧不客气，又跟着到饭馆大吃一顿。去的还是顺兴楼，这次海青看清了，结账时厅长既没掏钱也没写支票，只是在账本上签个字，原来厅长是这家饭庄的股东之一，饭钱直接从分红里扣。苦瓜才不管那么多，甩开腮帮子，六碟菜三碗饭还有一碗汤，吃了个沟满壕平。厅长一句关于案子的话也没提，只是陪他们吃吃喝喝，酒足饭饱之后带他们回了家——厅长的住宅在海河北岸，是一座精致的四合院，距离督办公署非常近，显然这方便他和政府官员打交道。

汽车停到街边还未熄火，院门就打开了，曹小姐笑盈盈走出来——今天她穿的不是洋装，而是女校的校服，淡青色斜襟布衫，蓝色裙子青布鞋，头发也扎成两条辫子，系着红头绳。虽不及宴会那晚靓丽动人，却更显得清纯可爱。

她见到海青很惊讶："咦？你怎么来了？这位是……"

"晓燕！"厅长比女儿更惊讶，"你怎么在家？逃学了吗？"

1　念攒子，缺心眼。

直到此刻海青才知道，曹小姐的名字叫曹晓燕，她确实像一只轻巧依人的燕子。

"爸爸！我什么时候逃过学？您忘了今天是周末，明天星期天，我不用住校。"

"唉！我真是忙糊涂了……我忘记叫李大彪开车接你，你怎么回来的？"

"自己走回来呀，我都十五岁了，又不是不认识家。"

"不像话！"

曹晓燕把嘴一撇："怎么？我自己走不行吗？您脑瓜太封建，这都什么年代了，还想叫我大门不出二门不迈？"

"不是我封建，是治安太乱，你自己上街要是遇见坏人呢？"

"警察厅长的女儿还怕坏人？他们敢惹您吗？"

"你可千万别这么想，当我的女儿更危险，这年头有些匪徒专绑架官员富商的子女。以后小心点儿，我辛辛苦苦把你养大，到头来别落个人财两空。"

"有道理。"晓燕揶揄道，"您干脆把我塞进鸟笼子，以后走到哪儿拎到哪儿，一定丢不了。"

女儿一再顶嘴，厅长不想让外人看笑话，索性不再理她，回头招呼海青："来来来，快请进吧。"

虽然天色已晚，但还是瞧得出来，曹家宅院着实不小，正当中还有一个水池，池里养着金鱼，竖着一座漂亮的假山石；连明带暗少说也有十二三间房，南边几间是下人住的，连李大彪也有自己的房间。奇怪的是此时除了晓燕剩下的都是仆人，厅长夫人不在家吗？海青不便多问，跟着进了正房，仆人点燃汽灯——这边的房子不似租界那样先进，还未铺设家庭电路，一般晚上使用煤汽灯照明。汽灯虽不如电灯方便，但大户人家使用的汽灯都很讲究，灯头多，亮度超过电灯泡。

刚一落座厅长就吩咐沏茶，海青忙推辞，说晚上喝茶影响睡觉，但厅长还是坚持上茶，他似乎是觉得曼伦吃得太多，需要来壶茶帮助消化。

不一会儿茶就端来了，而且是晓燕亲自端来的，看来这位大小姐有点儿不甘寂寞，想听听他们谈什么事情，然而厅长却命令她立刻回自己房间睡觉。

待女儿出去把门关上，他才开口："腰封送回去了吗？"

"已经办妥。"海青一脸得意，"那位洗衣店主通情达理，他说一定会保守秘密，就当什么也没发生，您也甭打听那家店在哪儿了。"海青暗笑——我都不知道在哪儿！

"很好。"厅长抱拳拱手，"这次承蒙沈少爷仗义相助，帮了我这么大忙，曹某感恩不尽。"

"您太客气了。"

"这位曼伦老弟……"厅长心说这位除了傍吃傍喝什么也没干，但不看僧面看佛面，也得客气一下，"老弟也跟着操心，麻烦你了。"

"好说好说。"苦瓜确实口渴了，一口接一口嘬着茶水。

"两位古道热肠劳苦功高，曹某人欠你们个人情，见了郑先生还要再次致谢，日后利盛商号若是遇到什么难处，曹某一定……"

"您等等吧。"海青听出话茬儿不对，"这都是送客的话啊！案子还没查清提这些干什么？难道不用我们了？"

"是。"厅长老着脸道，"暂时不用你们帮忙了。"

"为什么呀？"海青有点儿着急，"是我干得不好，还是给您惹了麻烦？案子还没结我怎么能撒手呢？"他最初不愿帮这忙，可现在已经参与，好奇心也勾起来了，怎会甘愿罢手？

"都不是。"厅长早料到会这样，所以吃饭时啥也没说，先还了个人情，"你们干得非常好，只是现在不再需要你们帮忙，剩下的事我能处理，待案子查明之后我会告诉你们。"

海青揣摩："是因为格林先生？您怕我们得罪他，给您惹祸？"

"也不是，我觉得现在人手够了，不想再麻烦你们。"

"厅长！您这样可就不对……"苦瓜将茶根嘬得嗞嗞响，放下杯子道，"我们这位大少爷钱多心善，脑筋却不大灵光，有点儿缺心眼儿，您就凭三句好话哄得他团团转，帮您帮了这么多事，末了不清不楚就把他踢开，这不是欺负傻子吗？"

海青听他对自己的这几句评语，心里气得不行，但这话又是向着他说的，非但不能反驳还得跟着附和："是、是啊。"

这句话说得太直白，厅长不禁脸红："我没别的意思，一开始确实是诚心诚意想请少爷帮忙，可案子查到今天有点儿复杂，又牵扯到租界高层。我自己得罪人不要紧，致使利盛和工部局闹得不愉快，影响你们今后的生意，实在太过意不去……"

"厅长！"苦瓜抬手打断，"我问您个事儿。上次吃饭时我问老米的底细，您说还在调查中，现在有没有进展？"

"还是没什么进展。"

"是没进展，还是您知道内情不肯说啊？"苦瓜一脸坏笑，"实不相瞒，当初您找海青帮忙时我也在，正好那天我在他家吃饭，您的话我都听见了。您说英国巡捕找您帮忙，我总觉得这话不尽不实，那帮外国佬何时跟咱这么客气？是不是另有猫腻啊？"

曹副厅长万没料到这吊儿郎当、蹭吃蹭喝的小子如此精明，一时间无言可对……

"爸爸！"

房门猛然一开，曹小姐闯了进来——原来她一直在外偷听。

"晓燕，你怎么……"

不等父亲叱责，晓燕抢先质问："爸爸，您究竟在隐瞒什么？其实不光他们怀疑，我也觉得您不对劲儿。那晚命案之后您一直忧心忡忡，回家的路上还长吁短叹的，您心里肯定有秘密……"

"闭嘴！没大没小的，当着客人别胡说，快回房睡觉去。"

晓燕不为所动，她那水灵灵的大眼睛一动不动盯着父亲："我没有胡说，这件事就是不正常。我实在搞不懂，这桩案子本来就该英国巡捕负责，和您一点儿关系都没有，又没人请您帮忙，您为何非要插上一脚呢？"

此言一出海青大惊——什么？不是佩斯利总监邀请曹副厅长协助破案，而是他主动要求参与！他一直在骗我！

苦瓜却丝毫不惊讶，似乎早猜到这一层，笑嘻嘻道："厅长，您的戏法儿变漏了，究竟怎么回事？说实话吧。"

厅长的脸涨得通红，一句话也说不出来。

晓燕扫了父亲颜面，也有些过意不去："我没别的意思，只是关心您。自从妈妈死后，您一直不开心，也没个说知心话的人。如果有什么秘密，请告诉女儿好吗？就算我帮不了您，也好过您独自承受。我实在不忍看您愁眉苦脸，更不愿您遭遇什么危险。"说到这儿她眼里已泛着泪光。

"唉！放心吧，爸爸不会有危险，也没有秘密。"

"真的吗？别忘了出事儿那天我也在场，发现尸体时我就觉得您不对劲儿，一直憋在心里没问。别人都没在意，但我记得很清楚，当时刘会长急糊涂了，嚷着要找医生，您说了句莫名其妙的话。"

莫名其妙的话？海青一头雾水，不记得厅长说过什么奇怪的话，但转而一想，发现尸体时很乱，他又正好和宝子撞见，没注意厅长的话也在情理之中。

"当时您的表情很怪，好像还有点儿难过，自言自语道，这房子里唯一的医生已经死了……这话是什么意思？"

厅长眉头紧锁保持沉默。

苦瓜已猜到八九分："厅长，其实老米根本不是房产商人，他是个医生，您从一开始就知道他的底细，故意不告诉我们，对吗？"

厅长还是不予回答。

苦瓜接着追问："如果我没猜错的话，您早就跟他认识，对吗？"

"唉！"曹副厅长终于认输了，脸上带着一抹无奈的苦笑，"我真是小看你们了……认识？我当然和米勒认识，我认识他时这世上还没有你们呢！"

第五章
头一道大菜

　　曹副厅长点燃一支香烟，深深吸了一口，这才缓缓开口："那是三十多年前的事，你们听说过一个叫汉纳根的德国人吗？"

　　苦瓜当然闻所未闻，晓燕也不清楚，海青却立刻想到："您说的是清朝北洋水师的副提督汉纳根？"

　　"没错，就是他。"

　　汉纳根出身于德国一个贵族家庭，早年曾担任军官，但他真正发迹是因为婚姻，他娶了天津海关税务司德璀琳的女儿。第二次鸦片战争以后，列强剥夺了清王朝的关税自主权，通商口岸必须聘用外国人主管关税，名曰"税务司"，直至民国以后才取消。在半个世纪里清朝被迫雇用了无数外国人，其中权势最显赫的就是德璀琳。此人把持天津海关二十余年，又连任十届英国工部局的董事长，不但从中国攫取大量财富，还在英、美、德、奥各国间纵横捭阖，中外势力都拿他无可奈何，俨然成了天津租界里的皇帝。

　　汉纳根在光绪五年（公元1879年）来华，因是德璀琳推荐，得到李鸿章的器重，被委以建设海军的重任。他亲自监工，在旅顺、威海等地修筑了十三座炮台，又穿针引线，从英、德等国购进"镇远"号、"定远"号等一批优良的战舰，并担任水师学堂教习、北洋水师副提督。如果说李鸿章是北洋水师之父，那么汉纳根就是北洋水师的实际缔造者。建立伊始，这支海军拥有亚洲第一、世界第九的强劲实力，但清政府腐败昏聩，大量挪用海军经费，船舰长期得不到补给和保养，最终在中日甲午战争中落败，折戟沉沙，成为历史。

回顾往昔，曹副厅长难抑悲愤："大清朝咎由自取，天要它灭亡，谁也救不了。曾经有那么强大的一支海军，却不知珍惜，但凡慈禧老佛爷把每天的御膳俭省些，也够添置新船了。大战之际北洋官兵大体上也算敢打敢拼，邓世昌、林永升英勇战死，虽然沉了五艘舰，却也打得日本舰队损失惨重，最终胜负尚未可知。可惜朝廷调度失误，陆军更是一触即溃，最后竟被敌人海陆夹击，包围在威海卫，白白葬送了精锐之师，战败之日水师提督丁汝昌以下多名军官自杀殉国，我当时也伤心不已，哭了好几天。"

海青这才明白："您是北洋海军出身？"

"说来惭愧，我算什么海军？甲午战争那年我才十六岁，只是威海卫的一个小杂兵，也就是搬搬煤、运运炮弹，莫说出海打仗，连战舰也没上过几次。但我见过汉纳根，目睹过这位洋帅对大清海军做的贡献。战败后朝廷推卸责任，有人说他买的战舰不好，说他修的炮台有问题，甚至说他中饱私囊，完全是不实之词。订购战舰的过程在朝廷监督下，炮台存在的缺陷汉纳根早就上书言明，他要求加强陆路防御，朝廷一直未予理会。至于说他中饱私囊，更是以小人之心度君子之腹，实际上他比朝廷里那群官老爷尽职尽责得多，从始至终参加了所有战斗，战前朝廷租用英国商船'高升'号由大沽口向朝鲜运兵，当时他也在船上，'高升'号航行到丰岛附近遭遇三艘日本战舰攻击，其实那会儿两国还在交涉中，日军是不宣而战。'高升'号无力反击，当即被击沉，汉纳根的水性很好，他游泳到仁川，召集附近商船，营救了二百多名落水的士兵，其中就包括后来的黎元洪总统。后来的黄海大战，丁汝昌负伤，也是他和刘步蟾接替指挥。作为一个外国人，做到这份儿上已经很不错了，朝廷里那帮只会动嘴的人也配指责他？"

"汉纳根现在还活着吗？"

"已经死了。大清亡国后他弃官从商，颇受黎元洪照顾，经营煤炭生意，世界大战后他被遣返德国，几乎破产，直到几年前又回到天津，想东山再起，但年事已高，没过多久就病逝了。"

苦瓜对这些历史不了解，也根本不感兴趣，打着哈欠道："老太太的裹脚布，又臭又长……您说的这人跟老米有什么关系？"

"汉纳根担任军事顾问时曾聘用过一位医师，既是私人医生，有时也给北洋官兵看病。"

"就是米勒？"

"对，将近四十年前的事。"

苦瓜笑了："那会儿老米还是小米呢。"

"并不小，我当时是个刚从军的孩子，但他那时已经三十岁，不过那时他不叫米勒，而是叫冯米勒。"

"哦？他不是老米，是老冯啊，随娘改嫁吗？'针线蔓儿'的……"

"咳咳！"海青故意咳嗽几声，打断苦瓜的话——叫老米、老冯就够可以了，连"针线蔓儿"都出来了，曹副厅长是办案的，他可听得懂"春点"！

苦瓜兀自插科打诨，海青却明白这一字之差意味着什么。"冯"（Von）是德奥贵族特有的前缀，凡是姓氏前有"冯"的祖上必是贵族，特别是德意志帝国灭亡之前，贵族往往有浓厚的军界背景，米勒也曾是军官吧？

曹副厅长已从海青的眼神中猜到他的疑问，回应道："对，他也是德军的退役军官。"

"他为什么去掉贵族姓氏？"

"不知道。自从我离开军队就再没和他见过面，直到那天迈进刘家大门。"

"什么？那天您跟他是偶遇？"这大出海青意料，刚才他还在揣测是不是他俩约好在刘家见面。

"纯属意外。时隔这么多年，我们彼此都认不出来了。他年逾古稀还改了名字，我也不是当初那个小兵了，其实当年他都不知道我名字，跟军队里其他人一样，一直叫我祥子。"

"祥子？"

"小名，我的名字是曹顺祥。"

海青倏然意识到，自己跟曹副厅长打了不少交道，却直到这会儿才知道他名字，连忙拱手："久仰久仰。"

苦瓜听了直乐——不知道名字，你久仰什么？

厅长没心情听他们打趣，接着道："虽然认不出来，但是那天我一进门就觉得米勒有种莫名的亲切感，尤其那种严谨的作风，我隐隐觉得以前见过此人，他也看了我好几眼，直到……"说到这儿他脱掉制服，挽起衬衣袖子——他左腕上有一道很大的伤疤，从肘部一直连到手腕，虽说早已康复，可是刀口与缝合的印记依然明显，后来长出的皮肉很不自然。

"好严重的伤，怎么弄的？"

"在一次训练中炮弹炸膛，我就站在大炮旁边，简直成了血人，尤其左臂受伤严重，冯米勒给我做了手术。"

"原来如此。"晓燕暗自咕哝——她自小就见父亲左臂有疤，举动也略有不便，但从不敢问，直至今日才知来历。

"他是个优秀的医生，内外科都很精通，如果换了别的医生可能会截肢，他却保住了我的左手，虽然从那以后不太自如，已经够幸运了，我很感激他。"厅长低头看着那道疤，"也是因为这次受伤我不得不离开军队，过了一段艰难日子。家里非常穷，养不起闲人，拖着半残的胳膊更是连媳妇都说不上，我只能一边养伤一边干力所能及的零工，后来托袁大总统的福，我那些老战友都发迹了。他们顾念同胞之谊，提携我入警界，我在巡警学堂深造，又勤勤恳恳工作，直到三十多岁才遇到一个愿意嫁给我的女人。她非常贤惠，可惜比我还命苦，没享过几天福，我才刚当上副厅长她就病死了。"

"妈妈……"晓燕的眼圈又红了，但她抹去眼泪，努力不再想伤心事，"我明白了，那天晚餐时您脱掉制服，米勒认出了疤痕。"

"是的，刘文卿介绍他家厨子，高缇耶猛然站起来去拥抱，碰翻了酒杯，洒了我一身酒，我赶紧脱掉警服，挽袖子时被他看到了。米勒也一直觉得我眼熟，回忆不起来，直到看见伤疤，他认出是他做的手术，马上意识到我是谁。所以他望着我感叹道，有些事、有些人一生都难以忘怀，至今还历历在目……"

"我想起来了。"海青恍然大悟，"他是说过这话，当时我还以为他是称赞这顿饭令他难忘，原来这话是对您说的呀！"

"嗯，那一刻我也知道他是谁了，所以笑着朝他点点头，故人重逢我们都很高兴。"

晓燕不理解："你们怎么不相认？"

"我知道。"海青笑了，"他是顾全厅长的颜面。今非昔比，厅长现在是有身份的人，若当众提起昔日当小杂兵的事，还差点儿丢了一条胳膊，多难堪啊。"海青是有感而发，那天晚上他与宝子意外撞见，出于同样的理由他俩也没相认。

"对。当着众人的面确实不宜提起往事，但上楼的时候我们耳语了几句，互留了地址。他说今天不方便，改日登门拜访，到时候再叙旧。哪料到……唉！"厅长扼腕叹息，脸上的表情似哭非哭、似笑非笑，"他是保住我左臂的恩人，三十多年未见，相认还不到一个小时就死了，老天真会捉弄人。"

"所以您要参与此案？"

"不错！我想亲手抓住凶手，为米勒报仇。佩斯利也确实被此案搞得有些头疼，特别是苦于跟其他租界的人打交道，巴不得我帮他一把。可这种情况下我无权调用警察厅的属下，也不想让同僚下属知道我过去的事，所以……"

"所以就骗我当临时部下。"海青当然气恼，"您找我时讲的那些话都是假的喽？那些大义之词！"

"哼。"苦瓜冷笑，"怪只怪你不长心眼儿，大义这玩意儿从来都是虚的，只是当官的叫人们为他们办事时挑的幌子罢了。"

"不。"厅长面不改色，"那些话不全是假的。新上任的常厅长确实刁难人，而且由你暗中调查也更有效，腰封那件事要是巡捕出面交涉，天晓得要耽误多久。"

"可您为什么不对我实话实说呢？"

"说实话你还会帮忙吗？"

"怎么不会？替恩人报仇也是仗义之举嘛，我能理解。沈某人一向讲义气，最能保守秘密。"说着海青自豪地瞥了苦瓜一眼。

苦瓜没理他，心中暗骂——你就吹吧！这么吹下去咱的秘密也迟早守不住！

晓燕也有些不满："爸爸，这些事您不跟他们说也罢了，怎么连我也不告诉？出事儿时我就在您身边啊！"

厅长一声长叹："何必呢？其实不说也是为你们好，我怕你们知道太多会有危险。"

"危险？"海青和晓燕都不理解。

"还记得我找你帮忙时说的话吗？此案一旦揭开内幕，会让那些道貌岸然的洋人原形毕露。"

海青和晓燕都摸不着头脑。

"哈哈哈……"苦瓜突然笑了，"我猜到您是怎么想的。老米原来叫老冯，现在却换了字号；他原先是个大夫，现在却成了'房虫子'；而且他已经一大把年纪，又在战争中被遣返德国，干吗还漂洋过海跑回来？现在成天和各国洋人混在一起，参加各种瞎扯淡的聚会，更何况他年轻时还在他们国家的军队混过，所以您怀疑他是……那词儿叫什么来着？评书里管那叫'细作'，新名词叫……"

"又被你说中了。"厅长郑重其事说出那两个字，"间谍。"

一时间屋内静悄悄的，海青和晓燕都愣住了，仿佛忽然置身于某个不真实的世界，似乎某些只能在报纸、小说里读到的惊险故事正在自己身边发生。

曹副厅长又点了支烟，一脸凝重道："米勒遇害前我就开始怀疑这一点了。想想看，如果你跟一个多年未见的朋友重逢，会怎么做？改日登门拜访吗？当时我们身在一个有很多房间的别墅里，就算有些往事不愿让别人知道，可以趁大伙看电影时找个房间单独聊，比如餐厅。米勒却告诉我，今晚不方便，改日再叙旧，一小时后他就死在餐厅里……遇到这么反常的事，你会怎么想？"

苦瓜又自顾自斟了一杯茶，大大咧咧道："我早就说过，影片是他拿来的，一定是想把大家引开，他趁机与某人在餐厅里单独说话，可能是攥住了那人的把柄。但现在好像可以再补充一条，也有可能是要与某人接头，执行什么任务。"

"这两种可能并不矛盾，作为间谍也可以先攥住别人的把柄，然后再威胁他帮自己窃取情报。那天回家后我翻来覆去想了一夜，甚至怀疑米勒是不是从一开始就是个间谍。回想三十多年前，汉纳根与大清朝廷的关系实在太亲密，他为清军做的贡献远比为德军多，再者英、德两国都曾帮助大清建设海军，水师中不仅有汉纳根那样的德国人，还有英籍、美籍的军官，彼此之间关系微妙。更重要的是汉纳根的岳父德璀琳在天津租界一手遮天，早已不受德国掌控，最后还转而加入英国国籍，霸占工部局董事长之位长达十年。德璀琳没有儿子，一共生了五个女儿，汉纳根是他的大女婿，他的二女婿是美国美丰银行驻天津分行经理，三女婿是奥匈帝国的领事，四女婿是开滦矿务局的英方经理，五女婿是英国大使馆的武官……"

"天哪！这家人简直像国际联盟。"

"不是像，根本就是个国际联盟，所以德璀琳能在各国势力间游刃有余，成了天津租界的地头蛇，谁也奈何不了他。你想想看，这种情况下德方在这个家族身边安插一个间谍，监视他们举动，不是很合理吗？当然这只是我的猜测，但这次米勒改头换面重新出现，使我不得不往这方面想。要论在中国生活工作的资历，只怕全租界也没人能与他相比，如果德方要派有经验的间谍，非他莫属。"

"有道理。而且他快七十岁了，一般人不会怀疑老者身份。但他如果真是间谍，这次回来有什么目的呢？"

"我也不知道，到目前为止没发现任何端倪，只能猜测。自从战后《凡尔赛和约》签署，德国并不服气。他们被迫割让领土，失去了所有殖民地，还要支付各国一千三百多亿马克的赔款，因此搞得经济衰退，许多人倾家荡产，要不这两年怎么会有这么多德国人来天津谋生计呢？就英、法等国而言，对德国的制裁当然是多多益善，美国则在这时候乘虚而入，以投资为要挟，搞出了《洛迦诺公约》。自此之后欧美诸国表面一团和气，实际却暗中较力，各国的关系错综复杂，也不是没有再爆发大战的可能。天津租界众多，各国政客频繁往来，对欧洲诸国而言这里还是沟通日、俄等国的情报站，国内军阀也各有外援，做情报买卖真是再合适不过了。除此之外还有经济方面的，自清朝以来，咱跟德国的关系一直亲密，当初加入协约国阵营不过是大势所趋，咱们与德国之间最大宗的买卖就是军火，克虏伯的大炮、毛瑟的枪，哪路军阀不从德国订购武器？战后这生意被英国和日本瓜分了，美国人也分一杯羹，现在恢复邦交，德国人又回来抢饭碗了。"

听到这儿海青想起，舅舅正在德国谈生意，难道也是军火？又想起那日刘文卿得知舅舅去德国洽谈，一脸钦佩之色……

"鉴于那天参加刘家聚会的都是商界人士，我觉得他谋取经济情报的可能很高。当晚在场的所有客人中，权势最大、情报价值最高的就是格林先生，举动最反常的也是他们夫妇。从晚餐时的争执可以看出，米勒和格林先生在那以前有过接触，可案发后格林先生却否认和米勒有私交，声称对他的背景一无所知，这可能吗？所以我怀疑格林先生就是他勒索或者接头的对象。关键是米勒的遗物现保存在巡捕房里，他的住宅也被封锁，这两处都未发现任何线索，即便他身上真带着文件之类的东西也已经被凶手拿走了。现在你们明白了吧？我让你们查福克斯、高缇耶的嫌疑，我则一直紧盯格林先生，如果你们能证实别人是凶手，那可能只是一般的凶杀事件，最好不过。但如果像现在这样，别人犯罪的可能都不大，那八成就是格林先生杀的人，而且牵扯间谍情报，这就不是你们能干预的了。所以我劝你们罢手，剩下的事交给我。"

海青与苦瓜对视一眼："总算明白了。"

"我的立场很矛盾，是不是？论私情，米勒挽救我一条胳膊，我想替他报仇；而论公的一面，他还可能是个间谍，我要挖出背后的阴谋，不希望危害到咱们国家。我知道巡捕房不会真心信任我，但我更不信任他们！如果是格林先生干的，我怕他们会袒护，要是碍于大人物的颜面含糊结案，背后的阴谋就无从得知了，我必须咬住不放！"

"您为什么不向政府汇报？可以叫上级派人协助呀。"

"汇报？你们太天真了。现在军政府连北伐军都应付不过来，还顾得上什么？至于常厅长，别说本就与我不和，就是想帮忙也帮不上，他还得勒索商户，给张宗昌、褚玉璞凑军饷呢！谁也指望不上，只能靠我自己。"

不知不觉间，海青对曹副厅长又多了几分敬佩："我今天才明白，您这个厅长不是白当的。"

"可惜只是个副职，还岌岌可危。"

"现在格林那边调查得如何？"

"很困难，工部局和巡捕房都在同一栋大楼里办公，我先后约谈过他们夫妇两次，他们的嘴比城门还严，这对老夫少妻没什么共同之处，唯独在应对警方时高度一致，始终坚持当晚的说法。尤其是格林先生，态度越来越抵触，就差直接骂我多管闲事了。至于佩斯利，他要看工部局脸色行事，不敢得罪格林先生，巡捕房的调查基本停滞。而且我觉得此案比原先预想的更复杂，特别是小丑现身之后……"

"小丑？"晓燕惊叫一声，"他又出现了？您怎么不告诉我？"

海青想起，曹小姐对这个曾让父亲大失颜面的小丑十分迷恋，甚至猜测是个美男子。这事儿实在可笑，要是她知道此刻小丑就在她身边，是个其貌不扬的穷小子，该有多么失望？

一提起小丑，厅长就血压升高："晓燕！我跟你说过无数次，别在我面前提起这家伙。"

"是您先提的呀！讲不讲理？"

厅长没理会女儿的辩解，转而望着海青："上次从利顺德出来，你说怀疑小丑是德国人。我这几天反复推敲，越想越觉得有理。他为了给米勒报仇不惜公然闯进饭店，可见关系很亲密。如果证实米勒是间谍，小丑很有可能是外国来的杀手！暗中配合间谍活动，他们一定背负着大阴谋！"

"哦，他是外国人……"晓燕双手紧握一脸神往，似乎已开始幻想金发碧眼的洋帅哥了。

海青用力掐着自己大腿，总算没笑出来。

厅长兀自一脸严肃："所有内情我都告诉你们了，间谍案不是闹着玩的，小丑是敌是友也不清楚，我自己担风险就够了，不希望你们涉入太深。晓燕你清醒点儿，别再幻想那家伙是好人。海青帮了不少忙，我很感激了，再查下去若有个三长两短我怎么跟你舅舅交代？还有曼伦，你父母不是在南洋吗？要是你在这边出了事，他们该多着急！你们都是好孩子，我不想连累你们。"

"谢谢。"海青已拿定主意，"但我坚持要参与。我们已经不是孩子了，您比我们还小的时候不就已经从军了吗？"

"我是家里穷没办法，你不一样，家族产业将来还靠你执掌。"

"没什么不一样，不经一事不长一智，对我们而言这是历练。米勒是您的恩人也好，是间谍也罢，毕竟是一条性命，这世上没有谁是该死的。何况此案可能关乎国家利益，大义当前岂能袖手？舅舅常说我不干正事，这次我就认认真真干一回，既然已经参与了，就要管到底！"说罢海青转过脸，以期待的眼神看着苦瓜，憨皮赖脸道，"怎么样？你一定也想继续查下去吧？我最了解你，面冷心热，别看表面上一脸不耐烦，其实心里可好奇了。别不好意思，你就是太腼腆，欲说还休、欲拒还迎、欲罢不能……"

"打住！我管还不行吗？"苦瓜气大了，"鸡皮疙瘩都起来了，你别把我说得那么浪，好不好？"他确实得管，连间谍、杀手都出来了，现在厅长已经把小丑误认为外国人了，再这么瞎猜下去就快变成狐仙爷啦！他对这位厅长的办案能力实在不放心。

话说到这份儿上，曹副厅长也拿他们没办法，请神容易送神难，海青这种百无聊赖且好奇心重的少爷秧子，无事还要生非，硬叫他罢手能拦得住吗？如果他私自行动到处张扬，还不知惹出什么祸呢！想到这儿，一拍大腿："好吧，不过案子查到这一步，对付格林先生可不能像先前那样，你们必须老老实实听我安排。"

曹小姐不甘人后："我也要……"

"晓燕！这儿没你的事！明天你就给我回学校去，这些事不准告诉任何人。"

"嘁！"晓燕小嘴一噘，"别人都行，偏我不行。"

"你一个女孩子跟着瞎掺和什么？"

"女孩子怎么了？"

海青也劝："厅长是为你的安全着想。"

"你们都是老封建！大男子主义！不理你们。"晓燕把门一摔，气呼呼地走了。

厅长没工夫哄女儿，接着道："我已经计划好了，明天还要找格林夫妇问话，这次我要把他们夫妇分开单独询问，不信找不到破绽。如果明天不能如愿，后天继续去，就这样无休止地纠缠下去，搞得他们不胜其烦，早晚会有收获。"

"好，明天我和曼伦也去，不过……"海青双目炯炯，"刚才听您提军火的事，我突然冒出个想法，或许除您之外还有一个人了解米勒的底细。"

"谁？"

"不急。"海青神秘兮兮一笑，"目前没有证据，他不会承认的。咱还是继续咬住格林先生，那边我先派老吴摸摸底，等有了结果再说。"

第二天早晨八点，曹副厅长的汽车再次来到英租界维多利亚大道，这次的目标不是利顺德饭店，而是街对面的英国工部局。

工部局大楼于光绪十六年（公元1890年）落成，是一座哥特风格的青砖建筑，虽然只有两层，但占地宽阔楼层高大，楼顶上有一圈女儿墙，左右两端各有一座八角形的三层塔楼，远远望去宛如欧洲中世纪的古堡，十分雄伟气派。因为天津租界最初的规划者是曾担任苏丹总督的英国名将查理·戈登，为了纪念他，英国人把这栋建筑称作"戈登堂"。除了董事会，英国巡捕房、法庭、消防队也都设在这栋建筑中，是英租界的行政中心，每日人来人往十分繁忙，不过今天是星期天，稍有些冷清。

厅长早打听清楚，董事会今天要召开临时会议，讨论体育场改建的问题，正好趁这机会堵住格林先生。他认为在工作地点搞突袭可以收到奇效，更重要的是佩斯利休息，甩掉那个畏首畏尾的同伴，再添上两个初生牛犊不怕虎的生力军，一定可以震慑格林先生。然而事实跟预想的完全不同，因为有几位董事信仰虔诚，十点要去教堂聆听布道，会议八点钟就开始了，他们迟来一步，只能在休息室等候。

休息室很小，陈设也很简单，只有两排长椅，连张桌子都没有，更别说茶水饮料。曹副厅长见椅子底下扔着一张报纸，想靠它打发时间，拿起一看——英文版的《京津泰晤士报》，一个字都瞧不懂。他们无所事事，只能干坐着，这一等就是半个多小时。

海青倒还犹可，苦瓜哪儿闲得住？在这狭小的房间里来回溜达，嘴里还不住嘀咕："咱们来干吗？蹲班房吗？起大早赶晚集，等的时间可不短了，够说两段相声了，怎么没人接待？六月的火炉，没人理！房上的野猫，没人管！俩公狗配小的，瞎耽误工夫！尿完炕不说，渗着也不是事儿啊！还有没有会喘气的？你们怎么都不言语？"

"少说两句好不好？"海青苦着脸，"贫不贫？你这碎嘴子说得我脑袋都快裂开啦！别晃来晃去的，我瞧着都眼晕，坐下！"

苦瓜倒是坐下了，却栖到曹副厅长身边："要等到什么时候？"

"我怎么知道？"厅长瞥他一眼，也觉得烦。

"甭等了，他不就在这栋大房子里吗？咱直接找他去。"

"不行，董事们在开会。"

"谁鸟他那么多？您可是来办案的，正大光明！"

"租界的案子本就轮不到咱们插手，是我执意要参与，必须拿捏好分寸，逼迫格林先生一个人还可以，要是干涉到其他董事就不好了。"

"哼！您可是堂堂厅长，岂能看别人脸色？"

"这儿是租界，不是我的辖区。"

"人善人欺，马善人骑。租界也是咱中国的地儿，咱们是地主，他们是佃户，为什么地主要怕佃户呢？"

"这、这……唉！"曹副厅长还真说不清这个理儿。

苦瓜故意冷嘲热讽，句句戳他肺管子："亏您昨天晚上还满口民族大义，一到这儿就成了软柿子。泥人还有土性呢，何况您是警察厅厅长，民之父母明镜高悬，就这点儿胆子？难怪只能当副职，您是秋后的瓜棚——空架子！当官的没气魄还想高升？就因为有您这样窝囊的官，洋人才欺负咱……"

"好啦好啦！"厅长实在听不下去了，倏然起身，"会议差不多也该结束了，我去看看。"说着便开门出去。

激将法得逞，苦瓜嘿嘿一笑，示意海青一起跟着。

三人上楼来到会议厅外，见大门紧闭，里面隐约传来说话声，显然会议还未结束。曹副厅长把耳朵贴到门上，还想再听听动静，哪知苦瓜忽然大喊一声："姓绿的！出来！"

厅长脸都白了："别嚷……"

"怕什么？大象能吓住您这老虎，却吓不住我这小耗子。学着点儿吧，我这招叫癞蛤蟆趴脚面，不咬人恶心人……姓绿的！别装孙子了，听见没有？滚出来！"

海青明白他的用意了，笑着纠正："绿是他姓氏的含义，你应该喊格林。"

"都一样，姓什么不吃饭？"苦瓜猛一抬腿，重重一脚把门踢开。

厅内一时寂静，九位董事会成员围坐在扇形的会议桌前，全都瞠目结舌，呆呆地望着他们——工部局成立半个多世纪，还从没有人敢公然搅闹董事会呢！

会议桌前站着个年轻人，手里举着一张体育场的图纸，正在向众人展示，也被他们打断了，不禁回头瞥了一眼："海青！你们怎么来了？"原来是利迪尔。

"嗨，埃里克，你也在啊……"海青有些不好意思，曹副厅长更是尴尬地把头扭向走廊——除了格林还有几位董事与他相识，特别是其中有位姓庄的华人董事，论起来还是水师学堂的前辈呢，今天这么莽撞，以后见面多尴尬呀！

苦瓜不管那么多，掐着腰往门口一站，俨然是"三不管"混混儿骂街的架势，朝里面嚷道："谁是格林？出来！我们找你查案来了。没做亏心事，不怕鬼敲门，为什么不见我们？躲得过初一，躲不过十五，你摊上杀人案，还想蒙混过关？找你这么多次，一句实话都不说，肚子里藏的什么屎？那德国人是不是你杀的，老实交代！"

几句话嚷完，即便苦瓜没见过格林也知道哪个是他了，厅内所有人的目光都齐刷刷看向一人，格林的脸涨得通红，恨不得找个地缝钻进去——当着这么多同僚，劈头盖脸一顿骂，左一句"杀人"右一句"杀人"，太丢脸啦！

无论中国人还是外国人，总有爱看热闹的，其他办公室的人也纷纷出来察看，片刻工夫，会议厅门口就挤满了看客。见此情景，坐在会议桌正中间的老者摘下眼镜，缓缓道："格林先生，您要是有私人事务可以去处理，今天没有表决的议题。"

"抱歉。"格林赶紧起身，强笑道，"我觉得体育场应该再增设一间警务室，以免不速之客干扰赛事。"这笑话很冷，但在座的人为了缓解尴尬还是生硬地笑了笑。

格林走出会议厅，竭力保持笑容，也尽量避开围观者的目光，昂首阔步朝他自己的办公室走去，可还是难抑愤怒，渐渐地越走越快，就像裤子着火了一样。

厅长和苦瓜紧随其后，海青朝利迪尔招招手："抱歉打扰，咱们一会儿见。"随即也追过去。

格林的办公室在走廊尽头，因为太过气愤他掏出钥匙捅了半天才把门打开，也不招呼厅长他们，径自走向办公桌，那面墙上挂着一幅油画肖像，大披风、拉夫领的那种，可能是格林家的祖先。他站到那副画像下，双手撑住桌子，横眉立目、鼻孔张大，似乎浑身上下每根汗毛都竖起来，活像一头蓄势待发的斗牛犬，直到海青最后一个进来把门带上，终于咆哮起来："欺人太甚！这是侮辱！是诋毁！是对我名誉的玷污！在我们文明国家连流浪汉也不会有此等恶劣行径，你们比墨索里尼还要粗鲁无礼，我要向警察厅投诉！"他燃着怒火的眼睛紧盯着苦瓜，显然误以为苦瓜是曹副厅长的属下。

海青素知英国人矜持自重，不爱表露感情，尤其格林这种身份高贵的人更是喜怒不形于色，今天竟然大嚷大叫，那真是气愤到了极点。苦瓜不管那么多，依旧不输嘴："文明国家的人就你这德行？满嘴跑火车，一句实话都没有，就知道躲在租界作威作福。还打算投宿？你连中国户口都没有，出了租界连北都找不着，哪家店让你投宿？也不撒泡尿照照你那……"

厅长赶紧捂住苦瓜的嘴——毕竟在人家地盘上，他怕闹得太僵不好收场，更怕这小子伶牙俐齿把格林气出个好歹，案子没查清自己先摊上人命官司。他笑呵呵打圆场："格林先生，我们没有对您不敬的意思，只是想请您尽快接受调查。我为属下的失礼向您致歉，相信这场小风波不会影响您的声誉，租界内外所有人一致认为您是正直、善良、诚信且有威望的绅士。"说着他摘下警帽，恭恭敬敬鞠了一躬。

"谢谢，这评价听着不错，但还轮不到你给我写讣告。"格林抓起桌上的内线电话，"佩斯利在哪儿？叫他立刻来见我。"

"别浪费时间了，您忘了今天是星期日，他不在办公室。"

"该死！"格林又把听筒放下，"你们干扰了我的工作。"

"抱歉！我再次向您表示深深的歉意，保证今后约束好属下，不会再发生这样的事，如果需要的话我可以到董事会上当众声明，洗清您的名誉。"

"哼！但愿你心口如一。"格林的情绪稍稍稳定。

"但是……"厅长话锋一转，"那之前您必须先回答问题，向我们证明您是清白的。"

"见鬼！"格林又开始抵触，"你们那些该死的问题，我已经回答过两次……不！加上事发当晚的盘问，已经三次了。"

"但您一直没说实话……"

"那是你的看法，我说的都是实话。"

"那天晚上您为什么离开刘家？"

"我跟你说过无数遍了，我只是去散步。"

"大晚上的出去散步，这不奇怪吗？"

"腿长在我身上，想什么时候散步是我的自由。"

"心血来潮？"

"没错。"

厅长沉默片刻，缓缓道："咱们把一切都挑明吧。恕我直言，如果您不能给我一个合理的解释，我只能对您抱以怀疑。因为您完全有可能杀死米勒，并在他身上拿走某样重要的东西，或者是杀人时您衬衫溅到血，于是您回家换了另一件干净的。"

"荒唐！你认为那天晚上我回家了？怎么可能呢？当时我的汽车和司机都在刘家。"

"您以为我不知道您住哪儿吗？您忘了，当天晚上巡捕房留了所有人的地址。您家就住在剑桥道，离刘家所在的牛津道非常近，就算步行半个小时也足够打个来回，其实去刘家串门您根本不需要乘车，那天是为了接福克斯才出动汽车的。而福克斯根本不在刘家的邀请之列，我向他证实过，他说那天没有外出的打算，您突然打电话说要带他参加一个聚会，没过多久汽车就在饭店外等候，搞得他手忙脚乱。您为什么非要带福克斯一起去？"

这些情况曹副厅长一直没透露，海青也是第一次听说，不禁心头狂跳。格林眉头紧锁，双手牢牢撑在桌子上，似乎不这样的话他脊背就会垮塌，这个高傲的英国人第一次表现出慌张，支支吾吾道："带福克斯只是为了电影，那天不是要放电影吗？福克斯是个行家，我想他可能会感兴趣。"

"哦？"厅长眼前一亮，"您去刘家之前就听说要放电影吗？这么说您是早就计划好喽？乘车赴约就为了给其他客人留下习惯坐汽车的印象，实际上电影放映期间您随时可以步行回家。"

格林无言以对，额头上渗出点点汗珠。

厅长再接再厉："您事先知道要放电影，是谁告诉您的？米勒本人吗？您和他是老相识，对不对？"

格林渐渐稳住心神，又强横起来："这完全是毫无根据的臆测！"

"那您的说法有证据吗？您说出去散步，具体在哪条街散步？"

"记不清了。"

"路上有没有遇到熟人？"

"没有。"

"有没有买什么东西？"

"没有。"

苦瓜猛然加了一句："你有没有脑子？"

"没有……混账！你再说不敬的话，我立刻叫人把你扔出去。"

海青不明白，苦瓜为何一再戏耍格林，厅长想要阻拦，苦瓜却推开厅长的手，咄咄逼人道："人家都叫你董事，我看你一点儿也不懂事！我看你就是凶手，你做贼心虚所以什么都不敢说。"

"你才是胡乱指控！我要联系我的法律顾问，控告你……"

"得了吧，纸糊的老虎吓唬谁？"苦瓜油腔滑调连讽带刺，"俗话说得好，年高有德，切糕还有枣呢！你也一大把年纪了，要点儿脸吧。快快坦白，你和老米有什么见不得人的勾当？听说你们跟德国打过仗，你是不是在这期间卖过国啊？"

"诬蔑！这纯粹是诬蔑！"格林身居高位，还从没见过敢这样和他说话的人，简直快气疯了，"我跟米勒索无深交，根本不了解他。"

"别激动！别激动！瞧你脸红脖子粗的，有话慢慢说。"苦瓜一脸坏笑，明明是他把格林气得歇斯底里，还反过来劝人家别激动，他这番举动宛如在台上演《报菜名》一样，"你又喊又叫的，是不是有病啊？我看你一副要猝死的样子，有病赶紧治，千万别耽误。"

"我有病？"格林气得浑身颤抖，"你、你、你……"

"别不好意思，不要讳疾忌医。"

"岂有此理！你给我滚出去……"

"哦！我明白啦！"苦瓜一拍大腿，装出恍然大悟的样子，"你就是因为有病才和老米认识的吧？"

"胡说！"格林嚷道，"我有自己的英国医生，没必要去找一个德国医生看……"话说一半突然顿住——说漏啦!

苦瓜的语气和缓下来,笑呵呵道:"你不是跟老米素无深交吗?怎知道他原本是医生?我们可没告诉你呀。"

厅长这才明白苦瓜激怒格林的用意,心中暗赞,立刻补充道:"那天晚餐时你们争执的话在场所有人都听见了,谁都看得出你们曾有交涉,别再否认了,说出你们之间的秘密吧。"

格林的脸色甚是难看,双唇微微颤动,他那高傲的大鼻子简直快要耷拉下来了,不过还是咬紧牙关:"没有秘密!我承认那次晚餐前我们有过交涉,在俱乐部里,只是讨论返津德国人的房产问题,他希望董事会做出裁定,允许他的同胞原价收回一部分战前的房产。虽然我们曾是敌国,但坦诚地说我也为他的爱国精神感动,不过这件事不可能办到,那些房子已经升值,董事会绝不会做出有悖市场规律的决定,所以我拒绝了他。我和米勒的交往仅此而已,我认识他还不到两个月,你们信也罢,不信也罢,这就是事实。"

"那您怎么知道他以前是医生?"

"是刘会长告诉我的。"

"什么?!"这次轮到曹副厅长哑口无言了。

格林喘了两口大气,感觉自己扳回一局,又挖苦道:"有些事我们和贵国有很大差别,比如司法方面。我们办案是要讲证据的,还要注意维护每个人的尊严;而你们,只要上级随便说句话,你们就照着那方向办,打个比方……上级说应该有风,于是就有了风,上级说应该有光,于是就有了光,他们自会定义哪些是好的,哪些是坏的,你们从不担负道德包袱。所以对于上级和真相,哪个才是真理,恐怕咱们之间一直有分歧,仅就这点而言我能理解你的莽撞和无知。"说着他快步绕出办公桌,拉开房门,摆出逐客的架势,"临别之际我得提醒你一句,我保留对警察厅的投诉权,而且你们若是再来纠缠,我会通知佩斯利,不准你再过问此案。"

"告辞。"厅长没再说什么,转身走了出去。

"不送啦!"格林怒气未息,"莎士比亚说过,不速之客只有在告辞时才最受欢迎。"

苦瓜虽然听不太懂，也明白这是讽刺，扭头回敬道："无论你是不是凶手，小心点儿吧。"

"什么意思？你敢恐吓我？"

"不敢不敢，我哪儿敢吓唬您呀。"苦瓜阴森森笑道，"那个美国狐狸的事儿你已经听说了吧？就不怕小丑闯进你家吗？他可口口声声要为老米报仇。我们要是放任不管，你就等着挨刀子吧！"

格林一惊，眼中流露出恐惧……

当他们离开办公室时，利迪尔的汇报已经完成了，正站在一楼大厅等候，一见海青走下楼梯立刻迎过去："嘿！刚才怎么回事？我正展示设计图，你们突然闯进去，吓我一跳，就像是在体育场跑道上遇见一头公牛。"

"放心吧，以你的速度，即便我是公牛也追不上你。"

"你们该不会觉得格林是凶手吧？"利迪尔瞥了一眼曹副厅长。

"仅仅是怀疑。"厅长不肯透露真实想法，"查明真相前每个人都有怀疑。"

"也包括我？"利迪尔有些紧张。

"你除外。"海青安抚道，"你一直在摇放映机，从头至尾只离开两分钟去了趟厕所，就算你是飞毛腿也不可能在这么短的时间下楼杀人，再若无其事地回来。"

"这我心里就踏实多了。"说话间他们已走出戈登堂，利迪尔一脸欣慰，"幸好当时二楼厕所没人，要是有人占用，我就得用一楼厕所，下过楼就解释不清了。"

"就算你用一楼厕所也没关系，那会儿米勒已经遇害了，你不可能是凶手。"

"太好了……"利迪尔如释重负，却又立刻改口，"呃，不应该高兴，毕竟有人死了，愿米勒的灵魂安息。"说着他郑重其事地在胸口画了个十字，"这几天我一直担心，怕自己洗不清嫌疑，此事若传扬开肯定会登到报上，什么标题我都能猜到——奥运冠军涉嫌凶杀。"

刚说到这儿就见街对面走来一名男子，三十岁上下，五官端正面庞白皙，鼻梁上架着眼镜，身穿简易洋装，头戴贝雷帽，背着挎包，手里拿着笔记簿，明显是朝他们而来。

"哦！刚提到记者，记者就来了。"利迪尔一脸沮丧，"巴黎奥运会过去三年了，他们还追着我跑。"

"那是因为你监造体育场，还有新闻度，以后报界会渐渐把你忘掉的，谁也不会总去采访一个中学教师。"

"但愿如你所言，我得赶紧走，再见！"不等记者过来，利迪尔匆忙拦住一辆洋车，跳了上去。

出乎意料的是记者没追赶洋车，而是向海青他们走来："您是曹副厅长吧？自我介绍一下，我是《津华日报》的记者，请多关照。"说着递上一张名片。

这种情况曹副厅长见多了，何况《津华日报》只是一家名气不大的报纸，远不能跟《大公报》《益世报》相提并论，他根本不理睬，径自向汽车走去。出于礼貌海青接过名片瞧了一眼——吴梦生。是真名还是笔名？常言智人无梦，这家伙肯定是个不信邪的主儿！

吴梦生跟在厅长身后："您是在调查刘会长家的凶案吗？"

厅长暗骂——可恶！此案尚在保密中，是谁走漏的消息？心里想着赶紧加快脚步。

吴梦生紧追不放："今天星期日，为什么还到戈登堂来？难道嫌疑人是格林吗？"

"无可奉告！"

"通融通融嘛，我也想帮您把罪犯送进监狱。"

"是啊，不仅要把罪犯送进监狱，还要把他登上头版头条。别再烦我了，走开！"

吴梦生心知无望，转而向海青和苦瓜下手："你们也是此案的调查者吧？好像不是警察呀？此案发生在租界，应该是巡捕房负责，警察厅为什么介入？能否透露点儿内情？"

海青疲于应对："不知道，我什么都不知道……"

"哦！我想起来了，你是利盛商行的少东家！难怪眼熟，上次小丑揭露'三不管'杀人案时你也在场，这次又是巧合？"

海青连忙摆手："不是不是，你认错人了。"

吴梦生突然紧走几步拦到车门前，一脸认真地问："你们听说过'晚清四大奇案'吗？"

"我知道！"苦瓜叫道。

海青颇感意外："你还知道那些事？见识不小啊。"

"'三不管'说评书的演过，《张文祥刺马案》《杨乃武与小白菜》《王树文喊冤案》《杨月楼良贱通婚案》。"

"没错。"吴梦生点点头，"那你们知道四大奇案的共同点吗？"

苦瓜与海青对视一眼——这他们就闻所未闻了。

"这四起案件都是报纸披露的！"吴梦生语气激昂，额头青筋暴起，"你们以为在那之前没有买放替死、迫害无辜的案子吗？其实这四个案子根本不稀奇，历朝历代恶劣腐败的事多得数不过来，只是当权者蒙蔽百姓，从来不说罢了。正因为到晚清有人兴办报纸，这些内幕才有机会向百姓揭露，才有了这所谓的四大奇案。我们办报的就是要充当社会喉舌，若是屈从当官的，凡事不闻不问，岂不是纵容当权者为所欲为？尤其现在是多事之秋，北伐军接连得胜，这个节骨眼儿上谁知军阀和外国人有何勾当？此案涉及的都是租界的大人物，警察厅和巡捕房沆瀣一气遮遮掩掩，究竟是何居心？你们必须给公众一个交代。"

海青听得心惊肉跳，几乎被这番话触动，厅长却毫不理会坐上车，催促道："还不快走！"

"耗子搬家，您挪挪窝吧。"苦瓜轻轻推开吴梦生，"其实我们也是哑巴吃黄连，有苦说不出。"说罢拉着海青上汽车。李大彪一脚油门踩下去，总算把记者甩掉了。

海青隔着窗户回望，直到再也瞧不见吴梦生的身影才感叹："其实他说得有道理。"

厅长一脸不悦："是有道理，但现在公布案情岂不打草惊蛇？若是其他报纸也跟着起哄，案子就更难办了。太可恶啦！此案明明还在保密阶段，因为涉及租界高层，佩斯利下过封口令，怎么还是走漏了风声？这不是故意给我添乱吗？"他之所以烦闷也是因为私心，常厅长上任以来就和他不睦，鸡蛋里还要挑骨头，一旦报界披露他私下参与租界案件，常厅长八成要借题发挥给他小鞋穿。

"您消消气，想好的一面吧。今天这趟总算没白忙，至少格林承认他和米勒有私交了。"

"可在我看来问题反而更复杂了，他说是刘文卿告诉他米勒原本是医生，这话可信吗？"

海青笑道："其实昨晚我说怀疑另一个人，就是刘文卿。您可能不知道，刘文卿早年在德国洋行里当买办，只要是在天津有一定知名度的德国人他不可能不认识，就算不认识也应该知道底细。而上次他跟我说与米勒不熟识，是最近在宴会上结识的，我越想越不对，那肯定是搪塞之词。昨晚您提到间谍和军火的事我就更怀疑了，一回家就吩咐老吴去查了。"

"怎么查？"

"到各大公司、商会打听，看看刘文卿名下的公司最近是否与德国商人有生意往来，或许会有收获。"

"唉！现在有两个怀疑对象，与米勒在餐厅密会的人究竟是谁？是格林还是刘文卿？"

"我也猜不准，都有可能。"海青扭头问苦瓜，"你觉得呢，曼伦？怎么不说话？"

"我在想另一件事。"苦瓜慢吞吞道，"利迪尔说幸好他用的是二楼厕所，没用一楼的。"

"怎么了？"

"你们不觉得奇怪吗？我记得海青说过，电影中断时书房里少了仨人，老绿、老米、老高……"

"你能不能改改称呼？"海青听着别扭。

"咳！名字就是代号，说着顺嘴就好。现在咱们查清了，电影中断时老米已经死了，老绿不在房子内，那老高又到哪儿去了？"

"嘿，你什么记性呀？他不是正在厕所里吗？"此言出口，海青突然醒悟——不对！福克斯下楼前敲过二楼厕所的门，当时高缇耶在里面，可到电影中断时利迪尔用的也是二楼厕所，证明那时高缇耶已不在里面了，而他又没回书房，他到哪儿去了？

"该死！"厅长也意识到问题，气得大骂，"我真该向政府申请一道法令，凡是放电影时都该把门锁死！"

海青大惑不解："那会儿米勒已经死了，就算高缇耶下过楼也不可能行凶，在哪儿还重要吗？"

厅长从前座扭过身，直视着海青："的确他那时不可能行凶，但不等于之前不会，腰封的污渍只说明他未沾到血迹，不能证明他一定不是凶手，依然是有嫌疑的。再说咱先前忽略了一点，那个疑似间谍和米勒有交易的人未必就是杀死米勒的人，这可能是两码事啊！"

"您的意思是说……"

"无论凶手是不是他，他在那段时间可能搜过米勒的尸体，拿走了对他而言很重要的东西。"

听了这番话海青不禁浮想联翩，又回忆起高缇耶房间的陈设——他家里有许多照片，年轻时的他身材匀称、活泼好动，后来怎么会变成大胖子？难道是故意为之，改变以前的形象，好从事间谍活动？他明明很有钱，至今还孤身一人住在小公寓里，这不正常。所以他……不对啊！如果他心里仇恨德国人，就不可能充当间谍出卖情报给德国啊？难道反而米勒是帮助法国的间谍？也不太可能，一个一直在为德国侨民奔忙的老人与法国暗通款曲，不像啊！左右矛盾解释不通，但高缇耶肯定还有别的问题，至少那晚他不光去了一趟厕所，否则不可能把整部电影情节弄错。

厅长已放弃思考，无力地倚在座椅靠背上："绕来绕去我已经糊涂了，简直是一团乱麻。不管那么多了，按原计划审问格林夫人，先捋清这条线再说。"

格林家位于英租界剑桥道，确切地说称之为格林公馆更合适，这是一幢两层楼的欧式建筑，不仅宽敞而且装潢华丽，爱奥尼式立柱，维多利亚式落地窗，还有花园和西式凉亭，简直是一座庄园，凸显出主人的尊贵身份。

据曹副厅长调查，大卫·格林出身于贵族家庭，虽不是长子，但也获得了丰厚的遗产，他早年曾有志从政，可后来不知遇到什么挫折改行经商了，来到天津后投资多家洋行，凭借各公司的红利赚得盆满钵满。他青年时在家乡娶过一位贵族女子，育有两个儿子，可惜妻子还不到三十岁就去世了，此后他一直单身，直到六年前结识了现在的妻子丽萨·格林。据说丽萨是一位杂货店老板的女儿，只读过小学，但非常漂亮，曾在赛马俱乐部当女招待，她与鳏居多年的格林偶然结识，迅速坠入爱河，仅仅三个月就结婚了。由于这桩婚姻门不当户不对，年龄差距很大，对格林的声誉有所损害，也使得俩儿子弃他而去，先后离开中国到南非发展。虽然许多人认为他们的婚事纯粹是金钱和美色的交易，但他们夫妻乐在其中，格林原本住在工部局附近，婚后购置了剑桥道的这幢大房子，丽萨很快就适应了贵妇人的生活，女仆、厨子、司机、花匠，光是家庭服务人员就雇了七个。

从下车那一刻起，海青就在看表计算时间，直到格林夫人出现在起居室，用了四十七分钟——这对夫妻架子真大，竟然各自叫他们等了半个多小时。在等待期间，曹副厅长一直坐立不安，唯恐格林先生突然回来再延续刚才那场争吵；苦瓜却趁这段时间最大限度地探索这幢房子，至少一楼格局被他摸清楚了，还到厨房逛了一圈，关键是他做得不露痕迹，即便如此仆人们也没觉得他讨厌，果然是踩盘子的行家。

虽然早就过了上午十点，格林夫人才起床，这等候的四十七分钟就是她梳洗打扮的时间，所以当她出现在海青等人面前时已经光鲜靓丽无可挑剔，连首饰都戴好了。

"抱歉，让你们久候了。"她提着米黄色的落地纱裙，从容不迫地走下楼梯，朝曹副厅长嫣然一笑。

苦瓜在海青耳畔小声嘀咕："难怪她家这么干净，原来裙子长，走来走去就能擦地，连墩布都省了。"

"你不懂，这叫晚礼服。"

"晚礼服不是晚上穿的吗？大白天穿这个干吗？"

"倒也是。"听苦瓜这一说，海青也觉得这位夫人太虚荣了。

厅长泰然处之，说起了恭维话："并没等多长时间，该道歉的其实是我们，事先没打招呼就登门，打扰您休息了。"

"有时候我也早起，享受一下明媚的晨光。"对格林夫人而言上午十点似乎已经算早起了，"多美好啊！今天的天气不错吧？"

"非常好，夫人，您想出去散散步吗？"厅长觉得她可能是在暗示有话到外面谈。

"不，我不喜欢空着肚子散步。"

"哦，您还没吃早餐。"厅长硬着头皮道，"真对不起，您可以立刻去用，我们再多等一刻钟也不成问题，不过……"

"哈哈，那也太失礼了，快请坐吧。"夫人掩口而笑，注视厅长的眼神简直称得上含情脉脉，"您真是一位了不起的警官，风趣幽默又有绅士风度，比我们国家的警察强多了，他们就像一群哈巴狗，像挖骨头一样到处挖掘别人的隐私。"

厅长算是体会到什么叫软刀子割肉了，托夫人这句话的福又多寒暄了十分钟，内容涉及天气、服饰以及社交聚会，都是些无关痛痒的话，厅长只是为了避免自己沦为挖掘别人隐私的哈巴狗。不过该办的事早晚得办，在经历一系列瞎扯淡之后他终于话归正题："聚会给人们的印象不都是快乐的，有时也会发生悲剧，比如刘会长家的那次聚会，其实我今天来拜访还是为了那天的命案。"

"那件事还没结束吗？"格林夫人表现得很吃惊，但这显然是明知故问。

换作别人这样装傻充愣，曹副厅长早就拍桌子瞪眼了，可这次对方是女性，他只能耐着性子陪她玩下去："当然没结束，我们至今还没抓到凶手呢。"

"太可怕了。"夫人双手紧扣，瞪大了眼睛，"这是我从小到大见过的最可怕的事，那样一位和蔼的老先生被无情地杀害，而且死不瞑目。当时流了那么多血，几乎整间餐厅的地板都染红了，我竟然第一个发现尸体，天哪！至今想起来我还忍不住颤抖……"

苦瓜嘀咕道："忒'腥'啦！脸上一点儿'买卖'都没有。"

海青点点头，也觉得格林夫人很做作，命案给她留下的恐怖印象绝没有那么深，甚至此事可能已经成了她的主要谈资，使她成了贵妇界的社交核心，她肯定不厌其烦地向每个人讲述这件事，而且每说一次都比上一次更夸张。米勒确实流了不少血，但还不至于把整间餐厅的地板都染红，如果再让她讲述几次，血可能要流出英租界了。

厅长看过两次她这种夸张表演，没兴趣欣赏第三次，赶紧打断："夫人，我能理解这件事对您的冲击。可您忘了当晚我在现场，这位年轻的沈先生也在，尸体的情况我们很清楚，不需要您再描述，今天过来是想请您回忆一下发现尸体之前的情况？"

"那之前？"格林夫人满脸错愕，仿佛听到一件世界上最不可思议的事情，"我也不知道那之前米勒干了些什么。"

"或许您没听懂我的话，抑或是我没说清，我指的不是米勒，是你们夫妻在那之前做了些什么？"

"我们和大家一样，在看电影呀。"

"这期间没有发生什么事吗？"

"没有啊。"

"您丈夫呢？发现尸体时他不在现场。"

"哦，瞧我这记性。"夫人报以惭愧的微笑。她的态度与丈夫截然相反，格林回答问题时一脸不耐烦，而她明明已经第三次回答这些问题却依然装作闻所未闻。

这样的审问简直是挤牙膏，挤一点儿出一点儿，厅长努力压制着想打人的冲动："您知道他为什么突然出去吗？"

"散步呀，您不是……"

"我知道他一再声称只是去散步，但是这不奇怪吗？谁会大晚上的独自一人在街上闲逛？何况是在做客的时候。坦率地说我认为这种解释不可信，一定有某种原因促使他离开，您知道吗？"

"不知道，当时书房很黑，我甚至不知道他何时出去的。"

“难道他出去之前都没跟您打招呼？”

“没有。”夫人大大咧咧道，“他经常这样，说走就走，想起什么就立刻去做。我常说他的脾气像个暴君，记得有一次我们在朴茨茅斯港，他想乘坐奥林匹克号游轮，离开船只剩三个小时，我说一定来不及的，他却执意要赶，后来我生气了，我说随你的便，就算你想乘坐泰坦尼克号我也不拦着……”

“夫人！”厅长终于按不住性子了，出言讥讽道，“我觉得您可能是冤枉哈巴狗了，或许它们根本没兴趣挖骨头，而是您主动扔给它们的，而且您扔的都是不能吃的烂骨头！所以即便它们咬您，也完全是您自找的，这话您听得明白吗？”

格林夫人非常有涵养，抑或说是非常厚颜，仍是嫣然一笑：“您真幽默，跟您交谈十分有趣。不过我的狗缘一向不错，小狗都很喜欢我，从不咬我……”

“行啦！聊点儿不那么有趣的话题吧，我只想知道您丈夫那晚离开刘家的原因。”

夫人换了一种应对方式，睁大她那双无辜的眼睛，反问道：“我所知道的都告诉您了，如果您还不满意，为何不去问他本人呢？”

厅长再度感觉力不从心，仿佛费尽浑身力气打在棉花上，这样绕来绕去永远也不会有进展，只恨自己身在租界，无权动用非常手段。这时坐在一旁的苦瓜突然插话：“您家房子真漂亮。”

有人岔开话题，格林夫人求之不得，虽然不知这小子是谁，却立刻绽放出明媚的笑容：“您也这样认为吗？所有客人都这么说。我倒觉得有些地方太奢华，一点儿也不实用，可是大卫……哦，我是说我丈夫，他坚持要这样安排，比如这种洛可可风格的地砖，这可不是比利时窑厂制造的，而是从法国运来的，大卫对我说：‘亲爱的，我要让你站在鲜花上。’您瞧瞧他，也太异想天开了。”她似乎经常向客人卖弄这栋豪宅，对于这种打着责备幌子的炫耀已驾轻就熟。

苦瓜当然不懂什么是洛可可，却装作饶有兴致，环顾一番指指点点道：“瞧那雕像，多白净！跟搽了雪花膏一样……那花瓶，又是金又是银，锃亮晃眼。还有那窗帘，多鲜亮呀！花里胡哨的，比戏台上的刺绣'守旧'[1]还漂亮。"

这番话简直是鸡同鸭讲，夫人也不懂什么是"守旧"，但只要不提案子她就很愉快，顺藤往上爬："我总觉得窗帘应该朴实简单些，可我丈夫想追求画框的感觉，您真应该站到落地窗前好好看看，那边正好是花园，是不是像画一样美丽……"

"唉！"苦瓜突然叹息，一改羡慕的口气，"维持这样一幢房子花费肯定不小，何况还有那么多仆人、厨子、花把式、老妈子……要是格林先生钱的方面遇到问题可就不妙了。"

海青想纠正，应该说"花匠""保姆"，可已经顾不上措辞了，因为他发现格林夫人的表情有微妙变化，那份优雅从容骤然消失，轻轻瞥了苦瓜一眼，目光中带着疑虑和厌恶，就像是表演相声《扒马褂》时吹牛的人被戳破谎言时的表情一样。

苦瓜心中暗笑——嫁汉嫁汉穿衣吃饭，原来外国娘儿们也一样，一提到钱就成了乌眼鸡，年纪轻轻嫁个老头子，兴许还是"放鹰的"[2]呢。

既已摸到软肋，他进一步危言耸听："常言说得好，大户人家是非多，何况先生那么高的身份，猴子爬得太高也就藏不住红屁股了，要是被人抓到什么把柄用以勒索，就太不幸了。"他算盘打得精——既然这娘儿们爱财，即便不清楚她爷们儿跟老米具体有什么勾当，出于金钱方面的考虑也会担忧，兴许会吐露一些实情。

这招蒙对了，格林夫人仍在竭力保持微笑，但那张喋喋不休的小嘴却闭上了，半晌无言以对。

厅长瞧在眼里心中窃喜，顺着苦瓜的思路决意再吓吓她，于是清清喉咙故作深沉道："其实我们已经掌握一些情况，只是碍于您和您丈夫所处的地位不便说破。您丈夫既然高居董事之位，免不了要和其他国家的人打交道，有什么不足对外人道的秘密或者受到某些势力的威胁也可

---

1 守旧，台帐，两边有门，写着出将、入相。
2 放鹰的，骗婚骗钱的。

理解。但是如果牵扯到犯罪，恐怕格林先生难以保全现有的一切，莫说董事之位，连房子金钱也是过眼云烟……"说着他装模作样环顾客厅，装出惋惜之态，仿佛这幢房子明天就要抵押抄没一样，又慢慢把话往回收，"若及早向警方坦白，触犯法律固然不能免责，但至少可以最大限度保全财产，毕竟这儿是租界，只要是情有可原的事都有商量余地，前提是必须配合我和巡捕房的调查。如果不配合，我很难保证这件事不会宣扬开，若是登上报刊或者消息传回贵国，将造成何种后果您自己考虑。唉！不瞒您说，刚才还有个记者纠缠我，想报道此案。"

这番话纯粹是诈语，但道理是实实在在的，如果格林真的涉及间谍活动，甚至向德国人出卖情报，无论他是不是杀害米勒的凶手都将付出代价。对格林夫人而言，如果涉案不深，与行凶没有直接关系，此事又没有大肆宣扬，她完全有机会逃过此劫，可以变更国籍移民海外，甚至还能转移一部分资产，继续过奢侈的生活；可要是此案闹得沸沸扬扬，英国方面要求将他们引渡回国受审，那她就只能为丈夫陪葬了。常言说得好，夫妻本是同林鸟，大难临头各自飞，何况他们这样的老夫少妻？

夫人再也笑不出来了，却也没流露出畏惧，只是低头注视着手上的戒指，目光甚是呆滞，但这副面无表情的姿态显然要比刚才的大喜大惊真实得多。过了片刻她忽然气哼哼摘下那枚戒指，像丢弃不祥之物一样把它抛到地上："咱们到花园里走走，好吗？"

不习惯空腹散步的人主动要求去花园走走，厅长心里有数——她想回避房子里的仆人，看来要说实话啦！

海青激动得都快哭了，仿佛已经看到解决案件的曙光，赶紧跟着走出去，苦瓜也不紧不慢跟在后边。夫人没招呼贴身女仆，独自提着裙摆走在前面，当她走到月桂丛边时终于开了口："我记得《圣经》上说，即便一个人每天犯七次错误，但是每次过后都诚心忏悔，我们依旧应该原谅他。这是上帝的宽容，其实每个人都会犯错，我们都应该被原谅，不是吗？"

厅长还摸不清他们夫妇具体犯了什么错误，只能谨慎回答："那要看错误有多严重。"

"多严重？怎么形容呢？足以毁掉一个女人的一生。"她随手摘下一朵还未绽放的桂花，用纤细的手指剥开花蕾，将花瓣一片片撕下扔到花丛中，"您根本不了解，我出生在一个什么样的家庭里，我父亲是个小商人，在南安普顿经营一家祖传的杂货店，那家店非常小。二十年前经济不景气，再加上大百货公司的冲击，店铺经营遇到困难，收入越来越少。我父亲不知听信了谁的鬼话，认为到海外租界可以发大财，于是脑子一热就把店铺卖了，要来中国开店。在那年月像他一样的傻瓜大有人在，总以为除了英国世界各地都是金子，就把全部家当都押上，其实他们根本不知会遭遇什么。我们那家店铺只卖了不多的一笔资金，父亲用一半的钱进了杂货，然后就带着母亲和我移居到中国。虽然那时我还很小，但乘船时的情景我记忆犹新，简直就像逃难！"

厅长对她这些回忆不感兴趣，但是人在吐露真相前总想倾诉自己的不幸，求得旁人谅解，所以他没打断，任由夫人讲下去。

"这是天大的错误，在天津落脚后父亲赁了一家店铺，比原来那家店也大不了多少，他以为能从身在异乡的同胞身上赚到钞票，然而事实并非如此。刚开业时确实很受欢迎，顾客能在中国买到正宗的甜豆罐头和苏格兰威士忌都很高兴，但是当货品被抢购一空后父亲才意识到疏忽——没有后续的进货渠道。其实租界跟伦敦一样，商品进出口都操纵在几家大洋行手中，甚至有些洋行的实权已经被中方买办掌控，以前在英国时我们还可以自己进货，到这儿之后只能联系洋行。可我们小店要的货物太少，根本不入他们眼睛，父亲又不会中文难以沟通，即便在大宗订单中凑一份，也时常出现货品破损丢失的情况，而那些傲慢的洋行和航运公司根本不理会我们的抗议，在他们看来跟我们这样的小店做买卖就是施舍。父亲不得不亲自跟船，往返中英之间，确保货品及时安全送来，勉强维持生意。就这样坚持了几年，我母亲突然去世。"格林夫人并未哭泣，反而露出一丝自嘲的笑容，"直到现在我都不知道她是怎么死的，午饭后突然发病，晚上就去世了，医生根本束手无策，只能眼睁睁……"

厅长突然打断："那位医生是谁？"

"我不认识，是父亲找来的，我们根本请不起名医，那家伙就是在药房站柜的，给病人提供点儿用药建议。"

"哪国人？"

"中国人，要不就是日本人，我也不清楚。"

厅长顿感失望——不是米勒。

"我一直怀疑母亲是服毒自杀，可能她早就受够了这种苦日子，我记得有一次她笑着跟我说，人的一生就像赌博，男人都在赌事业，我们女人是赌能不能嫁个有前途的丈夫。我想她已经意识到自己这辈子赌输了，毫无翻本的希望，没耐心再玩了。葬礼很寒酸，从那以后我也不能上学了，必须照看店铺，后来英租界规划出一个菜市场，竞争更激烈，我们却无力搬迁，生意越来越差，父亲又染上了酗酒的毛病，整天醉醺醺……其实他就算不喝酒也无法再跟船跑货，不久大战爆发了，航运完全中断。渐渐地我们的店铺成了个笑话，明明开在租界却只能卖本地的土产杂货，有人拿我们开玩笑，建议我们把店挪到南市去。我私自做了个决定，把店面以及货品全部转让出去。父亲跟我大闹一场，说我毁了他的心血，还用棍子打我。真可笑！我到现在还觉得那是我做过的最明智的决定，如果继续经营那个店，迟早我们俩都会被它拖垮。父亲根本不理解，那以后再也不和我说一句话，整日就是喝酒，卖店的钱没几个月就被他喝光了，想回国都回不去。可日子还得过下去，我到餐馆端盘子，在俱乐部当服务员……直到我遇到大卫。"或许是不堪回首，对于务工的那段经历她没详细讲述。

海青不禁感慨，这些来华的洋人何尝都是富豪？无论哪里都有穷苦的，夫人一家也是大战的受害者。厅长却无暇考虑那么多，他只想知道杀害米勒的凶手是谁，挖出背后的阴谋："无论经历什么苦难，并不能当作罪恶的理由，后来呢？"

"后来？"夫人苦笑，"我抓住了过上好生活的机会，你们都这么认为的吧？不过除了不再挨饿受冻也没改变什么。每当有社交活动，其他董事夫人总是对我避而远之，有时她们也会称赞我的美貌、年轻，但我能品出言外之意，她们觉得我是个卑贱的异类，不该站在工部局的宴会厅里，只配在俱乐部跟客人调情。大卫的两个儿子也讨厌我，不愿和我们生活在一起，最让我痛心的是父亲，他还是不肯理睬我，即便我现在能给他许多钱，他也只是去买更好的酒，酒精已经麻痹他的身心，他已经是个废人了。酒！酒！酒！我这辈子最痛恨的东西，毁了多少人，当年发明这东西的家伙应该绞死……难道我牺牲青春、放弃自由，换来的只有鄙夷？"她目光骤然变得坚毅，望向自己的豪宅，"所以我鼓动大卫建了这幢房子，把它装饰得十分奢华，因为我需要赞美、需要羡慕，我要成为租界的明珠，就像昔日的德璀琳夫人一样……"

厅长又警觉起来："你认识这家人？"

"不认识，当年德璀琳一家活跃时我还是个孩子，杂货商的女儿哪儿巴结得上那家人？但我听说过那个家族的辉煌。"

"您丈夫和他们熟识吗？"

"大卫年轻时曾在德璀琳手下做事，但没什么交往。"

"真的吗？"厅长心存怀疑。

"大卫有些观念很死板，他觉得那段岁月很不光彩，由一个德国人掌控英租界，他把那视为耻辱，到现在还耿耿于怀。我倒觉得无所谓，无论马克还是英镑、美元，还有你们的银圆，只要是钱就好。"她毫不隐讳自己的贪婪。

"您对您丈夫过去的经历一点儿都不了解吗？"

"坦白地说我并不在乎大卫以前干过什么，也懒得去问，只要他能让我过上好生活就行。可是现在……现在……"

厅长意识到，触及关键了："现在有什么变故？"

夫人的嘴唇微微翕动，却没发出声音，她那双晶莹剔透的眼睛凝视着厅长，已掩饰不住彷徨，显然她终究还是拿不定主意，在犹豫该不该把秘密和盘托出。

厅长暗暗心急，生怕她话到唇边又吞回去，决定再加把火，于是把脸一沉，摆出审问犯人的威严："快说吧！到这个地步你还想隐瞒吗？从事间谍活动无论在哪国都是重罪，何况牵扯一条人命。老实坦白或可减轻刑罚，再不交代我就致函贵国政府，向他们汇报案情，你们就等着引渡回国吧。"他区区一个地方警察厅的官员哪有这么大权力？这完全是恐吓之词。

恐吓效果很明显，格林夫人一怔，似乎不相信自己的耳朵，继而后退两步开始大叫："上帝啊！您在说什么？这太可怕啦！"她双手捂着脸，浑身不住颤抖，"您真是吓到我了，我头好晕，必须休息一会儿……"

苦瓜冷眼旁观，见此情形心头一凉——阴天晒被子，白搭！这倒霉娘儿们又开始玩"腥"的！

厅长也察觉到她反应不对："别再演戏了，老实回答问题。"

"哈哈哈……我演不下去了。"夫人张开蒙在脸上的手，发出一阵轻佻的笑声，一瞬间她的表情已从恐惧变成喜悦，"刚才是和你们闹着玩，其实我什么也不知道。"

这算什么？厅长再能克制，面对这种情况也怒不可遏："你在戏耍我吗？你知道戏耍警察、妨碍司法要承担什么后果吗？"

夫人嘻嘻一笑："我觉得像您这样风度翩翩的绅士是不会介意女士的小玩笑的。何况这里是租界，跟中国警察开玩笑算不算妨碍司法恐怕不能由您定论。"说罢她转身向房子走去。

厅长感觉脸上热辣辣的，仿佛被人扇了一记耳光，身为警察厅的副厅长，被一个外国女人奚落，他从警二十余年从未受过此等屈辱，也从未如今天这般痛恨外国人在中国的霸权。他抑制不住怒火，猛然冲向前，抓住夫人的手腕："你给我站住！"

出乎厅长意料，这个看似娇弱的女人并未被吓倒，她展现出曾在底层摸爬滚打的强悍，恶狠狠地瞪着厅长，一边挣扎一边威胁道："放手！再不放手我就向警察厅举报你，说你非礼我。"说罢她又立刻换了柔弱尖细的嗓门，向四面呼喊道，"救命！救命啊……"

这嗓音很有穿透力，格林家用人众多，转眼之间女仆、厨师、花匠都慌慌张张跑过来。被这么多下人围观，曹副厅长既气愤又无奈，要是被扣上一顶要流氓的帽子，且不说撤职查办，他这张老脸往哪儿搁？只能松开手，心里暗骂泼妇。

格林夫人变脸甚快，又收起那狠厉的目光，展现出娇羞的一面，笑着向众人解释："没什么大不了，刚才我和曹先生开玩笑呢，他好像有点儿生气。"

厅长满脸尴尬，却还没有放弃："我可没兴致跟您开玩笑，刚才您明明要向我透露秘密，为何出尔反尔？"

"我确实有个秘密，从小就梦想当演员。我父亲不同意，他说我没天赋。哈哈，他错了，谁说我没有表演天赋？刚才不是把你们骗得团团转吗？忘了那些话吧，都是编出来的。今天真是太开心了，感谢您陪我度过愉快的早晨，我想您一定很忙，就不留您用餐了。"说着她摆了摆手，俨然一副逐客的姿态。

厅长气得脸色发青，但还是态度强硬道："案子不查清楚我是不会罢手的，您等着吧，我还会再来。"

"随您的便，我不在乎有几只哈巴狗在我家门前转悠，但我可不敢保证每次都有时间接待您……"她挥手招呼女佣，"布朗太太，你替我送送客人，咱家房子大，曹先生脑子不太聪明，我怕他迷路。"扔下这句讽刺之言她就提着裙摆进屋了。

曹副厅长想赖着不走也不行，快中午了，格林可能回家吃饭，已经闹得很不愉快，要是再碰上难免又争执起来，要是这对夫妻真去警察厅投诉，他还真兜不住，只能忍气吞声离开。海青也觉得丢脸，唯有苦瓜不在乎，依旧说着风凉话："墙头一棵葱，切开两头空。好的配好的，苍蝇找臭虫。老绿是拉硬屎的主儿，这位绿大嫂也不是省油的灯。"

那位布朗太太还真尽职尽责，按照女主人的吩咐，一直把他们送到前院汽车旁，就像防备他们偷东西一样。厅长握住车门把手，突然脑筋一转，回头问道："您是这儿的管家吗？"

"不是。"布朗太太摇着胖乎乎的脑袋，"我只是帮佣，干洗衣擦地之类的杂活，我丈夫是这儿的花匠。"

"能问您几个问题吗？"

"这……"

"放心，不会占用您太多时间。"厅长态度谦卑恳切，"只是一两个小问题，对您而言微不足道，但对我而言非常重要，这牵扯到一位老者的性命。"

布朗太太似乎被厅长的真诚感动了，抑或是她也不喜欢女主人，她左右张望一番，见没人注意到他们的谈话，便说："好吧，但请您长话短说，我还要帮厨师准备午餐。"

"您真是一位热心善良的女士。"厅长不吝赞美。

"谢谢您的称赞。"布朗太太难得听到恭维话，很高兴。

"您还记得本月六号的事吗？"

"六号？"

"就是上周日。"

"哦，想起来了，是先生和太太去刘会长家做客的那一天。"

"没错，那天晚上家里发生过什么事？"

"您是指……"

"主人都去刘家了，这段时间家中有没有什么访客，或者格林先生中途有没有回来取东西？"问这句话时厅长紧紧注视着布朗太太的脸，观察她的表情变化——仆人也有可能和主人串通，要甄别他们说的是否是实话。

哪知布朗太太笑了，笑得非常朴实："我不知道。"

"不知道？"

"我那天晚上没在家。"

厅长有点儿泄气："好吧。您能告诉我，当晚哪位仆人在家吗？"

"都不在，我们都去参加舞会了。"

"舞会？！"

"是的。"布朗太太笑得更加灿烂，"租界仆人之间有个联谊会，每月举办两场舞会，只要有时间谁都可以参加。恰好那天先生和太太要去刘家赴宴，突然宣布给我们放假。事先一点儿征兆都没有，真是惊喜！这样的机会很难得，我们所有人都去舞会了，那是个愉快的夜晚，我们唱啊跳啊，我丈夫还喝了酒，直玩到快天亮才回来。"

"没人在家中留守？"

"是的，那天晚上这幢房子里一个人都没有！"

第六章
爱吃不爱吃？

曹顺祥站在办公桌旁，望着墙上挂的"廉洁奉公"四个大字，胡思乱想心神不定……

每逢周一警察厅总是很忙，尤其他这个负责日常工作的副厅长。由于昨天是公休日，办公室积压了许多等待批复的案卷，除此之外还要召开会议，安排本周工作。他从清晨一踏进办公楼就忙得不亦乐乎，十点钟结束会议回到自己的办公室，正在阅读文件，内线电话响了，常厅长叫他立刻过去一趟。

急急忙忙找我干什么？曹副厅长的眉头拧成大疙瘩。新官上任三把火，常之英的火却烧起来没完，似乎不把他整倒誓不罢休，如今连警察厅看门扫地的都知道正副厅长不合，可这位常大厅长丝毫不在乎影响，还是动不动对他呼来喝去，哪怕文件写错一个字也喋喋不休反复批评。没办法，官大一级压死人，何况人家还有军阀靠山，人在矮檐下不得不低头，他只能放下手头工作去了厅长办公室。奇怪的是常之英并不在，秘书说厅长突然有事出去一下，一会儿就回来，请他在办公室里稍等。

打电话叫他立刻过来，却避而不见，恐怕不是为了公务，是又攥住什么把柄，要教训他吧？曹副厅长不禁紧张起来，立刻想到，该不会是格林已经投诉了吧？

想起昨天的事他就一肚子火，尤其被格林夫人那番奚落，但生气之余更多的是费解——格林夫人为什么那样做？难道真是百无聊赖开玩笑？她说那些话都是编出来的？而根据先前的调查，格林夫人确实是杂货店老板的女儿，也确实曾在俱乐部当服务员，那些描述与她的经历大致契合；更重要的是她的态度，在讲述往事时她非常平和，反倒比人前的矫揉妖媚诚恳许多。如果她说的是实情，已经做好坦白的准备，为什么突然改变态度？难道是她犹豫不定时自己说的那几句威胁之词有破绽？这位梦想当演员的夫人在这宗罪案中究竟扮演什么角色呢？格林已越来越可疑，关于他在放电影时回家的假设基本可以落实，他明显是故意给仆人放假，打发他们去舞会，以免后来回家时有人目击。但他究竟有什么秘密呢？

曹副厅长百思不得其解，而现在也顾不上考虑那些问题，眼前这关怎么过？格林的投诉正中常厅长下怀，总嚷着要拿个够分量的副职开刀作法，这回终于有文章可做了。常厅长会怎样处置他？公开检讨还是停职查办？或者干脆请示褚玉璞，将他开除公职？

常厅长迟迟不露面，似乎就是要磨他的性子，让他自己掂量此事的严重性。这段等待的时间简直成了折磨，他忧心忡忡踱来踱去，越想越不妙……忽然间，他注意到厅长办公桌上放着一张报纸。

难道……

他拿起来看，是今天早晨刚发行的《津华日报》，头版头条赫然写着"英租界官商宅邸发生命案，工部局高层董事牵涉其中"。这则新闻占据整整一版，报道得非常详细，虽然提到具体人名时一律使用"某商会会长刘某""某法商珠宝洋行经理""某知名运动员"之类的模糊称谓，但明眼人一看就知道说的是谁。当晚参加宴会的人都提到了，还重点指出警察厅某副厅长也在现场并参与调查，据其透露英国工部局某董事犯罪嫌疑重大，具体原因有待深入调查。

读到这里，曹副厅长眉头紧锁，迅速扫了一眼文章末尾的署名——吴梦生。混蛋！谁跟这小子透露案情了？这不是把屎盆子往我头上扣吗？还嫌我不够惨？

略微冷静后他又重读，发现大有玄机。这篇文章对案情细节的描述很真实，吴梦生绝非道听途说，而是有准确的消息来源。谁告诉他的？知道这么多内情的除了办案人员就是当晚在场的客人。可这不合情理，办案的除了自己就是英国巡捕，而巡捕房对此案十分忌讳，一旦公开会动摇居民对租界治安的信任，还将影响工部局的声誉，堂堂工部局董事是嫌疑犯，岂非天大的丑闻？佩斯利下过命令，在逮捕真凶前谁也不准对外透露消息，违者立刻撤职，还将通告警察厅和其他租界巡捕房，以后别想吃警察这碗饭。而当晚的客人个个都很有身份，包括沈海青在内，被怀疑牵涉罪案有损名誉，甚至会影响生意，向报界透露消息一点儿好处也没有，他们会干这种傻事吗？除非……就是想扰乱调查！

正在这时房门响了，曹副厅长赶紧把报纸放回桌上。

"顺祥兄，久等了。"常厅长走了进来——虽然上任时间不长，他已经适应高高在上的角色，但不改军人本色，昂首阔步高门大嗓。

以往曹副厅长尚能维持表面的不卑不亢，但今天硬不起来了，只能躬身赔笑："也没等多长时间。"

或许是人逢喜事精神爽，常厅长竟也对他笑呵呵："别见怪，今天太忙了，刚才我出去接个电话。"

胡说八道！电话在办公桌上摆着，到外面怎么接？明明就是让我来看那张报纸。曹副厅长明知他说瞎话，也只能顺着："您辛苦了，叫我过来有何吩咐？"这也是装傻充愣。

"唉！你知道谁打来的电话吗？是军警督察处的厉处长……"

所谓"军警督察处"是近几年新设立的机关。军阀连年战争，城头变换大旗是家常便饭，但是军人和警察数量有限，无论谁掌权都只能撤换高层官员，基层大量留用，所以新人旧人之间、军队警察之间也时常发生矛盾，乃至打架斗殴。再加上有些士兵不服从纪律，欺压市民、掠夺商贩，军政府便专门设立这一机关，惩治违法乱纪的军人和警察。一开始军警督察处只是警察厅的辅佐机关，可由于它直属军政府管辖，渐渐地权力越来越大，地痞流氓他们也管，捕盗拿贼他们也干，乃至管理市场小贩、维持剧院秩序，成了独立于警察和军队之外的另一组织。现任处长厉大森，本是青帮头子出身，黑白两道人脉广博，颇得褚玉璞信任。每当军警督察处的人出巡，吹着军号、端着步枪、举着大令，所过之处民众悚然退避三舍，凡有扰乱治安欺行霸市者，无论三教九流当场逮捕，有的甚至就地枪决。当然，他们惩治的恶徒只是明眼可见的，真正有势力的地痞恶霸早就暗地里和督察处疏通好关系。

"厉处长来电话说，在南市逮到一个咱们警务处的人，听说好像是因为逛窑子起争执，带着几个兄弟把人家班子砸了，把老鸨打成残废。正好督察处的人路过，就把他抓了，原本要立刻枪毙，厉处长怕咱面子上过不去，所以问问我的意思。我立刻表态——该毙！打成筛子都不冤！咱手下那帮兄弟确实该好好整治一下，一天到晚正经事不干，到处惹是生非，还动不动闹出乱子惊动报界，影响很坏呀。"

这不是指桑骂槐吗？曹副厅长被人家揪住小辫子，也只能挨这窝心骂，还得点头答应："您说得是。"

"还有，现在咱有的兄弟来警察厅上班不过是应景，私底下攒点儿钱就跟人合股干买卖，有厅里的势力罩着，岂不是一本万利稳赚不赔？心思都在挣钱上，哪儿顾得上正经事？另外……"话说一半常厅长掏出一支"三炮台"[1]。

曹副厅长连忙抢着划火柴，像个勤务兵一样，弯腰低头帮常厅长点烟，常厅长也不让他，自顾自抽了一口，悠悠然吐个烟圈，才接着道："最近千万别去招惹外国人，风头不对。"

"怎回事？"

"前线战事吃紧，革命军接连取胜，连徐州都快保不住了，救直系残部就是救咱自己，可要想扭转局势谈何容易？目前能指望的一是革命军内讧，姓汪的和姓蒋的不是一直有矛盾吗？再者大帅也寄希望于外国势力干预，若能暂时停战也是好的。"提到时局常厅长不免有些忧虑，毕竟他的前途完全依附于奉系政府。

"我看没什么可忧的，咱张大帅、褚督军百战百胜，一定可以化险

1　三炮台，当时最好的香烟品牌，英美烟草公司出品。

为夷。"曹副厅长嘴上吹捧心中暗笑——兔子尾巴长不了！凡事有好必有坏，你倚仗奉军势力占据厅长之位，可要是张宗昌、褚玉璞倒台你就得卷铺盖滚蛋，弄不好还要挨枪子。倒是我这样无门无派的一身自在，踏踏实实的，谁来了也不怕。

"总之……"常厅长振作一下精神，"这个节骨眼儿上绝不能招惹友邦生气。"

曹副厅长暗想——连我这个当官的都遭他们戏耍，更不要说老百姓了，好个友邦！

常厅长捻着小胡子，表情渐渐凝重："现在要防备的是有人与南方暗通款曲。前方将领暗中通敌者有之，投降倒戈者有之，拥兵自重者有之，就连咱后方也难免有人脚踏两只船，急着给自己找后路。更有甚者造谣生事煽风点火，还干预租界司法，妄图制造矛盾，破坏政府与友邦的关系，这种行为分明身在曹营心在汉，公然为南方革命军摇旗助阵。"说到这儿他把眼一瞪，"我和厉处长商量妥了，但凡发现咱警察机关里有这种人，无须向褚督办汇报，立刻逮捕枪毙！"他挥起巴掌往桌上重重一拍，正拍在那张报纸上。

曹副厅长吓得一哆嗦。

常之英慢慢收敛怒容，又露出一丝不怀好意的微笑，斜眼打量着曹副厅长，就像猫戏老鼠一样，似乎非常享受。

欲加之罪，何患无辞？曹副厅长不敢躲避他目光，还得强作笑颜。

就这样对视良久，常厅长才不阴不阳又开了口："顺祥兄……"

"不敢当，叫我老曹就行。有事儿只管吩咐，属下一定照办。"

"没别的事了。我说的这些话下次开会别忘传达下去，叫大伙都老实点儿，若不然别怪我姓常的不讲情分。"

"是！"曹副厅长强打精神敬了个礼。

"忙你的去吧。"

曹副厅长战战兢兢往外走，刚拉开房门背后又喊道："老曹！"

"唉。"曹副厅长一激灵，赶紧回头。

只见常之英拿起那张《津华日报》，当作扇子轻轻摇着，意味深长道："你是聪明人，回去好好揣摩一下，去吧。"

曹副厅长哆哆嗦嗦回到自己的办公室，一屁股跌坐在椅子上，早出了一身冷汗——姓常的一向心狠手辣，杜笑山不就是前车之鉴吗？原以为格林来投诉，现在看来并不是，但凭借那条新闻他就掐住了我的短处，人为刀俎我为鱼肉，姓常的一句话就能要我命啊！可他为什么不点破？要我好好揣摩一下，揣摩什么？莫非……

刚想到这里电话又响了，他已是惊弓之鸟，听见铃响就紧张，直到看清这次是外线才松口气，赶忙拿起听筒。

来电的是海青："厅长！看到今天的《津华日报》了吗？"

曹副厅长苦笑，岂止看到？吓得我还剩半条命！自己的事也不方便告诉他，只搪塞道："看过了。"

"是您向吴梦生透露的案情吗？"

"连你都这么想，我真是跳进黄河也洗不清啦！也不知姓吴的与我何仇何恨，竟然这样害我。"

"不是您告诉他的？"

"当然不是！"

"那是谁？会不会有人想故意干扰调查？"

"我也这么认为，而且我有一个怀疑对象。"

"谁？"

"小丑！"

电话里海青似乎在笑："不可能吧？"

"绝对有可能。"厅长一口咬定，"别忘了他也在暗中调查，而且他一直爱捉弄我。如果再遇到吴梦生，一定要问清楚，兴许他知道小丑的真实身份。"

海青憋了半晌才道："算了，别管报纸，汇报您一个好消息，老吴有重大发现。"

"关于刘文卿的？"

"对，一会儿我去找您，详细跟您说。我觉得咱可以跟刘文卿摊牌了，最好立刻行动，吴梦生已经把案件登出来，虽然没点名道姓，其他报社的记者也不傻，迟早能挖出是谁。等到各家报社的人都涌到刘家，咱可就不好办了。"

立刻行动？经过常厅长一番敲打，还能继续调查吗？曹副厅长心里斗争片刻，最后把牙一咬——也罢！该死当不了睡，开弓没有回头箭，反正已经这样了，姓常的若是非要整他，躲也躲不开，伸脖子是一刀，缩脖子也是一刀，索性痛痛快快干到底！

"好！午饭后就去，你别忘带上曼伦。"经过这段时间接触他已经感觉到，曼伦比海青更有用。

"呃……他会去，但不跟咱俩一起。"

"不跟咱们一起？"

"对，他说要单独行动。"

命案已过去一星期，刘家的餐厅依然封闭，佩斯利的第二次搜查还是无功而返。依旧是午后的宁静时刻，刘家上下依旧死气沉沉，刘夫人也依旧把自己关在卧室不见客，不同的是刘文卿终于把二楼书房整理干净，放映机已经收起来，沙发椅子各归原位，他就在书桌前接待厅长和海青。

时隔一周，刘文卿的态度有了微妙变化，海青记得上次见面时他神情萎靡坐立难安，唯恐命案消息曝光；如今此事被《津华日报》捅出来，其他报社也将深入调查，不久的将来他家作为案发地点必将被纷至沓来的记者包围，可他反而不急了，稳如泰山一脸轻松，手里把玩着烟袋。

调查伊始，曹副厅长尽量避免与刘文卿接触，因为他是褚督办信任的"皇商"，出于自身职位考虑曹副厅长不得不顾忌他的感受，然而现在和常厅长的关系差不多已经闹翻，再谨慎小心也没多大意义，曹副厅长索性放下包袱，连寒暄之言都免了，直接摊牌："刘会长，您一直在对我们撒谎，其实您和米勒有很深的交往，对吗？"

面对质问，刘文卿出奇地冷静，既没承认也不否认，而是反问："为何你会这样想？有证据吗？"

海青上次来还打着探望的幌子，这次和厅长一同现身，也没必要再遮掩，主动接过话茬儿："我派人查了您的生意情况，大战结束时您通过拍卖接收了德租界威廉路的四栋房子，都是临街铺面，很有升值潜力，归属在您名下的新泰贸易行；其中一栋作为贵公司的办事处，另外三栋租给其他商户，租金非常可观。然而三天前您却突然关闭办事处、赶走商户，以低廉价格把它们租给四个德国人。"说到这儿，海青故意停顿，观察刘文卿的表情变化。

刘文卿毫不慌张，点头承认："没错，请继续。"

"这难道不奇怪吗？那个地段临近海河日渐繁华，地价今非昔比，怎么房租不升反降？而且您匆忙中止和原先租客的协议，还赔了一笔违约金，有这样做买卖的吗？于是我又查了那四个德国租客的底细，竟然发现他们正是德租界撤销前那四栋房子的所有者。我立刻想到，米勒遇害前正在为此类事情奔波，这四栋房子物归原主应该也是他从中牵线。可您上次跟我说，与米勒不熟，也没有任何生意往来，岂不都是谎言？而且……"海青着重补充道，"格林先生证实，您早就认识米勒，还知道他原本是个医生。"

刘文卿不惧反笑："好小子，我早该想到郑秉善的外甥不会只是个浪荡公子。你假装来探望我，其实早和厅长串通好了，来摸我的底细，真是个淘气鬼。"

海青回敬道："您老才真正厉害，表面病病秧秧，还不是一句实话都没漏？"这句话出自真心，直到此刻海青才看清刘文卿的面目，作为一个白手起家、能在各路军阀间游刃有余的精明商人，刘文卿绝非泛泛之辈，他拥有非凡的胆识，谦和软弱只是故意示人的假象。

曹副厅长没心情再绕弯子，直奔主题："如果我没猜错的话，米勒掌握了您一些不可告人的秘密，对吗？"

刘文卿没作答，只是轻轻叹口气："我想给你们讲个故事，有兴趣听吗？"说着终于点上一锅烟。

"请说。"厅长料想，这故事必然与他的秘密有关。

"从前，在直隶省乐亭县一个乡村，有户人家生了个男孩，因为他父亲老来得子，金贵得不得了，那户人家在当地还算殷实，但是仍指望这孩子将来做官改换门庭，所以什么活儿都不叫他干，只让他读书，整天就是子曰诗云。不过孩子天性总是贪玩的，总想到外面去看看，而他家除了田产还有另一个进项，就是收购当地的花生、核桃等山货贩卖到天津，于是那孩子向父亲软磨硬泡，非要跟着运货。老父亲娇惯独生子，也就答应了，那年他十四岁……"说到这儿他起身，踱到窗边眺望着租界的景致，"这次进城改变了他的人生。他见识到许多家乡没有的东西，电灯、电话、汽车、火轮，尤其是英法租界里那些高大气派的洋房、琳琅满目的商品，洋人老板颐指气使挥金如土，当官的威风也不过如此，他们只要拨几个电话、写几张订单就能赚大钱，与之相比他家贩卖山货油料只是小得不能再小的蝇头之利。他很羡慕那种生活，对租界的一切都感到好奇，于是回去后就跟父亲说，不想考科举了，想去天津学经商。"

"您说的这个男孩就是您自己吧？"海青问。

刘文卿不答，继续道："刚开始家里人很反对，他父亲生平第一次对他大发雷霆，还拿棍子打他，依旧逼他走仕途。可没过两年庚子事变发生了，清政府被迫改革，光绪二十八年（1902年）废除八股取士，他父亲心灰意冷，又见他经商的意愿强烈，就默许了。但老爷子年近半百只此一子，怕他出外闯荡一去不归，急急忙忙给他娶媳妇，娶的是邻村庄户人家的女儿，婚后一年，妻子产下个儿子，香火有了延续，老爷子才放他走。"

海青这才明白，为何刘文卿有个看起来不般配的妻子。

"那时他已经十八岁，入行较晚，但他赶上个好机会。《辛丑条约》后意大利、比利时等国都在天津开辟租界，尤其是德国，为了赶超英法投资很大，德国商人初到天津，为了跟官府、客户打交道需要雇用中国人，他就趁机投身到一家从事进出口贸易的洋行，当了博役……"

所谓"博役"，就是洋行里最底层的办事员，也包括勤杂工，因为他们都很年轻，英国人通常称呼他们"boy"，由此音译出这个词。久而久之这种称呼从英租界传开，后来凡是在洋行打工的中国人，无论年纪大小天津人一律称之为博役。

"刚开始接触不到业务，只是送送文件、跑跑货栈，甚至端茶扫地之类的活儿也要干。他出身虽不高，毕竟是地主家的独生子，从小连笤帚都没摸过，现在却要给洋人当碎催，实在心有不甘，可为了挣钱所有苦都忍下了。天长日久他学会几句简单的外语，连说带比画也能与洋人交流，渐渐开始接触账房。忽然有一天他下班扫地时捡到两枚金马克，可能是账房结算时不小心掉地上的，那是金币，兑成钞票不是小数目，当时屋里只有他一人，完全可以自己藏起来，但他遏制住贪念，第二天清早交还给账房经理。"

"那是考验！"海青笑了，"我听说过这种事，洋行经理想提拔博役时就会搞这种把戏，故意落下点儿钱，如果博役自己藏起来，证明人品不行，过后肯定会被辞退。您拾金不昧经受住考验，一定得到提拔了。"

"不错。"刘文卿虽然赞同，却不承认那博役是自己，"此事过后没过几天他被提拔为买办，也是老天帮忙，分派给他的第一笔出口订单就是油料。他立刻跑回家乡，凭着老关系从几户收购花生的地主手中凑齐订单，速度之快令德国老板惊喜，因此分得一笔可观的分红。可事后他扪心自问觉得侥幸，幸而是油料，若换了别的商品怎么办？这时他读的圣贤书总算用上了，相较那些大字不识只会拨算盘的其他博役，他更擅长与人打交道，本着多多益善的原则他开始广交朋友，不分三教九流，也越来越善于变通。有时多献上一些恭维之词就能拿到更多货，有时贿赂一两个官员就能使业务顺畅，有时跟火车站的人混熟就能让竞争对手的货迟到！几年下来他在直隶官商各界交了许多朋友，那家洋行出口的油料、棉花、蚕丝全部由他经手，他开设自己的账房，雇用自己的属下，成了那家洋行的大买办。"

厅长有些不耐烦："您说的这些……"

"别着急，后来发生的事您会感兴趣的。因为他的努力，那家洋行发展很快，后来又投资金融开设银行。俗话说得好，人心不足蛇吞象，当他目睹银行的收益后自惭形秽，纵然他已经成了可以与德方分庭抗礼的大买办，终究只是高级雇员，何时才能有自己的公司？而且银行身不动膀不摇就能赚钱，他很眼红，怎样才能分一杯羹？经过一段时间的观察，他发现一个漏洞……"刘文卿眼睛一亮，时隔多年提起此事依然兴奋，"那家银行的准备库以储存白银为主，银锭整整齐齐码放在杠果木制成的木箱里，半个月清点一次，半年彻底核查一次。他发现每月两次的例行清点只是走形式，查库的人拿着账本核对箱子数目，通常不会开箱，即便开箱也只是看看最上面的两层银锭，不会拿出来逐个查验，这便有空可钻……"

海青不禁心惊——偷银库！这是非法勾当！

"负责看守银库的是个德国人，叫舒尔茨，很快被他买通了。他们弄来一车砖，趁夜进入银库，将部分白银抽换出来，只留箱子最上面两层，然后拿这些白银放贷，安全起见都是短期的高利贷，不超过半年，收回后再到银号兑换银锭，在半年核查期内神不知鬼不觉地放回去，挣的钱他和舒尔茨三七分成。他负责联系客户，拿大头；舒尔茨搪塞检查，拿小头。"

海青暗忖——高利贷可不是谁都能干的，到期收不回怎么办？凡是放高利贷的必定与黑道有关联，兵荒马乱的年月甚至还要有当兵的为他出头，难怪刘文卿能与军警两界的人混得烂熟！

"呵呵，现在想来当初他不要两枚金币并不是不贪财，而是那点儿钱太少——这世上的人没有不贪婪的，关键在于下手能得到多少！他们干得非常隐秘，就这样周而复始持续很久，德国老板一直不知。人赚钱急死人，钱赚钱不费难，更何况是拿别人的钱放债，几乎是无本买卖，他赚了个盆满钵满，再加上代理进出口获得的分红，不到五年光景他就辞去买办之职，创办了自己的商行。这时大清朝早已经完了，商业更自由，他凭借多年结交的军界、商界、政界的朋友，将生意逐步扩大，在奉天、济南等地设立分号，不但经营进出口，还投资不少房产。有时他想起过去的事也觉得害怕，好在舒尔茨也是有头脑的人，挣钱后也离开银行经营自己的商店，有时两人还有商务合作，彼此都有一定声望，他就不必害怕舒尔茨会以过去共同犯下的罪恶勒索他。又过了几年世界大战爆发，德国一败涂地，无论舒尔茨还是他原先供职的那家洋行都结束了生意，舒尔茨被遣返回国，从此断了音讯，往事便彻底尘封。可是……"刘文卿突然蹙眉，"时隔八年之后，有个德国老头找上门来，提起当年的秘密。"

海青与厅长对视一眼——米勒！

"原来舒尔茨回国后身染疫病，家乡房产又毁于战火，他一蹶不振彻底破产了。好在租界回去的德国人组建了互助会，还能保证他的基本生活，而且有位医生免费为他诊疗。可他的病还是越来越严重，两年后在潦倒中死去，或许是为了祈求上帝宽恕，抑或只是想要倾诉，临终前他把当年串通买办偷银放贷的事告诉了医生——就是那个德国老头。这位医生也不是泛泛之辈，他年轻时曾在德军服役，后来在天津法租界开诊所，还给租界里许多显赫的大人物看病，与那位买办也算是点头之交，于是中德恢复邦交后他回到天津，带着秘密找上门来……"

"敲诈。"曹副厅长的心情很复杂，毕竟米勒是他的恩人，保住他一条胳膊，但米勒又做出这种卑鄙行径，令他不齿。

刘文卿摇摇头："其实'敲诈'这字眼用在他身上有些过分，他没有钱财上的要求，至少好处没落到他自己身上。他知道那位买办投资了不少地产，其中包括原先德租界的几栋房子，他希望买办能以低廉的价格把房子转租给原先的德国商户，让他们恢复原先的生意。平心而论这老家伙并不坏，用他自己的话说，他孤单一生无儿无女，只想在有生之年多为同胞做点儿事，让他们尽早摆脱战败的苦痛。但是对买办而言这将损失大笔租金，实在不近人情，一开始买办委婉拒绝；可是他屡次登门，最后干脆把话挑明，若不按他说的办他将把偷盗银库的秘密公之于众。"

"所以您……那个买办就妥协了？"

"别这么说。"刘文卿纠正道，"不是妥协，是成全。其实那个买办已经功成名就，成了商界响当当的人物，过去的是非谁在乎？时隔多年那家银行已不存在，舒尔茨也死了，他能拿出什么证据？即便证实当年的事，也治不了买办的罪，顶多是名誉上有个污点，但如今这年头笑贫不笑娼，买卖照样做，不会有任何影响。买办其实是被医生的执着感动，或者说是出于赎罪的心理，所以才答应要求。"

"医生究竟怎么死的？是不是……"海青差点儿直接问出是不是你杀的。

"不知道。虽然他曾威胁过买办，又死在买办家里，但我觉得任何人都不会蠢到在自己家里杀人，尤其是家里还有别的客人时。"

厅长半信半疑："您能详细说说医生遇害那晚，他和买办之间究竟发生了什么事吗？"

"可以。那位医生屡次和买办交涉租房的事，都是在买办家中，还专挑买办家有客人时登门，威胁意味十足，只要买办敢跟他翻脸，或者不让他进门，他立刻可以向当天在场的客人公布丑闻。当然，那就鸡飞蛋打了，他也轻易不会那么做，他知道买办家有放映机，所以每次登门总会带来一部电影，把其他客人吸引到二楼，然后在餐厅和买办单独谈话。他遇害那晚也一样，电影刚一开始他俩就去了餐厅，就在那晚买办经过深思熟虑决定结束这场没完没了的对峙，答应了医生的要求，并记下那几名德国租客的联系方式，两人达成交易还算愉快，然后买办就上楼了，医生独自一人留在餐厅里，他似乎还想等待另一人。他们总共谈了不到半小时，买办上楼时看了一下表，恰好是八点整。"

"另一人？"

"对，在买办和医生谈话期间，似乎有人开过餐厅门，只是一眨眼的工夫，可惜买办当时背对着门，当他回头时门又被关上了，但是医生看到了那个人，或许他知道那个人也想跟他说话，所以才留在餐厅里等那人再来。鉴于他是在餐厅里遇害的，我觉得后来去找他的那个人嫌疑很大。"

厅长不置可否，用怀疑的眼光盯着刘文卿——这番交代印证了之前的猜测，米勒遇害前果然在和人密谈。但另一个人是谁呢？是格林吗？是间谍活动吗？还是姓刘的一派胡言，他本身就是凶手，只是故弄玄虚扰乱调查？

刘文卿猜到厅长的心思，苦笑道："你想想日期吧，四栋房子转租给德国人时医生已经死了，可见买办并不畏惧威胁，反而言出必行信守承诺，我觉得这是值得称道的美德，不该怀疑他杀人。"

厅长沉思片刻，缓缓开了口："您给这故事编了个美好的结局，但恕我不敢苟同。因为对那个买办而言医生的威胁并非毫无意义，事实正相反，那关系到他的前途荣辱。那个买办之所以受军政府器重是因为他善于跟军火商打交道，经常替政府出面购买军火。德国武器在欧美诸国中首屈一指，比如马克沁机枪，咱们军工厂仿制的性能差，如今和南方交战正急于进口，这也着落在买办身上。盗窃德国银行的秘密一旦公开势必引起德商反感，尤其战败后他们的自尊心更脆弱，对那些曾经欺骗他们的人尤其痛恨，如果德商拒绝再跟这位买办做买卖，他掌控多年的军火生意就会被别的商人抢走，不但将蒙受经济损失，还将失去军政府的宠信，丢掉商会领袖的地位。所以事实并不美好，更谈不上美德。"

这戳中了刘文卿的要害，但他面不改色，微微一笑道："一个故事而已，可以有不同的解读，您若是非要这么想，我也不能反对，但这与杀人案无关。"

海青被他这副置身事外的态度搞得有些生气："您事后租房不是为兑现承诺，而是怕秘密泄露。米勒虽然死了，但不能确定他生前是否告诉过别人，尤其那四个想收回房子的德国人。我上次来时您之所以惴惴不安，时刻关注报纸，并不是怕命案的新闻，而是怕有人捅出您盗窃德国银行的旧闻。所以您一边跟我们虚与委蛇，一边暗中联系那四个德国人，按米勒的意愿迅速签订协议，以防他们对外声张。现在命案的消息已经见报，您却一点儿也不担心，因为那四个德国人已得到好处，即便他们知道您的秘密也会守口如瓶。从始至终您在乎的只是保住军火交易，保住军阀对您的信任，为了这些您不择手段，所以您刚才说的那一切都未必可信，您依然有很大的杀人嫌疑。"

这番话刺激了刘文卿，他终于收起笑容，在黄铜的烟缸上用力磕了磕烟灰，把烟袋往桌上一撂，以教训的口吻说："我讲这个故事只是为了满足你们的好奇心，信与不信随你的便，如果有什么怀疑只管去查，反正身正不怕影子斜。另外我还得给你提个醒，我讲的仅仅是故事，若是你给故事里的人乱起名字出去宣扬，就算你是郑秉善的外甥我也不会客气，留神我告你诽谤名誉！"

"你……"海青虽不甘心，也确实拿他没办法，掌握他秘密的德国人不是已死就是已被买通，他这官司还真是一告就赢。

厅长已不抱什么希望，只是重申："无论如何这桩案子我还会调查下去，可能今后还要来拜访。另外……我希望您能理解，我做的这一切并非针对您，仅仅是职责所在。"

"哈哈哈。"刘文卿恢复了笑容，"您太客气了，我都理解，咱们是朋友嘛。"说着他还亲自为厅长打开书房门。

朋友？曹副厅长心中苦笑——势在人情在，势败人情坏，到我丢官罢职那一天，还指不定是朋友是冤家呢！

海青吃了个瘪，低头往外走，刘文卿笑呵呵拍了拍他肩膀："年轻人，别太清高，是非不要太分明。不信回家问问你舅舅，他白手起家时做的事也未必光彩。或许现在你不理解，但迟早有一天会明白，这世上没有谁是绝对清白的。"

就在曹副厅长审问刘文卿的同时，刘家房后的巷子也很热闹，来了个卖菜的小贩——苦瓜。

苦瓜与海青分头行动，借走了大栓，坐着洋车在"三不管"附近好一通转悠，找到卖菜的小兄弟顺子。一来他要借顺子的挑子伪装，二来顺子和宝子情同手足，分别多日彼此想念，正好趁此机会让他们见上一面。

顺子当然高兴，立刻跟来了。一到刘家门口，苦瓜就抢过挑子，直奔房后的小巷，扯着脖子吆喝："香菜辣青椒、洋葱、嫩芹菜、扁豆、茄子、黄瓜、架冬瓜、卖大海茄！卖萝卜、胡萝卜、卞萝卜、嫩芽的香椿、蒜、好韭菜！"他这吆喝与众不同，是说相声时模仿卖菜用的词句，一气呵成甜润好听，真正的菜贩子不会这样喊。一来他用的是纯正北京口音，北京卖菜的不会大老远跑到天津来；再者谁也不可能准备这么多种菜，一副挑子挑不动，萝卜上市的时节又哪儿来的香椿芽？这是艺术夸张。

宝子正在后院刷锅洗碗，一听这种吆喝便知是苦瓜，赶紧从后门溜出来，与顺子重逢甚是欢喜。苦瓜说："你们小哥俩一会儿再聊，你先进去把你家老妈子叫出来。"

"干什么？"

"就说后头来个卖菜的，让她出来瞧瞧。"

宝子直摇头："老妈子不管买菜，这是我师父的差事。"

"没关系，反正这钟点你师父出去遛弯儿了。你就跟老妈子说，这个卖菜的品种齐全，又好又便宜，问太太想吃什么顺便买点儿，省得再让师父跑菜市场了。"

"齐全？这筐里除了黄瓜什么都没有，亏心不亏心？"

"事在人为。等她来了我多说好话，半卖半送，准保她高兴。"

"半卖半送？"一旁的顺子不干了，"得了吧！小本买卖赔不起，你快把挑子还我吧。"

"瞧你那穷酸样儿，哥哥什么时候让你吃过亏？放心吧，赔了算我的，兴许我还能帮你拉个主顾呢。快去快去……"

宝子依计而行，不一会儿工夫真把刘妈领出来——这位老妈子是刘夫人的贴身仆妇，丈夫、儿子常年伺候在刘文卿身边，她则陪着夫人在乐亭老家，也是最近才跟随来津。她在乡下老宅是管家婆，底下仆妇、媳妇一大堆，再加上乡里乡亲、三姑六婆，整日说说笑笑、打狗骂鸡，日子快活得很；自从进城变成了"怯老憨"，许多东西没见过，什么地方都不认识，整天在家里闷着，老爷、太太、丈夫、儿子，哪件事也轮不到她做主，连个说笑话的人都没有，闲得发慌还恨不得找点儿事呢，故而宝子一说她立刻就来了。

苦瓜满脸堆笑："大娘，您好呀！买点儿什么？"

"咳！你嚷得热闹，除了黄瓜啥都没有呀。"

"您晚来一步，别的刚卖完。"

"咋这么巧呢。"

"黄瓜也不错，您瞧这鲜鲜亮亮、顶花带刺的，早晨刚摘的，您买几根吧，准保好吃。"

"家里有。"

"我这个好！"苦瓜毫不犹豫撅了一根，"您尝尝，甜不甜？苦的我不要钱。"

刘妈推辞不过尝了一口："嗯，是不错。"低头一看，手里还攥着大半截，笑了，"小伙子，你倒是机灵。别的小贩都是从尖上掰点儿叫人尝，你从中间撅，这我要是不买你还卖给谁去？看来我是非买不可咧。"

"大娘，您别这么想呀！这是门缝里瞧人，把人瞧扁了。我再小气也不至于计较这一根黄瓜。这根撅开的算我孝敬您，您要是买我给您拿好的。"

"得，就冲你这么爽利，来两根……多少钱啊？"

苦瓜眼珠一转，故意多说："一个大铜子儿一根。"

刘妈把脸一沉："小伙子，你以为我没买过菜呀？行市我知道，街面上都是一个小子儿一根，一个大子儿两根，有些厚道的贩子给三根，你卖得贵。"

"大娘，您也不想想这是什么月份，已经入秋了，这玩意吃一口少一口，再过一个月，打着灯笼也没处买。您是老主顾，看着我长大的，平时没少照顾生意，还在乎一两个小钱？"

"你这嘴真能说，谁看着你长大的？我根本没见过你。"其实刘妈还真跟他见过一面，只不过上次他西装革履假装海青的秘书，现在成了粗布短褂的小贩，刘妈怎么可能想到是同一人？

"这么说不显得亲近吗？您是大户人家的，哪儿省不出一个子儿？何况我这黄瓜好，您挨个瞧，有一根大肚的吗？这叫一分价钱一分货，没敢多赚您的。"

"胡说！这又不是金雕玉刻的，满大街都是，谁在乎你这个？不买了。"刘妈扭头要走。

"别价！您老回来。"苦瓜立刻抓起两根黄瓜，硬塞到她手里。

"一个大子儿俩？"

"半个子儿都不要您的，拿走吃去。"

"咋又不要钱咧？"刘妈被他闹蒙了，"那我可不能要。"

苦瓜嬉皮笑脸："实不相瞒，我这是拉主顾。刚才您一出来我就瞧明白了，您是这府上的管家妈妈，大事小情都能做主，老爷太太的主心骨。小的说句不害臊的话，想跟您攀交情，以后府上用什么菜我包了，一早给您送来，价钱好商量。"

这句"大事小情都能做主"实是说到刘妈心坎里了，自从进城就没听过这样的恭维话，顿时觉得这卖黄瓜的是天底下最明事理的人，忍不住掩口而笑："你这小嘴儿比黄瓜还甜。"

苦瓜顺藤往上爬，又抓起两根塞到她怀里："我孝敬您的。有空您跟太太回一声，以后若是都用我的菜，我也有了固定的进项，省得累死累活东走西串。您老慈眉善目，一看就是疼儿女的人，我这买卖全指望您老照顾了，奶奶！"苦瓜又给她长一辈。

刘妈乐不可支，明知这事办不下来，也点头应允——这会儿太太正睡午觉，老爷在书房待客，端茶送水有她一双女儿照应，反正闲着也是闲着，这小伙说话怪好听的，又有不花钱的黄瓜吃，聊呗！

这时又听"吱呀呀"一声响，巷子对面的木门开了，又走出个中年妇人——是对门孙家的老妈子，姓王。

王妈正在后院晾衣服，听巷子里聊得热闹，也出来看："你这黄瓜怎么卖？"其实真到菜市上遛一圈她也未必买，这纯粹是瞧别人买跟着起哄，都是老妈子，大中午的干完活儿闲得发慌，凑热闹呗！

苦瓜之所以非要把菜挑到后巷，为的就是引人，见王妈问价，大大咧咧道："这位奶奶吃，我一个子儿不收，您要买，一个大子儿一根。"这话就是故意挑事儿。

果不其然，王妈一听就火了："凭什么呀？她要不花钱，我就得花钱，她是你哪门子的奶奶？"

苦瓜一掐腰，坏笑道："这肝气您生不着。谁不知他们刘家财大势大，我把这位奶奶哄高兴了，兴许以后我的菜全包了，您行吗？"

王妈更气了："年纪轻轻的不学好，你这不是势利眼吗？哦，就他们刘家财大势大，你也不打听打听去，这街上住的有一家穷抠吗？我们老爷是太平洋钟表行的孙老板，谁不晓得？你小子没见识，就只把他们刘家当主顾，他们还不是乡下来的？见过什么呀！"

她说的本是有嘴无心的话，刘妈听着扎耳朵："老姐姐，你这话说得可不对，低头不见抬头见的，你咋还瞧不起我们乡下人呢？我们老爷买卖做得可大咧！钟表算什么？我家有的是。"

苦瓜不说话了，默默退到一旁瞧着。

王妈甩着手帕，不屑道："你家有也是寻常货，我家老爷是专门干这个的，什么珍奇的钟表没有。"

"咋就寻常呢？"刘妈也生气了，"我家客厅里那木头大座钟，可稀罕啦！"

"那种东西我家店里有的是，花梨、紫檀，什么壳的没有？还有镶宝石、镶猫眼的。"

"我们那个连里面都是木头的。"

王妈一愣："那怎么上弦啊？"

"甭上弦，老走着，根本就不识闲儿！"

"没听说过。"

"你没听说过，连洋人都没听说过，好多洋人到我家来做客，都夸我们的大座钟是稀罕物。"

"嘿！你这话说的，以为我们家没来过外国人吗？我们老爷交际可广了，英国人、法国人、俄国人都认识，黄头发、白头发……"

"我家还来过红头发的呢。"

"那不新鲜，我还见过红头发蓝脸膛的。"

刘妈想了想："那不是窦尔敦吗？"

宝子、顺子原本在一旁说体己话，听了也忍不住笑——对口的老妈开唠，比评戏还热闹！

听到孩子们的笑声，俩老妈也觉得有点儿不好意思，不再争辩，又热络起来。刘妈捂嘴笑道："老姐姐，您可别见怪，都是卖黄瓜的孩子不懂事，看人下菜碟，我可没有得罪您的心。俺们是乡下来的，说话也土气，您老别笑话。"

"这叫啥话？梅香拜把子——都是奴才，谁笑话谁？"王妈的气也消了，"最近几个月常见您进进出出，也没得机会跟您说句话，这下熟悉了，咱是不打不相识。有工夫到我那儿坐坐，要是有活计我帮您做。"

"以后短不了麻烦您……"

苦瓜久经世故看得分明，但凡大宅门中最清闲且最多嘴的就是老妈子，上了些年纪，跟随主家多年，都是讲脸面的仆妇，常常吹嘘主家给自己脸上贴金，动不动争得面红耳赤，一旦和好又开始串舌头，张家长李家短、仨蛤蟆五个眼，什么鸡毛蒜皮的事都得打听打听，常把主家的隐私当作谈资。

王妈也是个"六国贩骆驼"的，早就对刘家上上下下好奇，这会儿跟刘妈混熟了，就开始打听："前几天我瞧见你们太太出门烧香，身边跟着个十六七的丫头，怪水灵的，是您女儿？"

"是啊，我闺女小凤。"

"难怪跟您有点儿连相，想必您年轻时也标致。"

"标致啥呀，我都一脸褶子喽！闺女相貌虽好，淘气，可不叫我省心咧。倒是我家小子有出息，老爷很器重，最近还说要让他出去学习，回来给老爷开四轮电车。"刘妈只认识电车，不认得汽车，所以把汽车误当成四个轮子的电车。

"真好，我家小子就不行，开车也不会、修房也不会，被老爷派到店里谈什么生意，整天在租界瞎转悠，没出息！"王妈这叫明贬暗夸，又比上了。

刘妈哪里服气？又道："其实都托我老头子的福，他是大管家。"她口气傲然，特意加了个"大"字。

"哦，全是你们一家呀！真叫人羡慕。"

"我们跟老爷同宗同族。"

"那位厨师呢？也是亲戚？"

"不，就他是外聘的。"

王妈揶揄道："我还以为他是您小叔子呢。"

"咳！不瞒您说，家乡老宅的厨子真是我小叔子，到城里换人了。"提起此事刘妈一肚子牢骚，"依我说，这姓丛的师傅比我们兄弟差远了，奸懒馋滑还挺大的架子，每天晚上做完饭，甩手就回自己家，连收拾碗筷都不管，有一次我眼睁睁看他把一大块猪肉揣自己怀里带走，手脚不干净，还总偷着喝酒呢！可老爷认准了他做的菜，上人见喜，咋办呢？他就仗着自己有点儿手艺，总跟老爷提条件，他兄弟也是个厨子，手艺不咋的，硬是仗着老爷的关系举荐到工厂食堂去了，还有他儿子，也是干什么都不行，托老爷介绍的工作，一家子都沾我们老爷的光……"

王妈听了直笑："哟！老妹妹，您这话说的，你们一家子不也是沾主家的光吗？"

这话说得刘妈有些脸红，却道："那不一样，我们自老辈子就跟随主家，都是一个老祖宗，乡里乡亲好照应。他姓丛的算什么？还老吹嘘是老爷请他出山的，什么呀？当初是他自己找上门来的，我不揭他老底也就罢了，咱这人厚道。"

"常说一分厚道一分福，也未必。"王妈也开始嘀咕自家事，"我那老头也厚厚道道，还不是一场暴病就死了？幸亏给我留下仨小子，还算争气。刚才说的那个是老大，我们老二在洋行当博役，会说好几个国家的话，我们老三还小……"

苦瓜不动声色冷眼旁观，见俩老妈聊得热火朝天，知道火候差不多了，这才又拿起两根黄瓜递给王妈："大娘，是我有眼不识泰山，听您这么一说我才知道，您也是管家奶奶。这两条黄瓜是孝敬您的，以后多照顾我生意。"

"好好好。"王妈美滋滋揣到围裙里。

"对啦！"苦瓜猛一抬头，装作恍然大悟的样子，"您这儿不就是那什么会长家吗？最近常听人念叨，说您府上死个外国人，好像连报纸上都登了，有这事儿吧？"

王妈心中大喜——虽说这事儿一直保密，三天两头巡捕来搜查，哪儿瞒得住街坊？她穷极无聊早想打听，只是不好意思开口，这会儿卖黄瓜的捅破窗户纸，她乐得如此，立刻帮腔："是啊！我也听说了。早上我们老爷看报时还念叨，说刘会长可能摊上麻烦了，真死了个洋人吗？"

"可不？我亲眼所见。"刘妈毕竟是刘家的老仆人，若是苦瓜自己问，她无论如何不会说，但是现在王妈也问，当着老姐们儿不能折面子，于是这又成了吹牛的资本，"要不是我搀着我们太太，差点儿吓晕。那血刺呼啦的场面，你们没见过！"其实她也没见过，她一直搀着夫人，听说餐厅里死了人她们没敢靠前，根本没亲眼看见尸体。

王妈还真配合，捂着嘴，装作惊恐的样子："那人是谁呀？"

"德国人，老米。"刘妈在称呼方面跟苦瓜不谋而合，"干啥的我也不清楚，好像跟房子有关系，反正常来我们家吃饭，还总拎个大箱子，带着……那叫啥玩意儿来着？有光，能在墙上照出人影，还有神啊鬼啊的，还咬人脖子，可吓人咧！"

"这么邪乎？他是跳大神的吧？"这次王妈真吓坏了。她怎知刘妈把电影情节和现实混到一起？理解错了，还以为刘家房子不干净，请来个外国牧师来捉鬼，让鬼给咬死了呢！

刘妈也稀里糊涂："不是跳大神的，但也不是正经人，他眼珠子都蓝了，正经人哪有那模样？还总跟我们老爷嘀嘀咕咕的。"

"他、他常去你们家？"

苦瓜暗笑——这倒省事，王妈都替我问了。

"就这俩月，来过两三次呢，还有一回他和老爷在吃饭那屋吵起来了，我家老头子正跟厨子在厨房里算菜钱，都听见哩！吵得还挺凶的，当初老爷真该把他轰出去，要是从此不来往，兴许就没后来的事儿了。你说这不是祸从天降吗？这倒霉人连死都给我们添麻烦。"人们说闲话时会比面对警察吐露得更多，像这样的细节刘妈对巡捕只字未提，战战兢兢只想摆脱麻烦，可是跟邻居说闲话却毫无戒心，甚至添油加醋大加渲染。

王妈早吓得胆战心惊，双手合十，一个劲儿念"阿弥陀佛"，心中暗想——原本看她家闺女漂亮，我那二小子没媳妇，要是合适还想提提呢，哪知她们主家闹鬼，俩多月都治不住，闹得鸡飞狗跳家宅不安，连牧师都折腾死了，这样的亲家可万万要不得！

正在这时从巷子外面走来一人，正是刘家的厨师丛富贵。刘妈刚才说他闲话，未免有些心虚，忙道："老姐姐，咱就聊到这儿吧，我还有活儿呢，改天不忙你到我屋里串门。"

"呃……行。"王妈心说——这闹鬼的房子打死我也不敢去啊！

两位老妈攥着黄瓜各回各家，宝子也怕师父责怪他偷懒，忙不迭和顺子道别，一溜烟钻回厨房。苦瓜见丛师傅慢悠悠过来，笑道："大叔，买几根黄瓜吧？新摘的。"

丛师傅洋洋不睬，只摆摆手，连句话都没说。似乎凡是有本事的人都有点儿怪癖，这位厨师也是，虽说现在已经入秋，天气还很热，尤其午后大太阳晒着，他竟偏喜欢这时候遛弯儿，连顶帽子都不戴，难怪他肤色黑黝黝的。经过时苦瓜闻到他身上有股酒气，心中暗笑——刘妈说你偷酒，想必此言不虚，兴许每天出去不是遛弯儿，就是背着主家灌黄汤去啦！

一场热闹散去，顺子很高兴，说以后有空再来找宝子，另外苦瓜替他讨好刘妈和王妈，兴许以后还真能给这两家送菜。两人绕出巷子来到正门，只见吵吵嚷嚷，比刚才后门还热闹——曹副厅长的勤务官李大彪正揪着一个年轻人的衣领，要打架；刘大栓也是蔫坏，竟不阻拦，守着洋车乐呵呵看热闹。

苦瓜走近一瞧，原来那人是《津华日报》的记者吴梦生。

吴梦生到刘家来打探消息，在门口正撞见厅长的汽车。李大彪瞧见他气不打一处来，于是下车争吵起来，撸胳膊挽袖子要揍他。

这时曹副厅长和海青也恰好由管家送出来，正瞧见这一幕，赶紧喝止："李大彪，你干什么？还不撒开！"其实依他的心思，就算把姓吴的打死都不解气，但是厅长司机殴打记者，明儿又成了新闻，况且这还是在租界，闹出事儿来不好解决。

"哼！"李大彪气呼呼撒手，"便宜你啦！"

吴梦生整了整衣领，冷嘲热讽道："厅长，您好大的官威，连司机都这么厉害，仗势欺人都成习惯啦！"

厅长心有怨气却只能忍，只道："你该不该挨打，自己心里明白！凭什么把泄露案情算在我头上？且不说给我找了多少麻烦，这会破坏调查的。"

　　人与人站的角度不同，立场自然也有差异，吴梦生根本不信厅长的话，反而笑道："破坏？若不是我一篇文章捅出来，不知你们还要瞒到什么时候，这些年来欺瞒百姓的糊涂案子还少吗？常之英枪毙杜笑山，名义上说是伸张正义，其实公报私仇，以为我不知吗？还有上次'三不管'的命案，最后也稀里糊涂，那天我也在场，看得清清楚楚，是不是你故意纵容凶手自杀，好掩盖他行贿的事？你说啊！"

　　厅长听他翻出"三不管"的旧账，顿时压不住火："好啊，我还没问你，你反来问我？到底是谁向你透露案情？是不是那个侠盗小丑？我早猜到是他，故意坏我的事！"

　　"小丑？"吴梦生一愣，"我根本没见过他呀。难道……他跟此案也有关联？"

　　厅长自觉失言，即便是小丑告诉他的，他也不会承认；若不是小丑说的，岂不是又提供消息了？想至此不再理他，赶紧上汽车。

　　"你又想跑！把话说清楚！"

　　李大彪怒气未消，坐在驾驶座上还探出车窗朝他攥拳头："我警告你，别再来烦我们，也不许你骚扰刘家，特别是刘家的下人！若不然我打瘪你！"

　　"别说了，还不快走？"厅长催促一声，李大彪这才摇上车窗，一踩油门飞驰而去。

　　管家老刘听到他们的对话已知吴梦生的身份，趁乱回去，连院门都锁上了。吴梦生眼见叫门无望，又把脸转向海青等人。海青笑道："你是《津华日报》的吧？我舅舅郑秉善可跟你们社长很熟，要是胡写乱写留神你的饭碗。"

　　这话倒是把吴梦生吓住了，扔下一句："哼！仗势欺人，你也不是好东西。"悻悻而去。

　　苦瓜望着吴梦生的背影，眼见他走远，突然拍了拍刘大栓肩膀：

"你去跟着他。"

"跟着他?!"

"对，你不是很擅长跟踪吗?"

一句话说得大栓脸红——当初机缘巧合之下他与海青结识，出于好奇多次跟踪才撞破小丑的秘密，旧事重提不免惭愧。

苦瓜解释道："姓吴的不死心，他从咱这儿挖不到更多消息，必定还要找上次透露案情之人，咱来个顺藤摸瓜，倒看看走漏消息的是谁，看看那家伙是何居心。"

"哎。"大栓答应一声，却没动。

"还不快去? 一会儿他就走远了。"

大栓挠着头发，一脸为难："他要是半路雇车，凭我的脚力也能跟上，但平白无故在街上跑肯定扎眼，弄不好会被识破，所以我还得拉着车跑。可我拉着空车，半路上要是有人雇我怎么办? 光忙着和雇车的费唇舌，兴许就跟丢了，你们最好有个人坐在车上一起去。"

"有理!"苦瓜扭头看海青。

海青却道："厅长叫我回家守着电话，他随时可能联系我。"

"你!"苦瓜招手唤过顺子，"上车。"

"我?!"顺子一头雾水，"这关我什么事儿呀? 我老老实实在街上卖菜，你们稀里糊涂把我找来，光借挑子还不够，还要借我本人，究竟想干吗?"

"没工夫解释，大栓路上跟你说，快上车。"

"我放着买卖不干，坐洋车满街转悠，有病啊?"

"好兄弟，帮帮忙。"苦瓜硬把他往车上推，"一人是死的，俩人是活的，你们一起去更稳妥。"

"不行不行，不做买卖我吃什么? 挺好的黄瓜不能放，我今天一定得把它卖完……"

"放心吧，海青包圆儿啦!"

海青暗骂——嘿! 又拿我垫背，我买这么多黄瓜干吗?

顺子虽然不情愿，还是被大栓拉走了，就剩海青和苦瓜俩人。苦瓜望着他们远去的背影稍稍松口气，回头道："我也得走了。"

"上哪儿去？"

"茶馆呀！快三点了，我得赶场。"

"那……那我怎么办？这儿还有两筐黄瓜呢，现在我连车都没有。"

"反正你买了，自己挑回家去吧。"

"我挑？"

"是啊。"苦瓜坏笑着拱了拱手，"您多受累吧。锻炼一下，对身体有好处。"说罢一溜烟就跑了。

"唉！"海青一声长叹，"为什么倒霉的总是我呀！"

　

这个下午对海青而言绝对刻骨铭心。他富里生富里养，不敢说衣来伸手饭来张口，也从没受过委屈，更不要说干重活儿，这一担黄瓜险些要他命。

俗话说得好，落魄的凤凰不如鸡，卖菜的挑着担子穿街过巷虽说辛苦，可穿的是短衫便鞋；海青却是西服革履，伸不开胳膊、迈不开腿，脚底下磨得生疼。有心雇辆洋车，又是人又是菜的，人家也没法儿拉呀！有心扔街上不要，扁担箩筐还得还给顺子。没办法，硬着头皮往回走，他面子又薄，租界里常遇见熟人，若是邻里街坊看见利盛少爷挑着担子满街转悠，明天准变成新闻，岂不又给舅舅丢人？所以他一看见有路人远远过来，立刻放下挑子，装作若无其事。好在守着两筐黄瓜，渴了就吃一根，就这么磨磨蹭蹭走走停停，也不知花了多长时间才到家。

一进家门，老吴瞧得两眼发直："我说少爷，您可真有本事，买菜怎么连挑子都买回来啦？"

"我乐意！"

"来人哪！"老吴赶紧招呼男仆，"快把挑子接过去。"

"算了吧，我都挑一路了，也不差这几步。"海青满头大汗，直接挑到厨房。

厨子老王见此情形，眼泪都快下来了："少爷！天地良心啊！我在您家干了这么多年，从来没贪污过一文钱，买菜的账清清楚楚，您想吃什么只管说，我一定去买，您亲自挑这么多菜回来，是明摆着不信任我呀！我实在没脸在您家混了，等老爷回来我就辞活儿。"

海青憋了一肚子气还得安抚厨子，解释半天才说明白，这才瘫坐在沙发上，愁眉苦脸脱下鞋——脚底下已经被皮鞋磨出泡了。

刚揉两下脚，门铃一响苦瓜回来了，海青很诧异："这么快就回来啦！使的活儿小？"

"不小啊。今天使的是《怯洗澡》，下台我还找甜姐儿聊了一会儿呢，很快吗？"

"我也刚进门。"

"嚯！我的大少爷，您走了多大工夫？"

海青这才想起看表——五点，不知不觉间竟走了两个多小时。

苦瓜背着手踱来踱去，一副教训的口吻："你说你，白长这么大个子，干什么行？顺子还不到十五岁，整天挑着担子走街串巷，你才走三趟街就花了俩钟点，还跟受多大委屈似的。现在你知道我们穷人有多苦了吧？不干活儿就得挨饿，哪儿还有那么多闲情逸致？今后你别总嫌弃我们不读书、不认字……"

"嘿！我还没跟你算账呢，你先教训我一通。"

苦瓜嘻嘻一笑："谁嘴快谁有理。"

"把我扔下就不管了，像话吗？"

"你脑筋太死，我不是教过你卖菜怎么吆喝吗？你应该嚷几声，卖点儿就轻省了，都卖了还有赚呢。"

"你别挨骂啦！"

晚饭很快就做好了，黄瓜炒鸡丁、黄瓜熬面筋、凉拌黄瓜条，还有一盆黄瓜鸡蛋汤，老吴虽然一脸不情愿，还是给苦瓜准备了碗筷。海青看着这一桌绿油油的黄瓜宴，提不起半点儿食欲："路上嚼了好几根，我已经不想吃了。你跟刘妈套了半天近乎，有收获吗？"

苦瓜依旧胃口大好，嘴里塞满黄瓜，咬得咔咔响："说有也有，说没有也没有。"

"这叫什么话？"

"刘家仆人们鸡毛蒜皮的事儿我打听到不少，顺带连他们旁边孙家的事儿也知道了。"

"那管什么用？"

"闲了置忙了用，谁知哪片云彩有雨？至少已经能确定姓刘的一直在说谎，其实老米去过他家许多次，每次宴会后都在餐厅密谈，而且谈得不愉快，曾经争吵过，连仆人都听见了。"

"果然！我就知道刘文卿不会那么大度，他今天交代的话是粉饰过的。"不过海青还是失望地摇着头，"知道这点有什么意义？没有进一步的证据，说他是凶手也只是揣测。唉！看来分头行动还是成果寥寥。"

"也不一定……"

这时厨子老王来献殷勤，想问问这几盘黄瓜好不好吃，却见海青连筷子都没动，他的自尊心受到很大打击，又开始眼泪汪汪："您还说不是针对我！买这么多黄瓜，我辛辛苦苦做出来又不吃，您这不是故意耍我吗？我到底哪儿错了，明说好不好？您要是瞧我不顺眼，我现在就卷铺盖走人。"

"不是呀！您老别多心。"

和刘家情况一样，王师傅虽不及丛师傅有名，手艺也很好，同样是郑秉善交朋会友的本钱，高薪聘请来的。海青又费一番唇舌，连老吴也跟着解释，总算让他稳定住情绪，回自己房间休息。

海青指着苦瓜鼻子抱怨："全是你害的！就为这一挑黄瓜，你给我找了多少麻烦？"

苦瓜却停下筷子，茫然注视着餐碟，喃喃道："我发现一件怪事，或许有问题。"

"什么事？是关于刘文卿的，还是关于格林的？"

苦瓜还未回答，门铃又响了，老吴忙去应门，转眼间大栓风风火火撞进餐厅："发、发现啦！"

海青站了起来："有可疑的人和吴梦生接触？"

大栓跑得上气不接下气："是、是那个洋人。"

“哪个洋人？”

“就是那个卷头发、高鼻子的……”

“废话！洋人都那样，到底是谁呀？”

“哎呀！我也不认识，反正那天在刘家吃饭的就有他，肯定是他向姓吴的泄露消息的。这会儿他俩在三区的一家小酒馆里，顺子还在酒馆门口守着呢。你们赶紧去，再迟他们就走了。”

苦瓜将碟子里仅剩的几片黄瓜扒拉进嘴里，把筷子一撂：“走！”

“三区”是指天津市特别行政第三区，位于海河以北，就是原先的俄租界。庚子年八国联军入侵时俄国派出的兵力仅次于日本，达到四千八百人，他们的吃相最难看，不仅军纪败坏劫掠百姓，还凭借优势兵力抢占了老龙头火车站，妄图控制京津的铁路运输，此举引发列强不满，英、美、德三国在圣彼得堡与俄国进行谈判，最终迫使其将火车站交还大清，代价是俄国在海河以北划走大片租界。但是人算不如天算，俄国机关算尽最后却是一场空，世界大战开始后沙皇俄国日渐式微，随后又相继爆发二月革命、十月革命，民国政府趁机接管租界，新建立的苏联政权陷入内战无暇顾及，只能与民国政府签订协议正式归还，此后这片地区才改称特别行政第三区。

俄国在列强中经济水平最差，租界时间也最短，这片地区建设得并不好，只有临河地段房屋林立，外围甚至还有农田，幸而临近火车站，所以渐渐发展成工业仓储区。美孚石油、英美烟草等大公司的工厂都在这一带。

从海青家到这里距离较远，为赶时间海青动用了舅舅的汽车，大栓坐在副驾驶的位置给司机指路，半个小时后终于停在一条偏僻的小马路上。海青和苦瓜都没来过这地方，只见街巷狭小道路漆黑，在几栋矮小的公寓楼中间有家店铺，门口挂着一盏煤油灯，隐隐约约照亮牌匾，用中英两国文字写着“Grizzly灰熊”，大栓称之为酒馆，其实是西式的酒吧。

酒吧门口人还不少，但没几个清醒的，有的倚在墙上，有的瘫坐在地，有的还在墙角呕吐，这些外国人衣衫褴褛、神情委顿，完全没有高缇耶、格林那样的风采，简直就是一群流浪汉。

俄国革命后大批工商业主、少数民族为了躲避屠杀来到中国，许多白卫军、哥萨克人也在战败后流亡至此，他们大多倾家荡产，白天卖苦力，晚上靠酒精麻痹自己。张宗昌就曾组建一支白俄雇佣军，打仗时还酒瓶不离手，红着眼睛往前冲，简直是一群亡命徒，但在第二次直奉战争中起了关键作用；还有不少俄国女人迫于生计沦为舞女、妓女。最凄惨的是那些旧贵族，养尊处优的他们毫无工作能力，在丧失庄园财产和沙皇庇护后只能靠典当度日，刚开始是卖祖传的珍宝，接着卖貂皮大衣，到最后连桌椅、家具、地毯甚至香水、肥皂都卖了，换取面包苟延残喘。由于他们没有店铺，卖地毯时只能搭在肩膀上沿街叫卖，所以天津有句俏皮话，大老俄卖毯子——扔脖子后边去啦。但凡混到那步田地，离上帝召唤就不远啦！

显然，这条街上流浪的大半就是那种人。海青不敢相信，刘家宴会上的宾客会跑到这种地方来？大栓一口咬定，看得清清楚楚，绝对没有认错。借着微弱的灯光，他们找到了顺子——正蹲在街对面，守着大栓的洋车呢。

"你胆子真大，换了我可不敢独自在这儿守着，黑灯瞎火的，还有这么多神头鬼脸的流浪汉，多瘆人啊！"

"有什么可怕？"顺子笑了，"咱那边的贫民窟不也这样吗？刚才还真有个洋鬼子想打这辆洋车的主意，可惜早喝得醉醺醺，我轻轻一推他就摔倒了。"

苦瓜没心思闲聊："那两个家伙还在里面吗？"

"姓吴的记者刚走，那洋人还在里面。"

"好，辛苦你了……我和海青进去，汽车留下等我们。大栓拉车带顺子回去吧，他那副挑子还在海青家呢，别耽误买卖。"

海青提醒："别忘了叫老吴给他黄瓜钱！"

虽然都是外国人消遣的场所，灰熊酒吧可远远比不上康科迪亚俱乐部，这里店面狭小、屋顶低矮、地板肮脏、灯光昏暗，比街上明亮不了多少，更不会有歌舞表演，只是墙角摆着台留声机，在放布鲁斯唱片，由于机器老旧时常丢转儿，声音严重失真，根本听不清词句。好在这儿的客人不在乎那么多，他们或是工人或是水手，还有到处浪荡的破产者，一个个破衣烂衫、胡子拉碴，有的举瓶牛饮，有的呆呆发愣，有的跟打扮粗俗的女招待调情，还有几人凑在一处打扑克，把仅剩的几个钱扔在赌桌上，劣质的纸烟搞得店里乌烟瘴气，看什么都朦朦胧胧的。

不过海青还是认出倚在吧台边的那个年轻人——李亚溥！

此时的李亚溥穿着短衬衫、工装裤、胶皮鞋，头上歪戴一顶脏兮兮的贝雷帽，不认识他的人见他这副模样肯定以为是工人，绝不会想到是珠宝公司的襄理。他手里端着一杯酒，正和酒保说笑，却眼观六路耳听八方，很快注意到海青，虽感意外却泰然自若，完全不像做过亏心事的样子，脸上依旧挂着他那招牌一样的亲切笑容："沈先生，想不到会在这种地方遇见您……这位是您朋友吗？"

苦瓜审视他片刻，忽然笑了："明知故问！别装蒜了，咱俩早就见过面，不是吗？"

海青大感意外："你什么时候跟他见过面？我怎不知道？"

"当时你也在场。"

"啊？"海青更摸不着头脑。

"我的大少爷呀，你不但脑筋不灵光，眼睛也不好使，记性还差得要命！我早就告诫过你，这家伙不是好人，再遇见他千万要提高警惕，千万别理他。你怎么忘了？"

海青似有所悟："你……你是说……"

"没错！"苦瓜笑呵呵朝李亚溥拱了拱手，"辛苦辛苦！久违了，通灵大师。"

第七章
想吃不想吃？

  海青目瞪口呆，惊得下巴都要掉下来了，李亚溥就是在康科迪亚俱乐部玩纸牌的"通灵大师"？这不会是开玩笑吧？为何自己曾跟他一起吃饭、看电影，聊过许多句话都未察觉，苦瓜一眼就能认出来？

  "真有你的！我甘拜下风。"李亚溥摊开双手耸了耸肩，"一起喝一杯吧，我请客。你真了不起，不单识破纸牌把戏，还能记住我这个人。咱们只见过一次，那天我还戴着面具，你究竟怎么认出我的？"

  "眼睛。"苦瓜得意扬扬，"虽然面具把你大半张脸都遮住了，但我记得你的眼珠。你这双眼太格色儿！说黑不黑、说黄不黄，跟狗屎一个颜色……"

  "这叫棕色。"海青连忙纠正，"或者说是咖啡色。"

  "别提那玩意儿！难喝死了。"

  "那也比狗屎强吧？"

  "少废话！狗屎不用往嘴里放。反正我记得，凭这双眼睛就能认出来。"这或许是一种直觉，唯有同样习惯戴面具的苦瓜才会对眼眸印象深刻。

  李亚溥不服气："我还以为你有多了不起呢？原来是凭运气。各国租界里棕眼睛的不下几百人，你小子没见识罢了。"

"故意抬杠，想长能耐是不是？"苦瓜笑了，"也罢，告诉你也无妨。关键是口音，你的中国话很流利，但是略有点儿关外口音，上次我就注意到了，尤其说问句的时候，一股东北大碴子味儿。"在乔装改扮这方面苦瓜颇有心得，他说相声时都是京字京腔，可扮成小丑时会故意带点儿天津口音，就是避免被人识破。

　　"口音，原来是口音。"李亚溥意味深长地点点头，似是牢牢记在心里——以后再伪装时一定要控制口音！

　　海青忍不住发问："为什么要在俱乐部装神弄鬼？"

　　"哎呀，我的大少爷，您可真够迟钝的，到现在还不明白？他为了卖珠宝呀！老绿他们两口子、刘文卿夫妇还有那个美国老狐狸，不都中了他的招儿吗？你也差一点儿，要不是你被他指引打了个电话，怎么知道什么幸运石是祖母绿？"

　　"厉害！"李亚溥一挑大拇指，"真是什么事都瞒不过你。不错，我用纸牌和暗号引诱俱乐部的有钱人打电话，而电话另一头是我手下的推销员。他们故意聊有关星座、命运的话题，给客人灌输幸运石、幸运颜色的知识，并设法套出客人的住址，记录下来交给我。隔一两天我就提着箱子上门推销珠宝，这里有个技巧，不能把幸运石放在最显眼的地方，那样会引起怀疑，我通常把它们放在箱子下层，在上层放一件最昂贵的首饰，竭力推销那件东西，再假装不经意间移开上层露出幸运石，通常客人自己就会注意到。哈哈，因为前两天那通奇妙的电话，他们已相信命运，认为这是上天安排，不等我多说他们自己就会买。"

　　"你卖的价格肯定比店里贵喽？"

　　"当然！上门服务自然得多赚点儿。"李亚溥毫不掩饰，认为这是理所当然，"我通常会在原价基础上加三成，反正都是有钱人，又相信可以带来运气，多花钱也不在乎。若是遇到特别有钱的，我加得更多，印象最深的就是福克斯，那个美国佬财大气粗，不赚他简直天理不容。我谎称那枚蓝宝石戒指已经订出去，不能卖给他，可我越说不卖他就越想买，最后整整翻了一倍的价才成交。"

　　珠宝的价格本来就很高，加三成到一倍的利，多少钱啊！海青不禁咋舌，扭头问苦瓜："你说得没错，他这绝对是江湖买卖，你们还真是同行。"

"同行？不敢当。'杵头子'嘿，还'火穴大转'，我可比不了。他这是大买卖，'蜂马燕雀'。"

"你们在说什么？"李亚溥完全听不懂。

"与你无关。"苦瓜不想让他知道，这个洋"老合"已经很厉害，要是再让他学到"春点"更了不得啦！

海青有些纳闷："第一次我也中了你的圈套，你怎么没去我家推销珠宝呢？"

"我去过了，你没在家。你那个管家真厉害，一听说我是推销珠宝的立刻把我轰出去，还说绝不让少爷乱花钱。"

"老吴万岁！"海青第一次感觉有个老管家时时刻刻约束自己是一种幸福。

"然后过了几天，你领这家伙去俱乐部，当场识破我的把戏，我也不敢再登你家门了。不过咱们有缘，第二天又在刘会长家重逢，我心里还有点儿紧张，怕被认出来，结果你完全没察觉到，我还继续向你推荐祖母绿。哈哈，你的脑筋比这位朋友差远了。"

似乎所有人都这么认为，海青很难为情："好啦！别再取笑我，说正经的吧，是你向记者透露案情的，对不对？"

"呃……对。"李亚溥猜到他们是追踪吴梦生来的，再否认已没有意义。

"还真是敢作敢当呀！你知道你给我们添了多少麻烦吗？为什么要干扰调查？"

"哦不，你们误会了。我不知道你们也在协助查案，也绝没有干扰调查的意思。"

"那为什么要这样做？"

"为了钱。"

"钱?！"

李亚溥嘻嘻一笑："只要我提供消息，让《津华日报》写出独家新闻，他们就给我报酬。"

"嘿！你可真是棺材里伸手——死要钱啊！"

苦瓜抿了一口李亚溥请的那杯洋酒，感觉味道怪怪的，不如俱乐部的香槟好喝，却也不似咖啡那么难以下咽："你说的话我不信，报社能给几个钱？像你这样赚大钱的人还在乎那点儿酬劳？无利不起早，你现在好歹是个洋行襄理，平常也人模狗样的，假扮劳工跑到这种地方，恐怕还有别的图谋吧？"

"没错，其实我常来这地方。这儿有许多失去地位的贵族，他们身上藏着珍奇的东西，勋章、怀表什么的，可现在他们混得连面包都买不起，我花很少的钱就能从他们手里弄来，回去清洗一下，一倒手能卖个好价钱，穿成劳工的样子是为了安全，我可不想被醉鬼抢劫。你们见过高缇耶的奖章吗？有一枚巴伐利亚国王颁赐的，其实那是我从一个落魄贵族手里买来送给他的。哈哈，高缇耶怎么可能见过路德维希三世？他根本没去过德国。"

"你真了不起，在这种地方都能赚到钱。"海青环顾周围那些潦倒的酒客，想象着他们昔日的风光。

"另外，还有酒。"李亚溥端起杯，陶醉地欣赏着杯中之物，"品出来没有？这可是纯正的苏格兰威士忌，难得一见的好货。这酒是我供给酒吧的。"

"你还卖酒？"

"额外的小生意，我认识不少船员，他们把整箱的威士忌当作私人物品带过来，逃过关税。我用丝绸、瓷器等中国特产跟他们换酒，其实都是不值钱的仿制品，他们不识货，还当作好东西。然后我再把换来的酒倒卖给酒馆，收入也很可观。"

"你真是天生的商人，望尘莫及。"海青佩服得五体投地，"看来你对这个地方很熟悉呀。"

"是的，我刚到天津时也曾在这儿落脚。"

"哦？你们瑞士人喜欢俄租界？"

"唉！"李亚溥叹了口气，"既然你们已识破我的把戏，索性都告诉你们吧。我根本不是瑞士人，我从白俄来的，而且是在当地很受歧视的犹太人。"

"难怪你这么会赚钱。我听说过一个犹太人的谚语，即便身在沙漠中，手中只有一条绳子，也可以成为百万富翁。"

"过誉啦！我还没那么大本事。我们家族连续三代给一个俄国贵族管理庄园，收收田租、卖卖作物、管管马匹什么的，跟大管家差不多，那些高傲的斯拉夫贵族对我们一脸嫌弃，可离开我们他们什么也不会，饭端到嘴边都得活活饿死，所以我家虽然地位不高，日子过得还不错，有不少油水。我父母因为一场火灾很早就死了，我十几岁就接管职位，可惜运气不好，或者说是太好了，赶上世界大战。沙皇对德国宣战搞得民不聊生，连贵族的日子也不好过，革命爆发后情况更糟了，白俄成了苏联和波兰争夺的地盘，打来打去战火不断，农奴也拿起锄头反抗，为了保命我跟随主人逃奔海参崴。一路上非常危险，不仅要躲避红白两军，还要提防土匪，我主人的儿子就死在半路上。好不容易逃到海参崴，情况也没好到哪儿去，完全是坐吃山空，为节省开支主人辞退了我，对我而言那真是太幸运了，我立刻跑到一家赌场当了荷官。"

"难怪你善于玩扑克。"

"我还学会了中文。"

"就是有点儿大碴子味儿。"

"没办法，入乡随俗，我原本以为很标准，谁知你们中国语言这么博大精深。在海参崴的日子也不好过，中、日、俄三国势力错综复杂。据说你们济南的那位张大帅早年也在海参崴混过，打家劫舍勒索商户，连俄国警察都不敢惹他，厉害得很！后来直奉战争奉军取胜，势力扩展到京津一带，我早听说天津有许多租界，发财的机会多，就跑过来了。至于我的主人，最后一次见他时正在街边卖貂皮大衣，这会儿他们一家可能已经在上帝身边了吧？后来听说为了遏制苏俄革命十多个国家向海参崴派兵，都乱成一锅粥了，幸亏我跑得快。"

"你是怎么变成瑞士人的？"

"很简单，我先在这里的工厂做工，攒钱买了件体面的衣服，然后到康科迪亚俱乐部当荷官，那儿的经理也是犹太人，我渐渐跟他混熟，找他借钱买了个瑞士护照。"

"买护照？"

"不必大惊小怪，这一点儿都不难，瑞士国在天津没有领事馆，所有事务都由瑞士利丰洋行代办，大战刚刚结束，许多人流亡过来，根本分不清国籍，只要你买通办护照的人，想当哪国人都可以。如果你说自己是苏俄人，大部分公司不会雇用你，他们猜测你是极端分子，换成瑞士身份就好办多了，谁也不会拒绝一个中立国的人。我想天津的富人很多，皇朝遗老、下野军阀、各国老板，卖珠宝一定能赚钱，就到利威洋行求职，高缇耶一眼就看中我，从那以后一帆风顺，我已经在他手下工作三年多了。"

"他还真是慧眼识人。"海青好奇，"你真正的名字叫什么？"

"算了吧，我自己都快忘了。那重要吗？像现在这样入乡随俗，叫李亚溥挺好的。"

"没错，名字不过是代号，叫什么不一样？"苦瓜终于找到一个和他一样没有真名实姓的家伙，再加上漂泊流浪的经历，颇有知己之感，"改日再聊你以前的壮举吧，刚才你又告诉吴梦生什么了？"

李亚溥苦笑："也没说什么，我对案情了解的也不多，只能多聊聊当天宴会的情景，姓吴的不大满意，这笔买卖恐怕快做到头了，倒是他问我一个奇怪的问题。"

"什么问题？"

"他问我听没听说过侠盗小丑，跟这案子有什么关系？"

苦瓜暗笑——前门脸儿，大裤衩儿，哪儿也不挨哪儿！曹副厅长本就是瞎猜，吴梦生还认真了，再这么闹下去《津华日报》兴许把我写成凶手。

海青仍不死心："跟我们说说吧，案发那晚你都做过什么，目睹过什么……"

"上帝啊！"李亚溥一脸的生无可恋，"饶了我吧。佩斯利警监和曹厅长找过我好几次，你们又来问，该不会以为我是凶手吧？我已经回答过无数次了，那天晚上我一直老老实实看电影，还时不时安慰格林夫人不要尖叫，不信你们可以去问她呀。"

"但你中途离开过书房。"其实海青并不确定，只是试探。

"是的，电影刚开始不久我去了一趟厕所。"

"这说明你仍有嫌疑，倘若……"

海青还欲再问，苦瓜却把他拦住："行啦！这家伙是老江湖，他若是一门心思说瞎话，你问也白问。"

李亚溥眨巴眨巴眼："你把我想得太坏了吧？"

"甭装蒜，都是老江湖，谁瞒得了谁？今天就放过你，但你不准再向报界透露任何消息，不然我就把你伪造身份的事告诉老高，看他还会不会要你这个鸡窝分子……"

"是极端分子。"海青纠正道。

"遵命。"李亚溥装模作样敬了个军礼。

"天不早了，咱们走吧。"苦瓜拉着一脸不情愿的海青往外走，却突然转过头，装作才想起来的样子，"对啦！那晚发现尸体时老高在哪儿？"

"你说的是高缇耶？他在一楼厕所。"李亚溥不假思索脱口而出。

"你确定？"

"我记得清清楚楚，听到尖叫下楼时他恰好从一楼厕所出来，别人或许没在意，但我注意到了，他是我的老板呀。"

"当时他神色正常吗？"

"很狼狈，连腰封都没系，可能尖叫打断了他的……见鬼！太恶心了。你们该不会又怀疑他吧？不可能，并非我替自己老板说话，他确实是个好心人，别看他五大三粗高门大嗓，其实外强中干，连只兔子都不忍杀，更不要说杀人。"

"他参加过战争，对吧？"

"对，我听他讲过。但不是跟德国打仗，是援助意大利，负责运输物资之类的工作，大战爆发时他根本不在法国，在塞内加尔挖矿石呢。其实他只上过一次战场，一枪没开就受到严重的心理创伤，也就是从那之后他决心不结婚，不要孩子。"

"为什么？"

"法国的福熙将军有句预言，《凡尔赛和约》只是二十年的停战协议，战火终将再起。高缇耶说，他不想辛辛苦苦养大孩子，将来让他们死在战场上，如果无法阻止这世道变得更糟，那还不如让自己过得轻松些，来去自由没有牵挂。"

"原来如此，再见吧。"

"晚安……等等，你还没告诉我你的名字呢！"

"曼伦。"

"这不是真名吧？"

苦瓜微微一笑："我没问你真正的名字，你也没必要问我。"

两人走出酒吧，躲开乞讨的流浪汉，回到车上海青才抱怨："你为什么阻止我向他问话？"

"因为你玩不过他，你从他嘴里问不出任何有用的东西，他反而能从你嘴里套出线索，那样明天报纸就更有的写啦！"

"你这是在庇护他，因为你们都是江湖人。"

"瞧你说的，同行是冤家。"

"我觉得他可能有所隐瞒。"

"不是可能有隐瞒，是肯定有隐瞒，指望江湖人说实话，除非羊能上树。你见过羊上树吗？"

"别废话，我没心情跟你遢活。今天我够倒霉了，先被刘文卿抢白一通，又被迫挑了一下午黄瓜，现在好不容易抓到这家伙的短处，你却放过他，大晚上的白跑一趟，真是气死我啦！"

"不，并不是白跑，至少我知道老高的秘密了。"

"哦？高缇耶先在二楼厕所，又跑到一楼厕所，究竟为什么？"

苦瓜嘻嘻一笑："我给你一个绝对靠谱的答案——拉肚子。"

解不开的疑问太多，但海青已筋疲力尽，懒得再思考任何问题。从灰熊酒吧回来他几乎是爬着上床的，这一晚睡得很香，连个梦都没做，仿佛一切烦扰都中止了，直到老吴闯进卧室把他摇醒。

"啊哈……"海青懒洋洋打着哈欠，"对不起，又起晚了，快中午了吧……"

"不算太晚，"老吴看看怀表，"还不到八点半。"

"那叫我干吗？咱们商行破产了，还是北伐军打进天津了？饶了我吧，我肩膀疼得厉害，腿也肿了，再让我睡会儿，过一个小时再来催命！"

"曹副厅长来访。"

"什么?！"

"厅长急着见您，正在客厅等候。"

一定是出了什么大事，海青不得不起床。他拖着疼痛的身躯慢吞吞爬起来，多亏老吴帮忙才成功地把胳膊伸进袖子，拜几十斤黄瓜所赐，现在连下楼都成了苦差事，一迈腿大腿就疼，他只能攥着楼梯扶手，龇牙咧嘴慢慢往下蹭。

曹副厅长正在沙发上坐着，见他这副模样吓一跳："怎么了？痔疮犯了？"

"我年纪轻轻的，长什么痔疮呀？"海青不好意思直说，敷衍着，"腿疼。"

"折了？"

"没有……您说点儿吉利的，成不成？"

"没折就好，跟我走。"

"去哪儿？"

"戈登堂，情况紧急。"

"我还没洗漱……"

"快走！"

"到底出了什么事儿？"

厅长扔给他一张报纸："自己看吧。"

海青边刷牙边看报，只扫了两眼，险些把牙刷捅进嗓子眼——又是《津华日报》，又是吴梦生撰稿，又是整整一版。这次更过分，不但把案发经过描述得更详细，还大肆透露客人信息，就差直接点名道姓了，尤其把矛头对准格林先生，说他嫌疑最大，还声称这其中可能有重大阴谋；在文章后半段吴梦生更是发表评论，指责巡捕房和警察厅串通一气隐瞒罪恶，并将这起案件与时局联系，指斥租界藏污纳垢，存在各国间谍势力；文章末尾还说，据曹副厅长透露，侠盗小丑可能也与该案有关。

海青越看越生气——可恶的李亚溥，真是满嘴跑火车，这还叫没透露什么？再细致点儿都可以写小说啦！

洗漱完毕匆忙出门，一上汽车他就把昨晚的事原原本本向曹副厅长讲述一遍，说明泄露消息与小丑无关。厅长暴跳如雷："这个骗子唯恐天下不乱，为了报社那点儿蝇头小利把整件事都搞砸了，日后他若是落到我手里，非扒了他的皮不可……唉！米勒之死恐怕要变成无头公案啦！"

"怎么回事？"海青见他这样气愤，预感事情严重。

"我刚到办公室就接到佩斯利的电话，叫我立刻过去。"

"干什么？"

"看过报纸还不明白？吴梦生两次在报道中点到我，佩斯利肯定很生气，要把我踢出局，甚至可能中止调查。"

"中止调查？为什么？"

"《津华日报》先声夺人，矛头对准英租界，已经把工部局董事会推到风口浪尖上，其他报社也势必跟风。莫说格林先生，所有董事都处境尴尬，各大报社继续深挖一定会揭出不少隐私，搞得所有人都斯文扫地，这是他们不能接受的，必定要向巡捕房施压，叫佩斯利尽快结案。警察厅也怕激起民愤，舆论一旦煽动起来，又会闹出白宗巍案那样的乱子，丁厅长就是因为那件事下台的，常之英岂能不防备？所以无论佩斯利还是常之英，都希望火速了结此案，扑灭报界舆论。"

"怎么了结？难道抓个垫背的含糊了事？"

"哼！"曹副厅长晃了晃那张报纸，"现在不正有个垫背的吗？"

"难道……小丑？"

"是啊，反正小丑本就是个神秘人物，想逮也逮不着，又曾在调查过程中现身，把罪名往他头上一扣，硬说米勒是他杀的，谁又能核实？兴许还能转移焦点，引导报界去探索小丑的身份呢。”

“他不可能是凶手。”海青心里再清楚不过。

“我知道，但形势大过人，其实无论巡捕房还是警察厅，乌纱帽永远比真相重要。”

“唉！真是一丘之貉。”

“嘿，‘洪洞县里无好人’，你忘了我也是警察厅的，连我也骂进去了。”

“对不起。”

“没关系，我已经习惯挨骂了。”厅长苦笑，“其实我也不甘心，但没办法，所以我才带你一起去，一会儿我央求佩斯利让咱再看一眼案卷和证物，还有米勒的遗物，我不懂英语，这就全靠你了，你尽量多记录一些，以后巡捕房不会再叫咱去了，也不可能再配合行动，此案只能靠咱们私下调查。”

“是。”海青这才明白厅长叫他同去的用意。

汽车很快来到维多利亚大道，事情比想象的还严重，离戈登堂八丈远车就开不动了。十多家报社的记者包围工部局，吵吵嚷嚷要采访各位董事，巡捕不得不关闭大门，还有十多人手持警棍驱赶记者，棍子举得老高，却不敢真往身上打，要是打出伤来他们更有的写啦！记者们同仇敌忾赖着不走，双方僵持着。

曹副厅长心知不妙，这会儿他要是露面非被记者包了饺子不可！忙叫李大彪把汽车开进岔道，围着花园绕了个弯，来到戈登堂后门。这边情况也好不到哪儿去，也是门户紧闭，以吴梦生为首的几名记者正用力擂门，里面就是不开。厅长没办法，只能偷偷下车溜进夹道，顺着墙根慢慢摸索。

果不其然，走到上次等候的那间休息室窗下，正见佩斯利紧锁眉头站在里面——他料到曹副厅长进不来，一直在窗前等候，瞧见他们赶紧打开窗户，递出一架梯子，两人像做贼一样从窗户往里爬。海青腿疼得厉害，真是苦不堪言，晃晃悠悠好不容易进去，又怕记者跟过来，忙把梯子收进屋里。

佩斯利面沉似水，苍白的长脸快耷拉到地上了："曹先生，你亲眼看到了，现在我们已经无法正常工作，这都是你惹的祸！"

"老伙计，别这么孩子气，你心知肚明，泄露消息的不是我，你只是想找个背锅的罢了。实话告诉你吧，我已经调查清楚，是李亚溥联系的《津华日报》，那个姓吴的记者曾经采访过我，我没搭理他，他心里怀恨才把这一切算到我头上。"

"好吧，我相信你，但鉴于目前的状态我只能停止调查。"

"是格林的意思？"

"不仅是格林，这是整个董事会的意思。"佩斯利也一肚子气，"他们已通过律师向《津华日报》提出抗议，要求限期澄清报道。刚才召开临时董事会，我被他们叫过去训斥一通，责令立刻结案，甚至有人想撤我的职！"

"哈哈哈。"曹副厅长笑着握了握佩斯利的手，"这下咱俩处境一样了……没有通融的余地？"

"没有，我还不想回家经营农场。"佩斯利也是苦笑，"我刚才想了一下，既然调查时有侠盗小丑出没，福克斯等人都曾目击到，不妨就把这一案暂时算到他头上。"

海青瞥了曹副厅长一眼——果然不出所料。

"然后呢？"

佩斯利有点儿赧然："当然，咱们都知道真凶不太可能是他，但是目前最要紧的是平息舆论，避免情况更糟。我的意思是暂时中止调查，先对外公布一个结果，转移公众的视线，等日后事态平息再重启调查。"话虽这么说，但谁心里都明白，对董事会和警察厅而言，多一事不如少一事，敷衍过去就完了，谁还在乎真相？英方不会把一个德国老头的死当回事，案子一旦封卷就真应了那句俏皮话，大老俄卖毯子——扔脖子后边去啦！

"好吧。"厅长知道抗争也没用，"不过你再让我看一眼案卷和米勒的遗物，我想私下继续调查。"

"不行。别再给我找麻烦了，好吗？"

"老伙计，别这么不通人情，难道你不好奇真相吗？瞧在朋友情分上，通融一下。"

佩斯利犹豫片刻："跟我来。"毕竟巡捕房的工作离不开警察厅，双方时常要配合，以后兴许还有他求曹副厅长办事的时候，绝不能把关系闹僵。

"走。"厅长朝海青扭扭嘴。

"他也去吗？不行。"佩斯利伸手一拦，"曹，我只信任你一人，你不能把无关之人带进档案室，我怎么知道他出去后会不会把看到的告诉记者？"

"别耽误时间了，你知道我不懂外文，需要他帮忙。"厅长朝窗外瞥了一眼，"我给厅里打电话，出动警力帮你搞定外面那些记者，怎么样？"

于是交易就这样达成了，海青作为一个外人竟然破例被领进巡捕房的档案室，亲眼看到了案卷。英文案卷有厚厚一叠，除了现场和验尸的描述，还有福克斯、高缇耶、格林等人的调查报告，对于他们的背景资料有详细记录，但绝大部分情况海青已经知道。接下来是米勒的遗物，佩斯利拿来一个铁质的大抽屉，放着米勒的箱子和衣物，还有电影胶片、眼镜盒、皮夹以及几封电报信件，海青的注意力立刻被信件吸引。

佩斯利揣手站在一旁，有些不耐烦："你们快点儿，我打算今天就封卷。这些信我查过，大部分是商讨租房事宜的，还有的从德国千里迢迢发来，你们看了也没用。"

海青没理他，继续逐一察看，可惜有些建筑方面的词汇看不懂，还时常有德语，不一会儿就看得眼花缭乱，许多信件只能大致浏览一下。正想放弃的时候，突然有个词在眼前一闪而过——Krieger！

这似乎是个名字，克瑞格。

刹那间，那天晚餐时的情景像电影一样浮现在海青的脑海。众人因世界大战发生争执，李亚溥劝大家不要争吵，格林仍然喋喋不休，格林夫人拉住丈夫的手撒娇一般央求："上帝保佑我们所有人，保佑米勒先生，保佑你，也保佑克瑞格，请看在上帝的分上，少说两句吧。"格林立刻闭嘴。

克瑞格！这个神秘人物出现啦！

海青的手有些颤抖，抑制住激动的心情，拿起那张简短的电报仔细翻译——克瑞格已于九号离开汉堡港，预计四十天后抵达天津，请注意接收。

这封电报没有署名，发出的时间是六月十日，现在是八月十五日，这家伙在米勒遇害前已经抵津，而且跟格林夫妇也见过面，他们肯定有不可告人的秘密。

怎么搞的？如此重要的线索为什么一直没人发现？海青思索片刻渐渐明了——曹副厅长虽然参加晚宴，听到了格林夫人的话，可他不懂外语，见到电报也没用；佩斯利为首的巡捕固然看得懂，却不知道晚宴上的细节，不会对这封电报格外留心。

这是大发现，海青不信任佩斯利，只咬着耳朵对曹副厅长说。厅长听后大为振奋，双眼烁烁放光——神秘人物克瑞格从德国汉堡来天津，与米勒、格林都认识，而且对格林很有威慑力，这不证实了间谍活动的猜测吗？

可惜这条线索出现得太晚，五分钟后佩斯利就把案卷锁进柜子，将他们撵出档案室。曹副厅长也没吐露此事，而是拉着海青匆忙往外跑。刚才的电话起了作用，警察厅的人虽然不能到租界维持治安，却可以向各报馆施压，逼迫他们召回记者，这会儿戈登堂外的人已散去大半。

吴梦生却没走，一见曹副厅长立刻冲过来："有没有进展……"

"你还有脸问！"厅长抡起巴掌作势要打。

吴梦生吓得后退两步，却大声嚷着："干什么？你敢打记者？留神我把你写到……"

"瞧你干的好事！"厅长劈头盖脸骂道，"搞得工部局人人自危，我辛辛苦苦调查这么久，全叫你搞砸啦！等着瞧吧，凶手若逃了，你就是罪魁祸首！"

"呃……"吴梦生被他闹蒙了，"我也是好心帮忙。"

"庸医治病，哪个不是好心？"厅长气哼哼拉开车门，忽然脑筋一转，明知泄密的是李亚溥却故意问他，"你又和小丑见面没有？"

"早跟您说过，我根本不认识那个小丑。"

"哼！谁信你的鬼话？他要是再联系你，替我带个话，我已掌握他的罪证，叫他放聪明点儿，别再捣鬼了，这是徒劳！"厅长故布疑阵，希望把吴梦生的注意力转移到小丑身上，别再干扰自己行动。

"您说的这些……"吴梦生半信半疑。

厅长立刻把海青拉上车，吩咐李大彪："去法租界。"

"哪里？"

"米勒的公寓。"

"去那儿干什么？"海青不解。

"格林夫妇的嘴很难撬，咱们最好从米勒这边入手，既然他箱子里有电报，说不定他家里还有涉及克瑞格的其他东西，或许能指引咱找到那家伙。佩斯利已下令撤案，时间紧急，快！快！"

李大彪把油门踩到底，汽车一路飞驰直奔法租界。

米勒的家也在商业街附近，离高缇耶家不远，也是一栋公寓，而且年代甚是久远。因为米勒来华很早，当时还没有德租界，他便通过法国商人买了这栋公寓，也因为这个缘故，德国战败后他的诊所被迫关闭，这栋公寓却奇迹般地保留下来，在他遣返期间一直锁闭，他回来后依旧住在这里，而现在随着他的死又成了无主空房。

汽车还没停稳，厅长就急匆匆跳下车，却见从公寓楼里走出四五个人，有穿灰色制服的英国巡捕，也有戴大檐钢盔的法国巡捕。

"该死！就差一步。"

"怎么了？"海青不明白。

"他们把公寓封了。"

海青跟随厅长上楼，来到米勒的房间前，果然见大门紧锁，门缝上交叉贴着两张封条，一张英国巡捕房的，一张法国巡捕房的。案件既然中止，米勒的房子也要封闭。他始终单身没有妻儿，如果没留下明确的遗嘱，又联系不到亲眷，这栋公寓将被法国工部局拍卖。

曹副厅长一筹莫展，即便他能费尽唇舌再让佩斯利通融一次，法国巡捕那边也不会同意，这条路已行不通："唉！走吧。"

"接下来怎么办？"

"不知道。"曹副厅长苦恼地挠头，"这件事先放一放，现在我必须回厅里，还不知这次姓常的要怎样收拾我呢。"

"其实……"海青话到嘴边咽回去——你没办法，我有办法，封条挡得住君子，却挡不住小偷啊！

辞别曹副厅长，海青立刻赶往"三不管"，到了"撂地"的相声场子，大头、麻子等人都用白眼珠瞥他——三天两头把苦瓜拐走，影响我们演出，讨厌死啦！

海青还算知趣，耐着性子听了几段相声，扯着嗓门叫好，巴掌拍得山响，又多扔了几把钱，大头这才有点儿笑模样，趁着打钱赶紧把苦瓜拉出来。

苦瓜见他一瘸一拐，故意揶揄："痔疮犯了？"

"你怎么也问这句？都是你害的。"

"我可没害你，得痔疮有什么不好意思？常言说得好，有痔不在年高，无痔空活百岁。人要是一辈子没得过痔疮，就算白活。"

"别瞎扯！刚才我差点儿从梯子上掉下去。"

"爬梯子干什么？房顶漏了？"

海青把早晨的事详详细细告诉他，再次请他出手："能者多劳，还得给你添麻烦。"

"曬！天良发现，您还懂得什么叫添麻烦。"苦瓜哭笑不得，"这下不干都不成了，凶手的罪名扣我脑袋上了。我还以为这帮外国巡捕有多精明，原来也是一路货色。"

"没关系。"海青拿他取笑，"反正不管凶手是不是你，曹副厅长都要抓你。虱子多了不咬，债多了不愁。"

"行，万一哪天我被他抓住，就说你是同伙。"

"嘿！贼咬一口，入骨三分。"

"我才不咬你呢，我又不是猫。"

"哦，我是耗子呀！"说归说闹归闹，苦瓜立刻向大头告假，跟随他返回米勒的公寓。

幸而这座楼的房间是对外出售的，并非租赁，也没有管理员，两人很顺利就进去了。苦瓜摩挲封条，又仔细观察门锁，沉默片刻回头道："我得做做准备，你帮个忙。"

"干什么？"

"请我吃饭。"

"嘿！你直说饿不就完了？走走走……"

两人就近找了一家小饭馆，苦瓜依然不客气，点了好几道菜；海青没吃早饭就被厅长叫出来，这会儿也饿了，两人顾不上说话，低着脑袋好一顿大吃。但这次苦瓜竟破天荒地剩了点儿米饭，用手绢包起来。

"这是干吗？"

"我的诀窍，你这'海青'少打听。"苦瓜把手绢揣进兜里，"将军不下马，各自奔前程。咱们还是各忙各的，庙上不见顶上见。"

"好。"海青也乐得如此，他浑身疼痛又睡眠不足，填饱肚子更犯困，于是结账回家，继续睡大觉。

然而苦瓜的速度超乎预料，仅过了一个多小时老吴就把他叫醒——苦瓜已经回来了。

海青龇牙咧嘴下楼："这么快？没等天黑就下手了？"

"有人的房子等天黑，没人我还耽误什么？"

"早知如此我该跟你一起去。"

"得了吧！你再弄出动静被邻居听见，我可不要累赘。"

"没破坏封条吧？"

"放心，我用手绢把它浸湿了拿下来，撬开门进去，临走又用米饭把它粘回去，谁也瞧不出来。"

海青这才明白他拿走米饭的用意："有什么发现？"

苦瓜撇撇嘴："真不知老米过的什么日子，他那屋比我住的地方还干净呢。除了床和桌子，只有个柜子。柜子里瓶瓶罐罐一大堆，都贴着标签，可惜都是外文，我看不懂。"

"别吹牛，中国字你又认识几个？那些应该是药品。"

"还有个铁圈，连着一根胶皮管，拴着个鸡蛋那么大的圆疙瘩，洋大夫都把它挂脖子上，叫什么来着？"

"听诊器。"

"还有刀子、剪子、钳子什么的。"

"都是做手术用的。"

"哦，你要不说我还以为他是裁缝呢。"

"别耍贫嘴了，没有文件之类的东西吗？"

"提起来就可气。"苦瓜从怀里掏出一页纸，似乎很旧，已经有些发黄，"柜子顶上有个大箱子，落着许多灰尘，打开一瞧码着一大摞这玩意，少说有百十来张，我怎么可能都拿来？随手抽了一张，你先看看有没有用，要是有用我再去拿。"

海青接过来瞧了一眼，无奈摇头："看不懂。"

"你不是认识外文吗？"

"我只认识英语，可这是德语！而且写得太潦草，想找本德语词典查都辨认不清……唉！白费力气。"

老吴正在给大座钟上弦，听见他们谈论，回头瞥了一眼："好像是诊断书。"

"您认识德文？"海青很惊讶。

"不认识，但我见过西医诊断书。"老吴接过去，仔细辨认，"你们看，上面这两行短的应该是姓名、病症，中间一大段是病情描述，下边几个字母符号可能是药品名称，末尾还有年月日期。嗯，这张诊断书是十年前的，难怪纸都黄了。"

"您能确定吗？"

"应该错不了，前两年老爷闹胃病，请王大夫来家里看病，诊断书跟这张差不多，而且也是这么潦草。也不知为什么，无论哪国医生写字都很潦草，只有他们同行才看得懂。"

海青依然怀疑："王大夫虽然是西医，却是中国人，他也用德文写诊断书？"

"对，大部分西医都用德文。"

"为什么呀？"

"咱们国家的大夫学习西医基本是在德国、日本这两个国家，德国学的自不必说，日本明治维新以来学习医术也是在德国，保留了用德文的传统，留学日本的人也就照搬过来。据说很早以前西医使用拉丁文，但后来发现德语更精准，时态划分细致，描述病情比别的语言准确，也就渐渐流行开。"

苦瓜素日不受老吴待见，对他印象也不佳，却没想到这位严厉的老管家见识如此广博，不禁抱拳拱手："承您赐教。"

可老吴还是那副爱搭不理的样子，转身去厨房了。

海青捧着那张纸，一脸愁容："诊断书有什么用？米勒以前是个医生，家里有病历之类的东西再正常不过，这条路又是死胡同。从开始调查到现在，真是一步一个坎儿，好不容易发现这个神秘人物克瑞格，到哪儿去找他？"

苦瓜想了想："依我之见，还得从老绿他们两口子下手，要知心腹事需听背后言，我就不信他们永远不提那个神秘人物。"

"你的意思是……"

"到他们家房上听贼话去！"

民间有句俗话"躲得过初一，躲不过十五"，这话源自生活，每月初一月亮晦暗，到了晚上一片漆黑，躲藏起来很容易；可每逢十五月亮正圆，处处照影子，再想躲藏就不易了，这话用在小偷身上尤为贴切。

这晚按农历计算是七月十八，天空晴朗月光皎洁，即便苦瓜有一身惊人技艺，这日子去宅门偷盗也得仔细掂量，稍不留神就会被主家瞧见影子，可是去格林家完全不成问题。虽说格林家连主带仆十多口人，但豪宅宽大环境僻静，附近没有街坊，街上来往的人也看不清里面动静，易于隐匿行踪。所虑者只有两点，一怕院子里有狗，二是不清楚格林夫妇究竟在哪个房间，需要慢慢探索。

他是天黑以后才出发的，在僻静处更换夜行衣、戴好小丑面具，把换下的大褂卷成一个包袱，系在树杈上，然后趴在墙头张望。见院内静悄悄的，没有一个人影，虽说院门口有间门房，似乎有人在里面值夜，但对苦瓜毫无威胁，反正他又不走大门。豪宅也是灯火阑珊，除了一楼大厅零星几个房间有光，这又是个利好——这座大宅少说也有二十个房间，若是逐一寻找就麻烦了，现在只要探索有灯光的房间便好。

　　他又侧耳倾听，隐隐觉得有狗的叫声，可等待半天又试探着往院里扔了两个打狗饼，始终不见狗跑过来，料想不是拴在某处就是关在房子里，那便不足为虑。于是他放胆行事，翻过墙头蹑足潜行，直奔到房子侧面，也不用飞爪绳索，直接顺着楼顶通下来的排水管往上爬——上次跟随曹副厅长来时他已经摸清一楼的情况，除了餐厅、厨房就是用人住的地方，格林夫妇的房间肯定在二楼。

　　洋楼内部装潢华丽，外观也很讲究，罗马柱上有雕花，四角有天使雕塑，窗台非常宽，可以在上面摆花盆。这些装饰固然漂亮，却给贼人提供了便利，以苦瓜的身手闪展腾挪绰绰有余。他抓着维纳斯的肩膀，踩着丘比特的脑袋，很快就攀到大厅正上方的阳台，隔着落地窗隐身在帘后，朝房间内窥探——正看见格林先生。

　　原来这间是格林的书房，此刻他正坐在书桌前，戴着眼镜、皱着眉头，手握一支钢笔，专心致志写着什么东西，室内只点着一盏小台灯。苦瓜暗忖——这么昏暗的灯光，肯定费眼神，看来读书写字是苦差事，幸好我大字不识，不受这迟累！

　　他老婆在哪儿？苦瓜有心去找，可转念一想——多余！反正两口子迟早见面，就算夫人一晚上不到这房间来，睡觉也得躺一张床上，干脆来个守株待兔。

　　哪知这一等就是一个多小时，夫人始终未露面，也不知格林写的是什么，似乎颇费脑筋，犹犹豫豫写写停停，有时甚至把写一半的纸揉成团，又重新开始。苦瓜始终不见有什么动静，在外候着实在没意思，都有些困倦了；正在打瞌睡的时候，忽听敲门声，忙提起精神继续窥视，来的不是夫人，是一个管家模样的人，端来一壶茶，随即又出去了。

格林好像很烦躁，最终把笔扔到一旁，将写的东西撕成碎片，愁眉苦脸喝了一杯茶，又背着手在房间里踱步，有几次他甚至走到阳台边，与苦瓜一帘之隔，却没意识到外边有人。苦瓜又想，两条腿的板凳——稳不住！瞧他这副坐立不安的样子，一看就是心里有事，有事就不是什么好事！

格林反反复复在屋里溜达了一刻钟，眼见时间不早，长叹一声熄灭台灯，打开房门走出去。去睡觉？苦瓜暗自抱怨，白耽误这么长时间，早知如此还不如晚来一个钟头，现在还得再去找卧室。

卧室并不难找，苦瓜没急于行动，倚在阳台护栏上左右张望，等了约莫五分钟，并无任何一扇窗户射出灯光，这说明格林夫妇的卧室肯定在房子另一侧。他这才跨出护栏，沿着窗台慢慢爬到房子背面，也是事有凑巧，攀上阳台后偷窥的第一个房间就是卧室。

仆人早把被褥铺好，床头灯亮着，房间里却没人，格林可能在卫生间洗漱。趁这机会苦瓜对窗户做手脚，他从绑腿里抽出一把匕首，正是上次威胁福克斯用的——这把匕首又细又短，江湖人称作"摇山动"，说难听点儿就是"贼刀"。俗话说得好，好钢用在刀刃上，可是"摇山动"的钢却在尖上，刀尖非常锋锐，两侧却不开刃，但凡有刃在福克斯的脖子上蹭了半天岂能无伤？这种刀并非用于格斗，是专门用来抠墙砖、拨门闩的。

上次来时，苦瓜仔细观察了格林家的门窗，知道插销的位置，这会儿把"摇山动"顺着窗缝捅进去，腕子使劲儿，轻轻拨了几下，只听咔的一声轻响，插销已被拨开；他却没有拉开窗户，反而从兜里掏出一小团棉絮，塞进窗缝里，确保窗户固定不动。

这时格林出现了，已经洗漱完毕换上睡衣，从卫生间出来第一件事就是拉窗帘。苦瓜立刻来了个倒挂金钩，身子栽出阳台，只有脚面钩住护栏，估摸着窗帘已拉好这才重新爬上来，将窗户微微打开一道缝——这次不是偷东西，只要有道缝隙，能听清楚格林夫妇说的话就行了。更令他惊喜的是，窗帘是纱的，非常薄，借着灯光还能朦朦胧胧看见屋内动静。

然而接下来的一幕却令他大失所望，只见格林脱掉睡衣，掀开被子上床，似乎立刻要睡。怎么回事？不等夫人吗？

　　哎呀！苦瓜猛然意识到，床虽然很宽，却只有一套被褥，格林夫人根本不睡在这里，想至此心中大骂——混蛋！有钱人真可气，"三不管"的穷小子想搂着婆娘睡还没钱娶，你们竟然还夫妻分房睡，真是饱汉不知饿汉饥！

　　眼见格林伸手关灯，苦瓜再不甘心也只得离开——现在是屋里亮外头黑，他能看见里面动静；等关了灯就变成屋里黑外头亮，借着月光一看，窗帘上有人影，他不就暴露了吗？没办法，苦瓜心里骂个不停，却只能改天再来。可当他一只脚跨出护栏时忽听一声响动，卧室通往走廊的门开了，有个人走进来，正是格林夫人。

　　功夫不负有心人，机会总算等来了。也不知发生了什么事，夫人一进门就大吵大闹，格林也从床上起来，夫妻俩都气势汹汹，说话声音很大。苦瓜听了一阵子，眼泪差点儿流下来——英语！

　　千算万算怎么把这个忘了？格林夫妇是英国人，两口子之间交流没必要说汉语呀！

　　苦瓜气得直薅自己头发，好不容易逮到机会却听不懂，这不瞎耽误工夫吗？这一晚他的心绪起起伏伏，几度热情满满，又几度灰心丧气，正在欲哭无泪之际，救星又来了。

　　房间里出现第三个人，似乎是女仆，手里端着托盘——老天保佑，是个中国人！

　　"夫人，该服药了。"格林夫人之所以起得很晚，不仅是生活习惯问题，她患有严重的失眠症，每天晚上都吃安眠药。

　　此刻女仆送药过来，格林夫人马上恢复贵妇的仪态，把药喝了，打发走女仆。因为被下人目睹到争吵，夫妻俩都有些难为情，一时间静对无语，只听到粗重的喘息，过了好一会儿夫人才打破沉默："有时我真想把一整瓶药都吞下去，再也没有苦恼。"

　　格林被妻子的话触动，叹息道："对不起，我不该旧事重提，拿尖刻的话伤你。"

苦瓜比格林更感动——你们终于说汉语啦！

格林大半生在中国经商，格林夫人更是从小来到中国，对他们而言，汉语跟他们的母语差不多，早已融入血液，刚才跟中国女仆说几句话，自然而然从英语转换到汉语，继续下去。

夫人的语气变得很温柔，也致歉道："确实是我不好，所有的麻烦都是我造成的。"

"没关系，谁叫我爱你呢？"格林苦笑，"莎士比亚说，爱就像一场拔河比赛，一旦开始就无法停下。"

"你真的打算帮他写推荐信？"

"没错。事到如今还有别的选择吗？"

"可是写完这封信一切就能了结吗？他要是再提别的条件呢？"

"我也不知道。"格林似乎很无奈，"今天的报纸又连篇累牍抨击董事会，甚至搞得记者盈门，再这样闹下去迟早会挖出咱们的隐私。我绞尽脑汁想一个晚上，实在想不出别的办法，只能答应他的要求，走一步看一步吧。"

苦瓜听得一头雾水——怎么回事？确实有人威胁格林夫妇，却不是死去的米勒，那会是谁？今天佩斯利已中止调查，他们为何还担心报界的消息？所谓的推荐信又是怎么回事？难道威胁格林写信的就是……神秘人克瑞格？

格林夫人倚在门上，仰面长叹："我只希望一切快点儿过去，恢复平静的生活。"

"亲爱的，噩梦总会有结束的时候，晚安。"

"晚安……"

夫人要回自己的卧室休息，可当她抓住门把手准备出去时，又回头问："克瑞格怎么办？"

毫无征兆，这名字突然冒出来，苦瓜不由得心头一紧，越发把耳朵贴近窗缝。

格林又变得很烦躁："这家伙是个隐患。"

"你不能总把他关在工具棚里，他很生气，会怨恨咱们的，而且也给花匠添了不少麻烦。"

苦瓜心中狂喜——踏破铁鞋无觅处，得来全不费工夫，原来克瑞格就藏在花匠的工具棚里！

"我也不想关着他，但放他出来会惹人怀疑的，咱家时常有客人来访，尤其是另外几位董事，还有那个时不时来找麻烦的曹副厅长，要是被他们看见就麻烦啦！他们早就怀疑我和米勒的关系，克瑞格太明显，一看就是从德国来的，如果其他董事问起，怎么解释？这关系我的前途命运。"

"唉！遮遮掩掩的，这样的日子何时是尽头？就算瞒得了外人，瞒得过仆人吗？"

"没关系，我已经想出对策。有个朋友是比利时人，他在郊区经营一家砖窑，厂区非常大，只是碰巧这几天他去北京了，下周才能回来。等他回来我找他商量一下，叫他把克瑞格转移走。"

"可是……"

"放心吧，亲爱的，我知道你不想让他离开，这只是暂时的，让他在砖窑厂藏一段日子，等米勒的案子平息再接回来。"

"好吧，也只得如此……晚安。"

"晚安，做个好梦。"

"晚安，多谢你们了。"苦瓜也低声嘀咕一句，纵身跃下阳台——想知道的都听到了，真是不虚此行。

周四傍晚，两辆汽车停在格林庄园大门前，曹副厅长和佩斯利总监一起出动，捉拿神秘人物克瑞格。

之所以间隔两天是因为这次行动争议很大。苦瓜探明消息立刻告诉海青，海青又汇报曹副厅长——当然，他不可能直说是偷听来的，就编了个瞎话，说自己设法买通格林家的用人，得知克瑞格藏在工具棚里，并信誓旦旦保证，肯定错不了！

调查有了很大进展，曹副厅长当然高兴，却更加为难。克瑞格身在租界，无论有没有非法勾当他都无权搜查格林庄园，也没有任何部下敢随他冒这个险；有心豁出去自己干，克瑞格有重大的间谍嫌疑，说不定带着枪支武器，格林一家也难说是什么立场，万一偷鸡不成蚀把米，且不说负伤挂彩，要叫这家伙逃脱他可就惨了。到时候英方要指责他私闯民宅、寻衅滋事，中方也要指责他越权行事、结怨友邦。经过两次新闻事件他被常厅长整得灰头土脸，再捅娄子可真要挨枪子啦！无奈之下他只能找佩斯利商量。

佩斯利也是一脑门官司，刚刚中止调查，对外宣布凶犯是小丑，报界舆论也稍稍平息，曹副厅长又把此案翻腾出来，这可如何是好？其实他也对格林抱有怀疑，却苦于受董事会管辖，不敢开罪上司，有心不闻不问，但此事可能涉及出卖情报，据曹副厅长说，克瑞格还在威胁格林为其办事，写什么推荐信，似乎有更大图谋，事关英租界乃至大英帝国的利益，岂能坐视不理？况且没有不透风的墙，既然先前的调查进展能被报界捅出来，这次也难保不会，那时岂不更被动？可万一抓获克瑞格之后查不出个所以然，格林饶得了他吗？他又如何向董事会解释？到那时恐怕他只能回国经营农场了。

据海青汇报，下周格林就要把克瑞格转移走，时间不容迟缓，经过反复商讨，两人定下个折中的办法，不出动大批巡捕，不惊动任何人，由佩斯利和曹副厅长亲自出马直捣格林家的工具棚，秘密抓捕克瑞格，审问明白再对外公布消息，为了把影响降到最小，他们特意在傍晚行动。佩斯利只带了两名亲信部下，曹副厅长这边带的自然是苦瓜和海青，再加上李大彪。

七人下车气势汹汹，可把格林家的守门人吓得不轻，赶紧从门房跑出来："二位长官，晚上好！有什么事？"

"公事。"

"家里有客人，让我先去通报一声……"

"不必了。"佩斯利迈步就往里闯。

守门人不敢得罪，只好退在一旁，却见他们根本没有拜访主人的意思，从侧面绕过房子直奔花园，赶紧跑过去阻拦："出了什么事？你们不能随便……"

"别妨碍公务！"曹副厅长一把将他推开。

守门人没办法，只好去找格林。

工具棚在花园最后方，是一座简易木屋。随着距离渐渐接近，众人看得分明，铁锹、水桶、小推车等园艺用品都在门口摆着，肯定有问题，明明有工具棚，为何这些东西不放在里面？木屋虽小，藏一个人还是不成问题的。苦瓜眼睛最尖，突然示意别再前进，大伙顺他手指的方向看，见木屋门上挂着一把大锁。

厅长和警监对视一眼——按计划行事。来之前已有预案，如果工具棚上锁，大家就把它围住，找格林家的花匠，威胁他打开门锁引克瑞格出来。为了避免打草惊蛇，谁都没说话，佩斯利和两名巡捕掏出手枪，海青也顺手从花丛边捡起一把大铲子，苦瓜暗暗冷笑——真费劲！我要不是怕暴露，早把锁撬开啦！

然而事态出乎意料，厅长和李大彪去找花匠，没走出几步忽听背后有人呼唤："嗨！你们是谁？"

月桂丛中冒出一个中年人，头戴鸭舌帽，身穿脏兮兮的背带裤，攥着一把剪刀，正是格林家的花匠布朗——原来他一直蹲在花丛中修剪枝叶，谁也没看到他，他虽然听到脚步声，以为是别的仆人，也没在意，直到海青拿走他放在一旁的铲子他才站起来。

这声呼喊吓了众人一跳，三把枪都转向他。布朗这才看清形势，赶紧抛下剪刀高举双手："不！我没犯罪。"

曹副厅长把食指压在嘴唇上，示意他别说话。

可是布朗吓蒙了，哪还控制得住？放声大叫："求求你们，放过我吧！前天我喝多了，在酒馆打了那个意大利人，可他也打了我呀！我们谁也没受伤，你们不能因为这点小事抓我……"显然他误会了，还以为巡捕是来抓他的。

厅长真恨不得扇他一记耳光："别嚷！"

这时格林也赶来。今晚恰好来了几位生意上的朋友，他正和妻子陪客人吃饭，被守门人急急忙忙叫出来，见此情形甚是恼怒："佩斯利！谁允许你们到这儿来的？"

吵吵闹闹沸反盈天，藏在木屋里的人肯定听见了，原定的计划完全失败，佩斯利也没必要再隐瞒："尊敬的董事先生，我得到一些情报，有理由相信这间木屋里藏了不该藏的东西。"话说得严厉，但他心里仍有些忐忑，毕竟格林是他的上司。

格林一脸惊愕，却立刻反驳："胡说！这是捕风捉影，那里面什么都没有。"

"请您打开它，我要亲眼察看。"

"不！我不会给你看的。这是我家，你们没有搜查令，无权碰任何东西。现在我命令你马上离开，否则我就向董事会提议撤你的职！还有你们几个，我要向警察厅抗议！"

佩斯利从警多年，深谙察言观色，他见格林虽然出言恫吓，神色却很慌张，悬着的心终于放下——错不了，肯定有鬼！即便格林不是杀人犯，也难逃勾结间谍里通外国之嫌，肯定会被董事会除名，那还有什么可怕的？

想至此，佩斯利的态度强硬起来，用枪指着格林："随你的便，你要向谁抗议都可以。但现在我必须察看这间工具棚，快把门打开。"

"不行。"格林依旧抗拒，但声音已有些颤抖。

"别再浪费时间，把钥匙给我！"

"不、不……"

"哼！敬酒不吃吃罚酒。"佩斯利终于失去耐心，"区区一道木门难不住我，别忘了我当年是皇家军队的格斗冠军。"他朝手下使个眼色，两名巡捕会意，立刻后退几步举枪掩护。

只见佩斯利收起手枪，紧了紧皮带，继而猛冲过去，跃起身子一个飞踢——只闻一声巨响，那扇并不结实的木门立时被踢倒。

克瑞格果然在屋内！

面对这意想不到的变故，克瑞格丝毫没被吓倒，反而激起斗志，怒吼着向佩斯利扑去……

第八章
吃不了！

这是一场惨不忍睹的搏斗。

虽然佩斯利膀阔腰圆、身材魁伟，还练过格斗，仍然不是克瑞格的对手，完全落于下风。他俩扭作一团，在地上翻来滚去，克瑞格气势汹汹不住怒吼，佩斯利根本无力招架，一个劲儿痛苦哀号，甚至高呼救命。

在场所有人，包括苦瓜在内都呆若木鸡。曹副厅长紧锁眉头，海青瞠目结舌；格林双手掩面，不知是因为难堪还是不忍看这悲惨的一幕；两名巡捕举着枪，却哆哆嗦嗦不敢开，生怕误伤佩斯利，只能往克瑞格身上狠踢；唯有花匠布朗幸灾乐祸，竟然笑出声来。

正在这时远处传来女人的声音："克瑞格！住手！"

众人回头一看——格林夫人来了。

说来也怪，听到这声呼喊克瑞格真的住手了，撒开苦苦挣扎的佩斯利，蹿到格林夫人身边。

两名巡捕这才收起枪，将上司搀扶起来。佩斯利狼狈不堪，制服已被撕扯得稀巴烂，还滚了一身泥土，脸上划了好几道血痕，他颤颤巍巍站起来，总算松口气，却立刻扭脸怒视着曹副厅长："这是怎么回事？你必须给我个解释！"

曹副厅长也莫名其妙，转而瞪向海青："怎么回事？"

"这、这……"海青舌头都短了，又瞥向苦瓜——怎么回事？

苦瓜不言不语，依旧僵立在那儿，像块硬邦邦的木头，脑子里已经乱成一团麻——究竟怎么回事？克瑞格怎么会是一条狗呢？！

克瑞格虽然只有两岁，但作为狼狗身材已很高大，尖尖的耳朵，棕黑色发毛，黑鼻子，大长牙，刚才扑倒佩斯利时还一脸凶相，此刻却老老实实蹲在格林夫人身边，耷拉着舌头，睁着它那双圆溜溜的大眼睛，眼神充满无辜，仿佛变了一个人……不！是变了一条狗。

"天哪！没伤到您吧？"格林夫人抚摸着克瑞格的头，也不知这句关切的话到底在问谁，"我早就跟你们说过，我的狗缘一向很好。自从克瑞格来到这儿，一直都是我喂它，所以它听我的话。您可以放心，它来之前海关做过检疫，身上没携带任何病菌。'克瑞格'这个名字源自德语，是勇士的意思，因为它是血统纯正的德国黑背，非常勇敢……"

"谢谢，我已经亲身领略到啦！"佩斯利又羞又恼，"曹副厅长，这究竟是怎么回事？请你解释清楚。难道你怂恿我过来就为抓这条狗吗？太不像话了，这简直是闹剧！"他当然生气，出丑还在其次，他刚才对格林说的话太重了，得罪人家却什么也没查到，格林岂能不报复？明天这消息传到工部局，他不但会遭人耻笑，还将失去职位，以后只能回家挤牛奶了。

曹副厅长早就急得满头冷汗，这次糗大了，佩斯利固然倒霉，他又岂有好下场？巡捕房和警察厅都不会放过他，这可怎么办？他不敢相信眼前的事实，快步冲到木屋门前，想要再从里面揪出个"间谍克瑞格"，却见屋内十分狭小，堆着乱七八糟的杂物，根本没办法再藏一人。他绝望地长叹一声，回头望着海青，虽然没说什么，但那惨兮兮的眼神已说明一切——我这辈子算是毁你小子手里啦！

海青羞得满面通红，想追问苦瓜又不方便说，恨不得找个地缝儿钻进去，急得直搓手。

苦瓜一动不动，脑子却没闲着——原来如此，那天晚上隐约听到狗叫声，却没看见狗，原来就是它呀！可是米勒的电报确实提到克瑞格，为什么它会落到格林手中？为什么格林又神神秘秘把它藏起来，怕被人看见？

霎时间灵光一闪，他指着克瑞格叫道："贿赂！这条狗是老米贿赂格林先生的！"

此言一出，形势顿时逆转，众人悬着的心都踏实了，所有目光齐刷刷射向格林。格林的脸色苍白如纸，兀自辩解："不！不是……"

苦瓜步步紧逼："如果不是贿赂，你为何遮遮掩掩？狼狗本来就是看宅护院的，你为何把它锁起来？"

"我、我怕它咬人。"

"别再否认了！这条狗是从德国那个汉……汉堡包港运出的，天津的接收人是老米，怎么会在这里？老米的遗物中有通知他接港的电报，就放在巡捕房的档案室里。"说到这儿苦瓜猛然转脸，指向花匠布朗，"这条狗是不是老米送的？何时来的？你说！"

"这、这……"布朗再也笑不出来，想如实交代又怕主人怪罪，斜眼看着格林——甭说了，这眼神已经把主人出卖啦！

铁证如山，这下没跑啦！海青甩了把冷汗，在苦瓜耳边小声嘀咕："你刚才说错了，汉堡港，没有包。"

"哼！这会儿你又成圣人了，少废话。"苦瓜没搭理他。

佩斯利终于缓过神来，意识到情况还不算太糟："格林先生，你还不肯交代吗？需不需要我把那封电报拿来，让你亲眼看看？"

格林咽了口唾沫："我没否认是米勒送我的，但这只是表示友好的礼物，不是贿赂。"

"是吗？"曹副厅长也顾过命来，阴阳怪气道，"我记得您曾再三向我保证，说您和米勒之间绝无深交，但是您却接受他的礼物，这不是自相矛盾吗？而且我还记得您说过，米勒曾恳求您在董事会上帮忙，以解决德国侨民回购房屋的问题，难道这不是他给您的好处？"

"其实……是……"格林支支吾吾，无法自圆其说。

苦瓜一语定音："这条狗究竟算不算贿赂，不能由我们定论，您说的也不算，应该将此事汇报董事会，让其他几位董事判断。"

格林一脸惶恐，环顾佩斯利、曹副厅长以及苦瓜，这出"三堂会审"简直要他老命！一旦此事上报，无论其他八位董事讨论的结果如何，他都不免丧失威信，还有何颜面留在董事会？租界是商业中心、金融中心，担任董事好处非常大，不但可以制定对自己公司有利的政策，也受人尊敬，福利还很优厚，比在英国当议员还要实惠，他已连任两届董事，岂会甘心辞职？

"这件事不怪他！"格林夫人站了出来，"是我接受的克瑞格，大卫事先毫不知情。"

"丽萨……"格林吃惊地望着妻子——显然他妻子一向小鸟依人，栖身在他的庇护下，这还是第一次挺身而出。

"半个多月前，米勒带着这条狗来到我家，说我们的豪宅需要安全保护，这是送给我们的礼物，那天我丈夫不在家，虽然我不清楚他们男人之间的事，但也明白天下没有免费的午餐。可克瑞格太可爱了，而且我们这座房子也需要一条看家狗，所以我就把它留下了。大卫知道后非常生气，执意要把它送回去。我太不懂事了，哭着闹着非要它不可。想必你们知道，大卫一向很娇惯我，见我不情愿，就说暂时先养几天，早晚是要还给米勒的。但是……实在太糟糕了，米勒偏偏这时候遇害，想还也还不成了，而且你们三天两头来调查，如果发现克瑞格，很难解释清楚，还会影响大卫的声誉，所以我们把它藏起来。这件事全都怪我，是我太自私、太任性，太缺乏一个妻子的责任感，对不起……"最后这声"对不起"与其说是向佩斯利等人道歉，还不如说是向丈夫道歉。

她语气平和、态度诚恳，一脸的惭愧，毫无平时的矫揉造作，确实是真心忏悔。佩斯利似乎被她的态度打动了，沉默片刻道："如果真的如您所说，我觉得也不是不能理解，毕竟直至米勒遇害，格林先生并未做出什么妥协，我想即便将此事上报董事会，他们也会宽恕，多一事不如少一事……你们说呢？"得饶人处且饶人，佩斯利没必要非把格林置于死地，相反让格林留在董事的位子上好处更大，因为抓住受贿的短处不上报，格林欠他一份人情，以后肯定会大力支持他的工作，办起事来更方便。

"不对！"苦瓜没有放过格林夫妇——狗不可能胁迫人，更不需要什么推荐信！

他向前一步质问道："这就是你们的所有秘密吗？就算在这件事上你们交代的是实情，却不能解释你们在老米遇害当晚的怪异举动。那天究竟发生了什么？威胁你们的是谁？与老米之死又有什么关系？"

"快说吧。"曹副厅长帮腔道，"总监先生答应不把克瑞格的事上报董事会，我可没答应，我可以向工部局举报，还可以向报界披露消息。反正吴梦生两次栽赃到我头上，将错就错，我也豁出去了。想清楚你们现在的处境，把那天晚上的真实情况说出来吧。"

格林家正在宴客，由于主人离开餐厅迟迟不归，几位客人都好奇地走了出来，注意到花园的这一幕，仆人们也渐渐围拢过来，再加上查案的人，十多双眼睛注视着格林夫妇。这对老夫少妻就像一对被群猫环伺的老鼠，已被逼到墙角。

"呵呵。"格林夫人露出一抹凄惨的苦笑，"终究还是走到这一步……好吧，我告诉你们……"

"不！"格林一把将妻子搂进怀里，捂住她的嘴，此时此刻他仿佛不再害怕，反而激发出一股勇气，紧盯着曹副厅长说，"对于调查以来我们夫妻做出的种种抗拒，向您表示歉意。但我敢对上帝发誓，我们的秘密与米勒之死毫不相干，如果您对这个答复不满意，尽管去向董事会举报吧。莫说开除我的职位，就算把我投进监牢，有些事还是不能如实奉告，请您原谅。"说罢他又扭头，看着潸然泪下的妻子，"莎士比亚说过，青春是一个短暂的美梦，当你醒来时它早已消失无踪。"

"不！大卫，一切都还不晚……"格林夫人搂着丈夫的脖子，早已泣不成声，口中兀自念叨着，"求、求各位，不要再逼我们……"

曹副厅长默然注视格林夫妇，这对曾经斥责他、戏耍他的夫妻此时却哀哀戚戚蜷缩在他面前，活像一对待宰的羔羊，曾经的高贵骄傲已荡然无存。他越发弄不明白，究竟是什么秘密令格林宁可放弃董事地位也要坚守？是果真如其所说，与米勒之死毫无关系；还是性质太过恶劣，说出来将身败名裂，遭到严厉处罚？

佩斯利拍了拍他肩膀："走吧。"

"唉！"厅长叹口气，不走还能怎样？格林已经把话说绝，宁折不弯，反正已是砧板上的鱼肉，怎样收拾他是以后的事了。

两位长官驱散围观之人，带着部下向院门走去。海青跟在后边，轻轻捏了苦瓜一下，笑道："今天真是侥幸，差点儿闹出笑话，你怎么连人和狗都分不清呢？"

"你还有脸怪我？电报是你看到的，你都没弄清楚，糊里糊涂就赶鸭子上架。"

"我也是受厅长的影响，才猜测克瑞格是间谍。"

"这事儿闹的，笨蛋都凑一块儿了，难怪这案子破不了。"

海青感叹道："可怜之人必有可恨之处，反过来也一样。刚才看到格林夫妇那副样子，我还真有点儿难受，等到巡捕房拘捕格林那一天，他真会咬死不说吗？"

"不需要那么麻烦，刚才我突然冒出个想法，或许能搞清楚他们的秘密。"

"什么想法？快告诉厅长。"

"算了吧。"苦瓜一吐舌头，"别再搞砸了，现在还只是猜测，最好咱俩先去印证一下。"

"去哪儿印证？我跟你去，现在就……"

"你呀，是猴儿戴胡子，一出戏都不会，还猴急猴急！今天太晚了，明天再说吧。"

迈出庄园大门的那一刻，海青回头望了一眼花园——格林夫妇仍然紧紧抱在一起，似乎正在互相安慰；仆人和客人们都不免尴尬，回餐厅去了；唯有克瑞格无限欢喜，不用再关禁闭了，奔来跑去又蹦又跳，在草地上打着滚儿。

第二天上午十点，法租界商业街繁花似锦车水马龙，正是最热闹的时候，利威洋行也迎来业务高峰。

这是一栋三层的古典风格建筑，大楼的二三两层是办公室、账房和库房，一楼大厅是珠宝店。作为利威洋行设在天津的办事处，这家店的装潢与众不同，落地窗、旋转门，铺着巴洛克风格的花纹地砖，不设置柜台，珠宝首饰都放在靠墙的玻璃橱柜里，衬着红色丝绒，再加上灯光照耀，越发显得晶莹剔透、优雅奢华；厅堂将近一半的面积被真皮沙发占据，还有更衣间、电话机、饮料台，向客人提供茶水、糖果和糕点；所有店员无论华人还是外籍人士都穿黑色燕尾服、白衬衫、黑皮鞋，系着红色领结，戴白手套，头发梳得油亮整齐，宛如一群宴会侍者。整个厅堂弥漫着牛奶咖啡和法国香水混合的气味，初次光顾的人肯定会误以为自己走进了高级宾馆。

这是一种营销手段，高雅的环境、周到的服务使客人陶醉，叫他们心甘情愿掏腰包。当然，羊毛出在羊身上，一切额外费用都分摊在珠宝价格里，反正客人不在乎，来这里消费的大多是达官贵人，对他们而言，买珠宝似乎跟买牙膏没多大区别，有些阔太太甚至不用付账，在账簿上签名即可，月底李亚溥等人会带着鲜花登门拜访，顺便收取支票。不过话说回来，这种环境也会吸引不花钱的看客，还有一些爱占小便宜的人专门来骗吃骗喝，但高缇耶告诫店员，不要轻易叫保安撵人，他甚至用来中国后学到的曾国藩名言教育大家，"莫问收获，但问耕耘"，对那些买不起珠宝的人更应该热情周到。人心都是肉长的，山不转水转，等将来有一天那些客人真的有钱了，或者要向心爱的姑娘求婚时，他们的付出就会得到回报。无利不起早，买的终究没有卖的精。

上午十点，不早不晚，有钱人家的女眷出来逛商店了，有些太太小姐甚至把这里当成了喝早茶的地方，说说笑笑品评时尚，店员们有的介绍珠宝、有的插科打诨、有的端茶送水，忙得不亦乐乎……这时有两个衣冠楚楚的青年走进来。

李亚溥正接过一位贵妇人的披肩，准备挂进衣帽柜，猛一抬头看见两人，立刻把披肩转交身边的店员，笑盈盈迎上去："嗨！这不是曼伦先生和沈先生吗？欢迎光临，你们终于决定来买祖母绿戒指了？真是太好啦！"说着把他们领到墙角的橱柜。

海青微微一笑："我们不买东西，有事问你。"

李亚溥早已料到，领他们到墙角不是为了看戒指，就因为这边清静，不影响其他顾客："抱歉。你们没看到吗？现在是营业时间，我忙得很，换个时间再说吧。"

"不，现在就谈。"海青心道——这是苦瓜的主意，就是要在工作时间逼你开口。

"好吧，那就长话短说。"李亚溥故意看了看手表，"我只给你们五分钟。"

海青故作深沉，清了清喉咙道："我们怀疑你在卖珠宝之外还在干其他事情。"

"当然，我还在俄租界倒卖点儿小工艺品，其实不单你们知道，连我们经理也知道，不必大惊小怪。"

"没说那个，我是说你还在干一些见不得人的勾当，比如……敲诈勒索。"

李亚溥眨眨眼："开什么玩笑？"

"没开玩笑。"

"我勒索谁了？"

"格林夫妇。"

李亚溥笑了，一脸无辜的样子："开玩笑！你们一定是开玩笑。我一个小店员，哪有那种本事？"

"你现在不是普通店员，是这家店的襄理，从一个身无分文的流浪汉到珠宝店的业务主管，你本事还小吗？以我对你的了解，只要能赚钱没有你做不出来的事。"

李亚溥不笑了，把脸一沉："沈先生，请您放尊重一点儿，我可以不计较您对我的偏见，但是指控一个人需要证据，您什么时候看见我勒索格林夫妇？是他们对您说的吗？还是您拿到了什么证物？"

这一连三问把海青问住了："你、你……"

"我很敬重您，不仅因为您有钱，更因为您有颗真诚的心，也包括这位曼伦先生。"李亚溥咄咄逼人，却又不失礼貌，"其实我很想跟你们做朋友，但如果你们动不动就把人往坏处想，我无法保持耐心。现在是营业时间，你们在干扰我的生意，往大了说是诋毁我的声誉，影响我的收入，这是极不道德的！要是不买东西请你们出去，若不然……"说着他向门口的保安瞥了一眼——珠宝店不同于其他行业，需要雇用安保人员，利威的保安一个个人高马大、孔武有力，而且他们与法国巡捕房交情很深，谁也别想在这儿找麻烦。

海青气得满脸通红，却理屈词穷，苦瓜赶紧把他推开："你快一边歇着去吧，让我来……"

"五分钟到了。"李亚溥对苦瓜颇为忌惮，不想和他说话。

苦瓜嬉皮笑脸："他的五分钟到了，我的五分钟刚开始……老高的病好了没有？这会儿在店里吗？"

"他在办公室，现在不接待任何人。"

"没关系，我可以等，今天一定得跟他谈谈，提醒他一件事。"

"关于我的事？"李亚溥冷笑，"不就是买护照伪造身份吗？随你的便，他才不在乎呢，只要能为他赚钱，莫说是白俄人，就是因纽特人他也照样用，别想拿这个吓唬我。"

"你想到哪儿去了？"苦瓜笑道，"我立过保证，绝不泄露你的秘密，咱是男子汉大丈夫，君子一言死马难追……"

"是驷马。"海青插言。

"知道啊，四匹死马也追不上。我找老高有别的事。"

"什么事？"李亚溥不免好奇。

"我想提醒他，好好查一下库房。"

"查库房？！"

"是啊。"苦瓜压低声音道，"前几天我听到个故事，很可恶。有个洋行的买办为了发财投机取巧，盗窃银库出去放债，赚了不少黑心钱。我听了这个故事很有感触，想给老高提个醒，你们利威洋行存着那么多钻石珠宝，价值连城，一时半会儿卖不完，要是有不良店员偷出去抵押换钱，干投机倒把买卖，比如走私洋酒什么的，那还了得？常言说得好，家贼难防，应该让老高提高警惕，仔细查一下库房，说不定掺杂着仿制品呢。"

李亚溥瞪视着苦瓜，先是一脸愤怒，又渐渐转变为气馁，最终高举双手做了个投降的姿势："唉！你又赢了。"

"别难过。"苦瓜拍拍他肩膀，"这叫天理循环，一报还一报。你能抓别人的短处，别人就能抓你的，快点儿老实交代。"

李亚溥环顾四周的店员，不想惹人怀疑："这里说话不方便，你们出去等着，我马上就去，拜托拜托！"

"一言为定，不出来是王八蛋。"

"哈哈哈……"李亚溥仰面大笑，装作刚谈完买卖的样子，"两位先生慢走，我一定能找到你们喜欢的样式，改日到府上拜访。"把他们送到门口。

海青对苦瓜佩服不已，出了门便问："你怎知道他抵押珠宝？"

"哼！当初在酒馆说那些话，我就觉得有问题，整箱的洋酒，据说还是什么高级货，一定很值钱。他说是拿一些低劣的瓷器跟水手换的，怎么可能？那些水手游历各国，见过不少好东西，有些还曾去'三不管'看玩意儿呢，腿长眼宽的，哪儿这么容易骗？分明是有计划地走私洋酒，这小子肯定投了不少钱。哪儿来这么多钱？即便他有也不掏，他们这路人比猴还精，跟刘文卿一样，放着河水不洗船？冒险的事不能用自己的钱，万一走私出了问题，赔的是利威的钱，那时他带着自己的钱一跑，连个真名实姓都没有，哪儿逮他去？"

"原来你早就猜到了。"

"没错，当时不点破是因为好处不大，留着这个紧箍咒，等需要的时候叫他听话。"

"你说相声真是屈才了，干买卖没问题呀！要不我叫舅舅借你点儿本钱，你……"

"快拉倒吧！我又说相声又当贼，够缺德了，还干生意？下辈子我还想托生成人呢。"

说话间李亚溥已经出来了，披着外套、拎着皮包，假装走访客户的样子。三人一起离开，走出很远拐进一条僻静小巷才停下脚步。李亚溥垂头丧气："你们想知道什么？"

"别装糊涂。"苦瓜毫不客气，"当然是你勒索那对夫妻的事。"

"我承认，但具体内情你们没必要知道，我可以……"

"你不说我也能猜个大概，是夫人的隐私，她有个旧情人吧？"

"该死！"李亚溥厉声咒骂，"你就不能糊涂一次吗？就算装糊涂也行啊。"

海青也是初次听闻，瞪大了眼睛："你怎么猜到的？"

"笨蛋！你也不好好想一下？她丈夫姓绿！"

"什么乱七八糟的？别逗了，究竟怎么回事？"

苦瓜笑道："回想一下咱跟曹副厅长初次走访绿大婶时……"

"劳驾改改称呼，越听越别扭。"

"好吧好吧。厅长初次审问格林夫人，当时的情景你还记得吧？当厅长试探着说到格林可能被外国人勒索时，夫人顿时紧张起来。但实际情况却是猴吃麻花——满拧！厅长暗示的是老米在勒索，可夫人想到的外国人是他。"苦瓜抬手指了指李亚溥，"而且夫人气哼哼地把钻戒摘下丢在一旁，当时咱们都认为她下了个决心，要舍弃丈夫保全自己，根本不对，她怨恨的不是送她钻戒的丈夫，而是卖钻戒的人，因为这家伙就是勒索者！"

李亚溥黯然低头，挤出一丝自嘲的苦笑。

"后来她犹豫不决，厅长想进一步恐吓，却说出'间谍'二字，她立刻意识到咱们搞错了，所以反悔说刚才的话都是瞎编的，把咱们逐出家门。究竟什么秘密令一位女士如此紧张？不太可能是丈夫生意的事，而格林夫人从底层跃升为贵妇，最怕别人瞧不起，回想昨天格林的举动，很像是在维护妻子。于是我就猜测或许有人抓住了她私生活的短处，可能是她以前当女招待时的事。"其实还有一个证据，那天晚上苦瓜偷听夫妻谈话时格林夫人曾说一切麻烦都是她造成的，但偷窥之事当着李亚溥不能提。

"原来如此。"海青转而注视着李亚溥，"究竟是什么秘密？"

李亚溥露出哀恳的表情："别问了，这关乎一位夫人的名誉，知道的人越少越好。"

"放屁！"苦瓜骂道，"你要真在乎她的名誉，别去勒索呀！装什么孙子？你不说没关系，我把这事儿告诉曹副厅长和老佩警监，叫他们找你谈，到那时……"

"我说我说！"惊动巡捕房，岂不要治他个敲诈勒索罪？李亚溥只好吐露实情，"丽萨·格兰特……哦，这是格林夫人的闺名。她当年在赛马俱乐部当招待时有个老相好，是个赛马骑手，叫罗杰斯，是个英格兰小伙，他们整天混在一起，后来罗杰斯在一次比赛中摔残了腿，从此失去工作。那之后丽萨供养他的生活，准确地说是格林供养他们，那时丽萨已经开始勾引格林赚取零花钱，当然格林不知道她另有爱人。可是罗杰斯的情况还是越来越糟，一直找不到工作，又觉得自己活得毫无尊严，开始用酒精麻痹自己，有一次酗酒后和人打架，被警察抓进监狱。当时天气很冷，他只穿了件小褂，在冰冷的地上躺了一夜，因此染上肺炎，警所怕摊上麻烦，就把他放了。他没钱治病，也根本不想治，继续泡在酒里，没过多久就喝死了，从某种意义上说是自杀。"

海青恍然大悟——难怪格林夫人不准丈夫饮酒，还咒骂发明酒的人应该被绞死，原来不仅她父亲酗酒，连原先的爱人也是酗酒而死。

"罗杰斯死后不到两个星期，丽萨就嫁给了格林，或者说是嫁给了百万家财，这之后的生活幸不幸福，只有她自己晓得。我们的老格林，曾经是一位比圣诞老人还纯洁的鳏夫，含辛茹苦把两个儿子抚养大，只因为单身生活过得太久，被突如其来的爱情冲昏头脑，还以为自己娶了个天真无邪的好姑娘，殊不知自己只是情场上的可怜虫。"

海青听罢心有戚戚，觉得这桩婚姻既可悲又可笑，苦瓜却有些不耐烦："你怎么知道这一切的？"

"罗杰斯是灰熊酒吧的常客，而且我赌马时曾在他身上押过钱，所以每逢在酒吧遇到都会请他喝一杯，他喝醉后絮絮叨叨什么都说，根本藏不住任何秘密。"

"证据呢？你不可能就凭红口白牙威胁一个人吧？"

"你还真是明察秋毫啊！不错，确实有件东西。罗杰斯打架那天我也在，他被抓走时掉了张照片，是和丽萨的合影，而且是那种……不太体面的合影，我把它拿走了。实话告诉你们吧，我当时的处境也不佳，还在另一家赌场当荷官，不过我没急着找格林夫人要钱，我把这张照片当成一只有潜力的股票，静候它升值。直到一个月前，我正在俱乐部玩通灵把戏，格林夫人好奇地凑过来，我一眼就认出她。这绝对是上天的安排，现在的她是社交界的宠儿，而她丈夫格林已是工部局董事，这只股票涨了何止十倍！"

海青不寒而栗——李亚溥这种人太可怕了，不仅工于心计，而且很有耐心，不禁令人想到福尔摩斯故事里的"米尔沃顿"。

但苦瓜没那么多感慨，直截了当问："所以你就去了格林家，拿着那张照片威胁夫人，对不对？"

"呃……不太准确，实际上我第一次登门仅仅是卖钻戒，多赚一笔是一笔嘛！顺便摸摸她家里的情况。第二次登门我假意推销，趁着仆人不在我才向夫人提起罗杰斯，她跟我装糊涂，所以我不得不掏出照片，作为礼物送给她。当然，那是翻拍的，正品依然在我手里。"

"你找她要多少钱？"

李亚溥挠了挠头发："请让我保留这个商业机密吧，反正事到如今这笔买卖做不成了。总之我向夫人提出一个数目，她终于撕破那张温柔的假面，冲我大喊大叫，我叫她好好考虑，下星期再谈。令我没想到的是，一周后我再次登门，她已经把一切告诉了格林。"

"格林什么态度？"

"他比他妻子更不希望丑事曝光。一是要顾全董事的名誉，再者他因这桩婚姻饱受非议，甚至弄得两个儿子弃他而去，如果再让世人知道他付出代价娶的这个妻子是水性杨花的女人，一直在欺骗他，他就真的无地自容了。有身份的冤大头都这德行，宁可大家嘲笑自己是傻老头，也不愿大家认为自己可悲可怜。而且格林曾签署婚前协议，确定丽萨有一半的财产，如果照片公之于众，闹到离婚的地步，他必然蒙受财产上的损失；如果不离婚，他将永远承受耻辱，无论哪样他都不能接受，所以选择原谅妻子，至少在这件事上一致对外……"

海青暗忖——李亚溥未免以小人之心度君子之腹，回想昨天格林夫妇互相回护的一幕，似乎不是单纯的利益使然，可能正是因为他的勒索使这对老夫少妻推心置腹共担风险，有了真正的感情。

"格林替妻子出头，跟我讨价还价，将数目减到一半。坦白地说他还算精明，但远远算不上一流商人，毕竟他的财富基础是继承的遗产，不是他自己挣来的，所以他根本没掌握谈判的真谛。他不明白，在手中没有任何筹码时，提出条件只能自取其辱。我当然不会答应，却也没有当场拒绝，只是推说我回去考虑一下，那之后就再也不登他的家门了。"

"不登门了？"

"是的，你们有句成语叫什么来着？哦，欲擒故纵。有时不催促比催促的效果更好，他们不会忘记悬在头上的达摩克利斯之剑，明明它是存在的，越看不见越可怕。当然，在这期间我经常派业务员上门推销，而且叮嘱他们，别忘记说一句'李先生叫我向你们问好'。就这样过了不到一个月，格林终于承受不住压力，主动打电话联系我，把数目提高两成，希望尽快了结此事，一手交钱一手交货。"

海青猛然醒悟："难道交易就在刘家宴会的那个晚上？"

"没错，这不是巧合，是格林的主意。出于安全考虑我不会再登他的家门，万一他设下什么圈套怎么办？他也不方便拎着一箱钞票到店里找我。而且我们都不希望支票交易，留下这笔钱的痕迹。恰好在这时刘文卿向格林和高缇耶都发出邀请，高缇耶要带上我，于是格林希望趁这机会完成交易，原计划是他把钱放在车里，当晚找机会交给我，我给他照片。可事到临头出现变故，听说米勒也要参加宴会，这下问题大了。米勒一直有求于格林，参加宴会八成也是冲着他去的，弄不好会黏在他身边，如果我们交易时不幸被他看见，他可能会陷入另一场勒索。于是他临时改变计划，他从刘文卿口中得知米勒每次都会带一部电影，所以决定在电影放映时带我离开，去他家拿钱，如果我不放心可以不进门，他把钱拎出来。为此他做了两项准备，一是给仆人放假，打发他们去舞会，这是为了打消我的顾虑，而且他也不希望交易时被仆人看见；二是临时带上福克斯，因为福克斯是从事电影业的，还是个喜欢评头论足的美国佬，到时候一定会缠住米勒，聊电影的话题，那样米勒就顾不上我们了。他算计得真好，哈哈！"

"原来如此，一切都对上了。"海青点点头，却又感到费解，"可是米勒遇害后巡捕搜查了咱们每个人的携带物，没发现装钱的箱子，你的公文包里也只有珠宝照片，没有夫人的艳照，这又是怎么回事？当晚你们究竟干了些什么？"

"那天我在出发前思考再三，决定更改交易条件，所以根本没带那张照片。"

"更改条件？"苦瓜冷笑，"说穿了，你就是故意耍他，想看看他听不听话。"

"别这么说嘛，你可以把这视为无伤大雅的玩笑。我原先要的那笔钱是针对夫人的，是一位贵妇能负担的价格，现在谈判对象换成格林，一个有权有势的男人，应该为他量身定做一个新条件。所以我在那笔钱之外又增加一项条件，要他以董事身份担保，写一封推荐信，帮我做成一笔持久的买卖，常言说得好，授人以鱼不如授人以渔，细水长流好处更多，而且这样挣的钱干净，谁也查不出毛病。电影开始后不久格林就想带我去拿钱，我说先不忙，再谈谈……"

"你们在哪儿密谈？"

"哦，这还有个意外，我们本打算去餐厅的，可是格林一推门，正看见米勒坐在里面，躲还躲不过来，竟然碰上了。"李亚溥幸灾乐祸，"格林吓一跳，赶紧又把门关上了，幸好我当时在他身后，米勒没看见我。"

"当时餐厅里只有米勒一人吗？"

"还有一个人，但是背对我们坐在椅子上，被椅背挡住，没看见是谁，当时我们猜可能是福克斯，以为拖住米勒的计划得逞了，但是现在想来应该不是。"

苦瓜表示质疑："开门关门只是一瞬间，既然被椅背挡住，你怎么确定当时那儿坐着个人？"

"因为有烟，那人正在吞云吐雾。"

苦瓜与海青对视一眼——应该是刘文卿，两边的说辞对上了。

"既然米勒就在餐厅里，我们当然得换地方，于是又登上三楼，在露台上谈话。格林听了我的新条件很生气，不愿意为我写一个字，怕我借他的名义诈骗，我向他保证自己要做的是合法买卖。我们争论很久，他始终不答应，最后我劝他识相点儿，叫他再好好想想，就回去看电影了。"

"你们谈了多久？"

"我也不清楚，时间不长，我记得回来时电影正演到男主角乘马车前往吸血鬼城堡。"

海青回忆了一下："也就刚开始二十分钟。"

李亚溥笑了："除去上下楼耽误的时间，可能还不到一刻钟，这才真叫话不投机半句多！"

"既然交易取消，格林为什么离开刘家？"

"我觉得在这个问题上他没撒谎，确实去散步了。经过那场不愉快的争论他情绪激动，很需要出去散散步，平复一下心情，顺便考虑一下我的要求，我不认为他是杀死米勒的凶手。至于我更不可能是凶手，因为我回到书房后一直坐在格林夫人身边，在她耳旁提醒着照片的事，再没离开过，她是最好的证人。事实上后来夫人之所以下楼，就是因为丈夫迟迟不回来，她有些不放心，想尽快找到格林，不料却发现……哼，这女人运气太差啦！你们为什么不去查查当时和米勒在餐厅里的人是谁呢？抽烟的那个人，我觉得他最有可能是凶手。"

海青暗想——这下有意思了，两边互相指控！

最后李亚溥一脸苦笑地做了总结陈词："相信我吧，这次说的都是大实话，就凭抵押珠宝这件事，你们已经把我攥在手心里。其实到目前为止我还没从格林身上捞到任何好处，闹到这个地步已经一败涂地了，可不想再被错当成杀人犯。"

凶手究竟是谁？

回去的路上，海青一直在纠结这个问题："现在事情已经越来越清楚了，格林和刘文卿嫌疑最大。虽然李亚溥口口声声说他不相信格林是凶手，但只是一面之词。你想想，如果格林是凶手被关进监狱，李亚溥不就榨不到任何油水了吗？为了自己的利益他肯定会说格林无罪，而且现在他向吴梦生透露案件的动机也清楚了，就是想借报刊舆论威胁格林，逼他乖乖就范，趁早帮他写推荐信；可反过来看，也正是报界舆论致使巡捕房暂停调查此案，无形中李亚溥帮助了格林，因为保住格林现在的职位，才能从他身上捞好处，是不是？"

苦瓜不言语，低头走路。

海青接着分析："再说刘文卿，虽然他把房子租给德国人，也未必就是答应米勒，很有可能是当晚他一时恼恨失手打死米勒，事后又怕还有人知道他盗用库银的秘密，所以找那几个德国人签合同。而且从凶器的角度，这种可能性非常大，只有主人可以在杀人后将凶器藏得无影无踪。"

苦瓜还是不说话。

"总之现在局面有点儿乱，刘文卿口口声声说当晚后一个跟米勒见面的人嫌疑大，也就是格林。而李亚溥却说格林可能没再去餐厅，他们看到的那个和米勒说话的人嫌疑大，也就是刘文卿。双方针锋相对、互相指控，所以……你怎么不说话？想什么呢？"

"'垫话'。"

"电话？谁的电话？"

"《报菜名》的垫话。"

"咳！你怎么又琢磨相声啦！"

苦瓜摆摆手："别烦我了，昨天听茶楼的人说，今天下午寿爷可能要来，上次的《报菜名》没演好，我想再说一次给他老人家听听，正在考虑修改垫话。"

"有这事儿？"海青又跟着凑热闹，"那我还去给你捧场，也有好几天没听了。"

"去就去呗，我又没拦你！不过先帮我个忙。"

"什么？"

"请我吃午饭。"

"嘿！又来了，总吃我的。"

"废话！天天跟着你瞎忙，'撂地'都不去了，我兜里哪有钱？"

"好好好，吃吃吃……"

时间还比较充裕，两人步行到南市附近，就近找个小馆，吃了两碟饺子。苦瓜脱去西服换大褂，先回"撂地"的场子找麻子商量改词儿，海青自己去了同乐茶楼。

走出洋气十足的租界商店，又到鱼龙百戏的曲艺花场，有时海青都觉得这种转变有种戏剧性，却又无比真实，恐怕只有生活在天津、上海这样的城市才能感受到。占个好座，要壶好茶，今天的节目依然精彩。又是杂技耍坛，又是戏法儿变碗；有一段京韵大鼓有滋有味，据说是刘宝全亲授；有一段西城板古朴苍凉，据说是石韵余音；前面还有一场相声，非常火爆，两位艺人比苦瓜还年轻——可畏！艺界就是这样，竞争激烈不进则退。

海青暂把心事抛开，看得懂的看看门道，瞧不懂的瞧瞧热闹，这次不像上回那么揪心，不知不觉就过了三点，苦瓜和麻子登堂亮相。"垫话"果然跟上次不同了，苦瓜一上场就吹嘘自己有钱，站着有房躺着有地，不愁吃不愁喝，说相声不过是玩票，家里头黄的是金、白的是银、光的是宝、圆的是珠，四季衣裳多得穿不过来，水獭帽子有六十多顶。麻子假装半信半疑，苦瓜就越吹越大，说什么达仁堂药铺、瑞福祥绸缎庄、利顺德大饭店、正兴德茶庄都是他开的买卖，就连金城银行、盐业银行、大陆银行也算他的了，最后他提高声音道："远的都不提，就连这家同乐茶楼……"

麻子立刻接口："也是你的？"

"不是我的。"

"这回怎么不是？"

苦瓜搔搔头皮："老板就在后台坐着，我敢说是我的吗？"

"对呀！"

这是个满堂彩的包袱，笑声、起哄声响成一片，震得海青耳朵都聋了。苦瓜这才入正活，装完阔气自然而然转到假意请客，麻子就坡下驴非吃不可，苦瓜一脸难色开始搪塞，第一番说请吃炖肉，第二番说请吃面条，到第三番不再是吃春饼芽菜，改成吃饺子，猪肉三鲜、羊肉萝卜、牛肉大葱，这样说就没有季节冲突了。

海青坐在下面暗笑——难怪今天中午突然想起吃饺子。

其实听到这里他已经放心，知道以苦瓜的功底根本不用为后面的大贯口担心。苦瓜也确实是一气呵成，观众喝彩声不断，两人连连作揖谢幕下台。

海青也跟着起身去后台，一掀帘子，果见张寿爷在里面坐着，正和一位前辈艺人聊天，苦瓜和麻子依旧垂首而立。海青凑过去，谁也不敢打断寿爷的话，直到这场聊天结束，那位老艺人上台，苦瓜才低声问："我们今天演得如何？"

寿爷点点头："还成。"

就是这轻轻的两个字，苦瓜总算宽心，当师父的可不会当面夸赞弟子，这"还成"二字其实已是很高的评价。

麻子也是暗甩一把冷汗，忙道："场子里也忙着，我先回去了。"他瞧见海青了，心知苦瓜又要和他胡混，索性自己先走。

麻子走了，然而苦瓜似乎根本没有要走的意思，还在寿爷眼前规规矩矩站着。

寿爷问："你怎么不走？不是这位少爷来找你了吗？"

苦瓜说："这菜单子里有许多菜肴我不知道，连沈少爷也不曾听过见过，具体是什么想向您请教，不能说糊涂相声啊！"

寿爷眼前一亮："孺子可教……"回头看了一眼座钟，随即起身，"跟我走，带你去个地方长长见识，得抓紧时间。"

海青忙说："我也想知道，可不可以跟着？"

寿爷微微一笑没有拒绝，带着他二人出了茶楼。

跟随寿爷出来，两人都不免拘谨，莫说案件的事，玩笑也不敢随便开。寿爷也不跟他们废话，只管往前走，他是知名艺人，街上认识他的很多，每走几步就有人打招呼。寿爷对子弟严厉，对待外人却一向和蔼热情，总要寒暄几句；可是今天很怪，无论遇见谁他只是抱拳拱手或者点头笑笑，匆匆忙忙往前走。

三绕两绕，不过是转眼的工夫，寿爷竟把他们领到一家浴池。海青大惑不解——我还以为领我们去饭店，竟然跑这儿来了，难道带我们俩洗澡？

浴池也分三六九等，高级的有私人包间，电话、理发按摩、吃喝玩乐一应俱全，上下楼有电梯，连床榻、衣柜都是红木的；差等的就是个洋灰池子，衣帽脱篓遗失不管，早晨还是一池清水，过午就成了黄泥汤子。这家浴池虽不是最顶级的，也属于上等，厅堂十分宽阔明亮。

伙计们认得寿爷，见他进来连忙招呼："您今天有空啊！快请。"

寿爷笑道："不洗澡，找个朋友。"

伙计一扬手："您随便吧。"这可是天大的面子，浴池不能随便放人进，丢了东西算谁的？一般来找人，都是站在外面喊，也就是寿爷德高"蔓儿"响，他们信得过。

"多谢多谢。"寿爷略一拱手，领着苦瓜、海青往里走。他对这里很熟悉，直接上楼——二楼是一个个包间，是贵客休息的地方。寿爷在过道里走了一阵子，直至走廊尽头，推开一扇包间的门。

门内景象甚是"壮观"，这个包间共有四张床，每张床上都倚着个肥头大耳的胖子，他们已经洗完澡，有的穿着小褂，有的披着毛巾被，正喝茶聊天呢。四人见到寿爷先是一愣，随后一个个都坐起来："您怎么来了？快坐快坐，喝杯茶吧。"

寿爷笑着为苦瓜引荐：慧罗春的牛三爷、蜀通饭庄的华四爷、什锦斋的杨师傅、保阳楼的王师傅。

原来这几位都是各饭店的大厨，堪称厨房的灵魂人物，忙完中午的买卖常到这家浴池来洗澡，一来烫舒服了小睡一觉，养精蓄锐应对晚上的买卖；二来也能凑在一起交流厨艺，聊聊业界趣闻。

苦瓜已经了解寿爷的用意，点头哈腰，叔叔、大爷地一通叫，小嘴甜得跟抹了蜜一样。

寿爷喝了口茶道："我也不瞒各位，今儿领这孩子过来，是想让他长长学问。他可是个苦出身，无依无靠的，更没下过什么好馆子，近来登了同乐的台，正说到《报菜名》，许多东西还不明白，劳烦诸位给他解释解释，添麻烦了。"

"咳！客气了。"杨师傅笑道，"您这是瞧得起我们，其实我们几家也都不是顶尖饭馆，不过是小有名气，跟登瀛楼、天和玉之流不能比，你们问出来还怕我们不知呢。只管说，知不知的，咱们不妨一起探讨。"话虽这么说，却是不小的人情，各行都有自己的门道，岂能轻易告诉外人？

苦瓜满脸堆欢："那我背给诸位叔叔、大爷听听……"

"不必啦！"牛三爷一摆手，"我听过许多遍，虽然说不圆全，大半也记得，一开头就是'三蒸'，什么蒸羊羔、蒸熊掌、蒸鹿尾。哈哈，你知道鹿尾是什么东西？"

"当然是鹿的尾巴。"

"不对！鹿尾巴又小又短，除去骨头才几两肉？况且得来不易，要是家家卖的都是真鹿尾，恐怕这世上早就没有鹿了。所谓鹿尾，其实是用豆皮裹的肥肉馅，调味后烹制，还有一道炸鹿尾，有的馆子甚至直接用猪尾。"

"哈士蟆是什么东西？"

"一种青蛙。"

苦瓜哭笑不得："我还以为是点心，跟萨其马差不多呢。"

"这种青蛙产自关外，说是'清蒸哈士蟆'，其实不是整个儿蒸，只是吃它身上的油，还可以做羹，这是很珍贵的菜，据说当年慈禧太后很喜欢吃。"

"烩万鱼又是什么？"

"就是鱼籽啊！"牛三爷笑了，"鱼籽成千上万，长大了不就是一万条鱼嘛……"

苦瓜又接连问了好几道菜，都得到解释，海青也听得津津有味，忍不住插嘴道："像什么炖吊子、烧连筋、烧宝盖儿，又是些什么东西？都没听说过。"

"所谓'吊子'其实就是猪下水，这是北京的叫法；'连筋'俗称沙肝，就是猪的脾脏；'宝盖儿'是猪心上端那块带着肥肉、血管的部位。这位小兄弟，你不是说相声的，是富贵人家的子弟吧？"

"是……"海青只得承认，"您是怎么知道的？"

"就凭你提的问题，我们大致就能猜到。"一旁的王师傅笑道，"相声里的菜单子实在不伦不类，像什么炖吊子、烧连筋、烧肝尖、烧肥肠、烧宝盖儿，还什么一百单八样，都带小竹牌子，实在是些难登大雅之堂的东西。北京有家饭店叫和顺居，是'二荤铺'起家，早年卖的不过是家常菜，饭座也都是寻常百姓，但是穷苦人赶上喜事也得吃点儿好的，和顺居推出过全猪宴席，号称一百单八样，都是猪身上的东西，各个部位分别烹制成菜，有些东西端上来大伙都不认识，于是用小竹牌子写上菜名，放在碟子边上。说相声的菜单号称'南北大菜满汉全席'，若是真的高级宴席岂会有那些东西？就像这位小兄弟，富贵人家出身，根本闻所未闻，并非好东西见得少，而是此等人家根本不屑于去那样的小饭馆，吃那几道菜。"

"是啊。"牛三爷点点头，"这些菜我们店里如今也不卖了。"慧罗春饭庄原本也是"二荤铺"起家，买卖越做越好，也就成了有名的饭店，卖的菜肴越来越上档次。

苦瓜连连点头有所领悟——"撂明地"的时候，观众基本都是穷人，菜说得越花哨越好，听着就解馋。可到了茶馆里，观众层次高了，依旧说那些不讲究的菜，还号称满汉全席，这可就露怯啦！段子应该跟随演出地点改变，也紧跟时代而变，像《报菜名》这样的贯口并不是一味堆砌菜名，并非背得越多越好啊！

世情百态皆学问，也皆可为艺人所用，其实这些菜肴寿爷也懂得一些，但还是把苦瓜领到这里，叫他亲耳聆听行内人的话。华四爷也提出自己的建议："真正的军阀、官员宴客，不仅正菜讲究，还要有些干鲜果品压桌，你们的菜单最好把主菜和点心区分开，另外有些菜是敬菜，不要往里添。"

苦瓜又好奇："什么是敬菜？"

"敬菜就是免费赠送给客人的菜。有时店里来了熟客，或者客人有什么不满意的，提了点儿意见，就多送个菜以表歉意或者感谢。"

"跟一般的菜有何不同？"

"敬菜都是不上菜单的，一般都是在后厨随便抓点儿东西，做起来简便快捷。比如鲁菜馆里的山东海参、山东白菜，都是敬菜。别看海参名头大，其实是挑剩下的次品，正式做葱烧海参不会用，下高汤一煮，加点调料，最后一勾芡就行了；山东白菜则是以白菜为主，再加点儿胡萝卜丝、冬菇丝、冬笋丝，讲究点儿的还可以放肉丝，反正视后厨情况而定，有什么算什么，下锅一炒简简单单，不耽误时间。你们想想，像这类东西能放进满汉全席吗？"

苦瓜蹙眉不语，陷入沉思……

海青却道："前几日我倒是吃到一顿讲究的，是在新兴商会刘会长家，丛富贵丛师傅的手艺。"

话音刚落，四位大厨八只眼睛都转过来："吃了些什么？"

海青暗笑——这是要"捋叶子"啊！便把当天吃过的菜肴说了几样，不过是清炒虾仁、糟熘鱼片、油爆猪肚什么的，其实这些菜并不罕见，只是滋味特殊。

王师傅听罢感叹："说起来容易，南北融合改良口味，却非一般人能做到。你们说相声创新求变，我们这行也得不断改变……唉，丛二哥何时回来的，我怎不知？"

牛三爷知根知底："大约三个月前，他还到我店里去了一趟，带走我一个刚学徒的小伙计。"

海青暗自点头——要走的就是宝子，我们熟着呢，可这话当着寿爷的面不便说。

杨师傅连连摇头："丛富贵到任何一家饭店，都能稳居主厨，为何给大户人家当私厨？可惜啊……"

"嘿！你这叫什么话？"华四爷笑了，"私家厨子就不成才吗？"

"哦，对不起。"杨师傅自觉失口一阵脸红——原来这位华四爷就是私家厨师出身，早年在一位四川军阀家里做饭，渐渐成名，还借着主家名望结交不少达官贵人，引川菜入天津，成了蜀通饭庄的主厨。

牛三爷笑道："给达官贵人当厨师，也是咱这行的一途。听说那个姓刘的什么会长，是督军眼前的红人，认识的各界名流不计其数，还有外国人呢。"

海青心说——要不是认识外国人，还不至于出命案呢！

话说一半，华四爷猛然起身："四点多了，该走了。"

"得！"牛三爷把毛巾往床上一扔，"养足精神，咱们几个也该提刀上阵啦！"

四位厨师立刻穿戴起来，苦瓜学到不少知识，为表感谢忙蹲下帮牛三爷提鞋，海青也自告奋勇，帮助挺着大肚的杨师傅把大褂系好。连同寿爷七人一起离开浴池，一出大门就见四个饭店伙计迎上来——他们是四位大厨的徒弟，师父在里面休息，他们在外面候着，见师父出来格外殷勤，有的雇车，有的摇扇，有的替师父拎着包。四位大厨与寿爷拱手而别，晚餐时间快到了，他们回各自的饭店大显身手。

"我也该赶场了。"寿爷也上了辆洋车，落座后教训道，"苦瓜，你小子没文化，连哈士蟆、萨其马都分不清，要是识字何至于犯这错误？当年我也是幼年失学、'撂地'养家，一有空就到祠堂听老夫子讲书教学。你现在的条件比我当年强，不用奉养老母，而且你还守着沈少爷这样有文化的朋友，怎么不好好学习？莫要辜负青春年华。"

苦瓜低头，连声称是。

今天海青也增长不少见识，忙鞠躬道："多谢您指教，改天一定去听您演出。"目送寿爷的洋车走远，得意扬扬，"听见没有？寿爷叫你跟我读书认字，常言说得好，授人一字便为师，师徒如……唔？"

海青扭头一看，刚才还站在他身边的苦瓜已不见踪影，不知跑哪儿去了……

整整一天时间，苦瓜失踪了。

在浴池不辞而别后，海青猜想苦瓜可能有所感悟，回"三不管"找师兄弟们钻研《报菜名》去了，便没再去打扰。然而第二天上午他兴冲冲来到相声场子时，反而遭到大头、麻子等人质问："少爷，您把我们苦瓜拐哪儿去了？他自打认识您，三天打鱼两天晒网，这买卖还干不干了？"原来苦瓜昨天根本没回"三不管"，今天也没来"撂地"。

海青只能赔笑推说不知，捧了几场买卖，喊了几声好，多扔几把钱才得以脱身，又到甜姐儿的茶摊去找，竟也不在。中午随便找个小摊喝了碗馄饨，又去同乐茶楼询问，招待他的茶房笑道："少爷，您别急。我给您沏壶好的，您就坐这儿'高乐'，一会儿他就出来演。"海青也算半个江湖通了，心知这是诓他看玩意儿，一段一段花钱，索性掏出一把钱塞过去，茶房这才说实话，苦瓜昨晚来告假，说今天有事停演一场。海青从茶馆出来，心中甚是气恼——这家伙死哪儿去了？

但是生气归生气，他拿这个特立独行、来去匆匆的小子一点儿办法也没有，用他自己的话说："谁叫我犯贱，非要上赶着和他交朋友呢。"垂头丧气回了家，满脑子想的都是凶案，忍不住又给曹副厅长拨了一通电话。

厅长的声音有气无力："这两天没有进展，至于如何对待格林还要看巡捕房那边的态度，照现在的形势看他迟早会被拘捕，只是佩斯利已向外公布小丑是嫌犯，现在改口面子上挂不住，肯定会拖几天。我现在也遇到点儿问题，恐怕案子必须暂时放一放。"

海青有些担心："您不会因为上次的误会，对我失去信任吧？"

"哪儿的话？是我自己碰上点儿麻烦。"

"常厅长那边？"

"嗯。"厅长态度暧昧不想多提，"不用担心，我已经有解决的办法了，只是要耽搁两天，等有了新消息一定告诉你，再见。"说罢电话就挂了。

海青放下听筒不免有些担心，上次克瑞格的事虽然勉强收场，还是闹出不大不小的乱子，厅长该不会真的难逃撤职？这时海青才感觉到，苦瓜对自己的批评似乎是对的，他确实只是个眼高手低的人，只会借助别人之力，失去苦瓜的帮助，他连自己该做什么都不知道！

因此他又开始生自己的气，晚餐时食欲大减，而且菜肴也实在不合心意——炒黄瓜、熬黄瓜、拌黄瓜。

"黄瓜宴还要持续多久？"他问老吴。

"还有半筐多。"

"我已经受够了！"

"谁叫您一次买这么多？"老吴也满肚子牢骚，"买来就得吃，不能浪费。"

"就不能给邻居送点儿吗？就说是乡下朋友带来的。"

"您早说呀，前几天顶花带刺时不送，现在已经有点儿蔫了，送谁去？再坚持几天，胜利就在眼前，顶多再这样吃两天，或者咱包黄瓜馅儿饺子，若是还吃不完，就让王师傅腌咸菜……"

海青不等他唠叨完就扔下筷子回卧室——神憎鬼厌，今天竟无一件顺心事，睡觉！

刚过七点他就躺下了，翻来覆去胡思乱想，一会儿琢磨案子，一会儿又想相声，好不容易才睡着。也不知过了多久，忽然惊醒，发觉窗户玻璃正发出一阵阵响动。

下雨了吗？他迷迷糊糊爬起来，轻轻拉开窗帘，险些吓得跌坐在地——玻璃外面一张小丑怪脸，正咧着血红的大嘴冲他笑呢。

海青捂着胸口缓了好一阵子，才气哼哼打开窗户："要死啊！大晚上吓唬人玩，缺德不缺德？"

"你送给我的面具，自己还害怕。"苦瓜猫腰钻进来。

"来也没关系，你倒是走正门呀！"

"太晚了，仆人们可能都睡了，我怕老吴不给我开门，直接找你还方便点儿。"

海青怒气未息："你他妈去哪儿了？一整天没消息，我都想组织人去海河捞尸体了。"

"我没那么心窄，你去捞你二大爷吧。"苦瓜摘下面具笑嘻嘻道，"今天我可没闲着，上饭馆喽。"

"别吹牛，你哪有闲钱下饭馆？"

"不是下饭馆，是上饭馆。"

"有什么区别？"

"上饭馆，就是在饭馆的房上趴着。"

"嘿！真有出息。"海青瞧他面有喜色，感觉事情有变，"莫非你暗中调查去了？"

"嗯，现在我已经确认凶手，肯定错不了。"

海青困意全无："是谁？"

"不告诉你。"

"又来了！咱别逗。"

"谁跟你逗？"苦瓜严肃起来，"凶手已经可以确定，只是我想把这办成一桩铁案，还需要证据，咱们得碰碰运气。"

"怎么碰？我能帮什么忙？"

"要你无用，赶紧把老吴叫起来。"

十分钟后管家老吴披着大褂、打着哈欠坐到客厅沙发上，心里烦透了。苦瓜嬉皮笑脸，笑得跟朵花一样："吴大叔，您好啊，打扰您休息了。您老人家虽然岁数大，却虎老雄心在，胜过老黄忠，老将出马一个顶俩，小子无事不敢惊扰真神……"

"好了好了，有事儿直说。"

"求您帮个忙。"

"又叫我代写匿名信，对不对？"

"哦，原来您早想这么干了。"

"呸！谁盼着写那玩意儿？"话虽这么说，老吴心里确实期待着这一天，因为根据上次的经验，一写信事情就快结束了。

"这只是其一，另外还有件事委托您，您得帮我请个医生来。"

"你小子别得寸进尺！"老吴打着哈欠，"欺负我们少爷缺心眼儿，是不是？"

海青暗自憋气——嘿！我缺心眼儿都成共识啦！

苦瓜抱拳作揖："大叔，您多体谅。追根溯源这件事是你们少爷要管的，既然托到我身上，我就得尽全力。现在九十九拜都过去了，就差最后一哆嗦。您老大人有大量，宰相肚里能撑船，我保证三天之内搞定这件事，再不给您添麻烦……"

"好好好！我帮你便是……"老吴烦透了，"这可是最后一次！"

　　"多谢，另外还得把大栓借我用用。"

　　"唉！全家上下都被你折腾遍了。"老吴一声长叹——深更半夜串门，还是钻窗户进来的，什么人啊！等老爷回来我就汇报，再不准这小子登门。

第九章
没钱！

星期一傍晚，刘文卿正准备吃晚餐。

米勒遇害案似乎已经尘埃落定，巡捕房对外公布的结果是飞贼小丑行凶，目前仍在搜捕中。作为少数知情人之一，刘文卿根本不相信这种说法，但他也没兴趣穷究真相，这次能守住他自己的秘密已经是侥幸，现在他只想尽快恢复平静的生活。实际上这两天情况已大为好转，各大报刊对此案的报道越来越少，也不再有记者在他家门口探头探脑，最令他感到欣慰的是，今早巡捕房终于撤去封条，餐厅可以继续使用了。

常言道："小别胜新婚。"刘文卿发现这句话用在他对餐厅的情愫上竟也十分贴切。晚餐时分他迫不及待洗干净手，披好餐巾，还特意放了一张评剧唱片《马寡妇开店》，并且跟着节拍挥舞筷子，像个快乐的小男孩。

坐在一旁的刘夫人却很紧张，虽然她没亲眼看到尸体，但是一想到坐在一间曾经死过人的房间吃饭，总感觉阴森森的，她紧闭双眼、手捻佛珠，心中不停地念着阿弥陀佛。

不一会儿工夫，小凤把菜端来了。刘家的晚餐从不将就，每天至少也是四菜一汤，这不仅是因为有钱，更因为有位好厨师。吃丛师傅的菜是享受，即便最普通的家常菜也能烹制出不一样的味道，反正主仆加在一起人口很多，可以多做几样，大伙都饱饱口福，尤其小刘和宝子年轻力壮胃口很大，堪当"净坛使者"，无论做多少菜都绝对不会剩。

今天的第一道菜上桌——凉拌菠菜。

刘文卿笑了："好！清口。"

第二道菜——清炒黄瓜。

"不错，败火。"

第三道菜——素烧茄子。

"咦？怎么都是素的？"

"我吩咐做的。"刘夫人把眼睁开了，"诸事不顺亡魂作祟，最好吃几天素斋。"

"什么亡魂作祟？"刘文卿皱起眉头。

刘妈正端着一笸箩馒头从厨房出来，听见此言忙接过话茬儿："我说老爷啊，您不知道，这两天街里街坊的都议论，说咱家闹鬼咧！"

"胡说八道！"

"俺也觉得是胡说，但这巷子左右各家的仆人都在传，瞧见咱家的人都躲着走。唉！也不知是哪个长舌头、不要脸、挨千刀的编出这样的瞎话，真是缺了八辈子德咧！"

刘夫人却说："你不要乱骂，有道是'无风不起浪'，兴许真有人在咱家房前左右瞧见脏东西了，那个德国人死得不明不白，他能不回来闹吗？依我说，多念几声佛、多吃几天素，实在不行请个菩萨回家供着，就是去去心病也好啊。"

刘妈听她这么说，立刻见风使舵："太太说得是，阴司报应的事儿不能疏忽，冤死鬼、吊死鬼、溺死鬼不都抓替身吗？咱们宁信其有莫信其无，明儿一早我就陪您烧香去。"

刘文卿素来不信神鬼之事，但是听她们主仆一唱一和的，心里也有点儿发毛——莫非真是米勒的冤魂作祟？什么事就怕瞎琢磨，这么一想喉咙发干、腿脚发颤、后脊梁发凉，饭菜吃起来也不香了，唱片听着像鬼叫，总感觉米勒的冤魂在身后转悠。

正在这时门铃响起，为了缓解紧张刘文卿亲自跑去应门——门刚一打开，有个巨大鬼影迎面扑来！

刘文卿连一声"救命"都没喊出来，只觉眼前一黑，已被鬼影紧紧抱住。

"真是太荣幸啦！今天早上我……嗯？刘先生，您怎么了？"来者献上拥抱，还想客套几句，却感觉刘文卿瘫软在自己怀里。

"呃……"刘文卿脸色惨白，渐渐缓过这口气，才发觉眼前是一张肥胖的大脸——高缇耶。天色已晚，门灯又没开，这个法国佬一开门就抱过来，闹了场误会。

"您怎么了？不舒服？"

"哦，不！"刘文卿虚惊一场，忙打起精神挤出微笑，顺手把门灯打开，"欢迎欢迎……您怎么突然有兴致光临寒舍？"

高缇耶一脸诧异："不是您邀请我来的吗？"说着从怀里掏出一张被他的大肚子挤得皱巴巴的请柬，"您说今晚七点在您家举行招待晚宴，务必准时光临。按照你们中国人的习惯，我特意早来半小时。"

"有这种事？"刘文卿大惑不解，"谁送去的请柬？"

"我也不知道，今早在公寓信箱里发现的。"

"让我看看。"刘文卿接过请柬正要看，又见高缇耶身后走来一人——沈海青。

"嗨！这次我没迟到吧？"海青笑呵呵走进来。

"你也是接到请柬来的？"

"是啊。"海青当然明白是怎么回事，却也认认真真掏出请柬。

刘文卿将两张请柬比对，字迹完全一样，面对这种怪事他只能实话实说，并没邀请任何人。高缇耶听罢大笑："幽默！很有趣的恶作剧，我喜欢！哈哈哈……"

海青疑惑地瞥他一眼——这家伙脾气急躁，今天明知上当竟还欢天喜地，怎么回事呀？

即便是有人恶作剧，客人来了也不能怠慢，刘文卿连忙把他们请到餐厅。高缇耶见了美食真不客气，拿起筷子就吃，黄瓜、菠菜这类素食对他而言简直是茉莉花喂牛，三口两口盘子就见底儿了，刘文卿忙吩咐丛师傅加菜，别再做素的，又叫小凤拿瓶好酒。高缇耶说自己大病一场刚刚痊愈，医生不让喝，刘文卿却说自己想喝——让这个大胖鬼吓的，压压惊！

肉菜还没做好，门铃又响了，管家老刘又领进一位客人，大伙瞧了半天才认出来——福克斯。

福克斯模样大变，瘦了足有十斤，花呢格子西服换成了黑大衣，蓄起了络腮胡，围着大围巾，还戴着墨镜，大晚上的黑灯瞎火，亏他戴着墨镜还能瞧见路。之所以改变装束是被小丑吓破胆了，这些日子他一直躲在美国兵营里不敢出来，今天冒着"生命风险"前来是因为接到一封信，信的署名是刘文卿，说今晚七点曹副厅长将在刘家揭开命案真相，作为证人请他务必到场。

看完这封信，众人都觉得事情复杂，不像是一般的恶作剧。这时曹副厅长来了，身后还跟着佩斯利警监，一进门就大喊大叫："小丑来了没有？他在哪儿？"

"小丑？"众人面面相觑。

曹副厅长手里晃着一张柬："我家信箱里发现刘会长的请柬，一看就是假的，肯定是小丑写的，上次也是这样，我认识他的字！"

海青暗笑——没错，你是认得，跟上次一样，都是老吴代笔嘛！

听说小丑要来，别人还倒犹可，福克斯吓得转身就跑，厅长一把攥住他手腕："别走！小丑的请柬不是乱下的，他可能要把那晚参加宴会的人重新召集起来，公布米勒之死的真相，无论结果如何，这次我一定要抓住他。"

佩斯利兴致索然，打了个哈欠："他真会来吗？"

"一定会，最好现在就检查一下门窗。"

"但愿如您所言。"佩斯利一脸怀疑——上次克瑞格的事就闹了个大笑话，至今他脸上还贴着胶布，走路一瘸一拐，实在不敢再信曹副厅长的消息，可厅长在巡捕房软磨硬泡一下午，死说活说还是把他拉来。

事情的发展果如厅长所料，紧接着格林夫妇和李亚溥也来了，不过他们接到的不是请柬，而是匿名信，各自的信上都写得明白，如果不想隐私暴露就在今天晚上七点前往刘家，否则他们的秘密将公布在明天的《津华日报》。众人在客厅沙发上就座，格林夫妇忧心忡忡一脸严肃，李亚溥满心狐疑并且也很沉默，双方都尽量不看对方。

最后一个到达的利迪尔，举着一封信，满脸气恼："格林先生，刘会长，为什么通知我取消体育场工程？你们必须给我一个正当的解释！"这就叫对症下药，请利迪尔参加宴会他八成不会来，想威胁他也没有把柄，但是提到体育场就动了他的心肝宝贝。

海青连忙向他解释，当然说的只是表面的情况。曹副厅长站在客厅中央，环顾众人："好啊，那天宴会的人都凑齐了。李大彪！立刻检查所有房间，说不定小丑已经……"

话音未落，门铃又响。

"来啦！"曹副厅长做梦都想抓住小丑，今天来之前更是做了无数种设想，可万没料到小丑会光明正大地从正门来，霎时间他精神亢奋，感觉浑身的血液都涌到头上，快步奔到门前，攥住门把手。客人们也都屏息凝神，死死盯着大门。

一派紧张气氛中，门缓缓打开……

出人意料的是，外面站着个年轻女孩，梳着两条大辫子，身穿中学校服。

"晓燕？！"

"爸爸，晚上好。"

曹副厅长顿感泄气，又随即震怒："你怎么会来这儿？今天是星期一，早晨不是把你送到学校去了吗？"

晓燕一脸羞涩："对不起，早上您发现请柬时我也看到了，感觉您神色不对，后来你和李大彪嘀嘀咕咕我也听到了。知道小丑要来这儿，很想亲眼看看，所以就……"

"你偷偷从学校跑出来的？不对，这个时间寄宿学校应该已经锁门了呀！"

"我怕校门上锁，中午就溜出来了，在家里藏了半天。"

"逃学！"厅长更生气了，"你、你竟敢逃学！"这要是在自己家里他肯定要去拿鸡毛掸子。

"就这一次！"晓燕连忙摆出撒娇的样子，噘着小嘴，抓着厅长的胳膊一个劲儿摇，"我就想看看小丑是什么样子，下不为例，真的就这一次！"

海青捂嘴窃笑——逃学这种事，有第一次就会有无数次。

父女俩还在喋喋不休，佩斯利看不下去了："你们别再争吵啦！我没兴趣看你们的家务事。现在究竟什么状况？你们声称小丑要来，说得有鼻子有眼，可是现在已经七点十分了，连小丑的影子都没见。你们该不会又耍我吧？"

这话刚出唇，忽听头顶上一声叹息："唉！人穷志短马瘦毛长，我早就来了，你们这些有钱人都不理我呀。"

众人大惊，顺着声音抬头望去——别墅的房顶很高，就在中央的大吊灯上攀着一个黑衣人，头戴小丑面具。

苍白的脸庞，圆圆的鼻子，弯弯上翘的红嘴唇，唯有眼睛处有两个孔洞，露出炯炯有神的眼眸，右边眼角下还挂着一滴猩红的血泪——正所谓物极必反、乐极生悲，笑容一旦夸张到极点反而给人狰狞的感觉。若是在马戏团或者戏台上看到小丑，谁也不会感到可怕，而现在他突然出现在吊灯上，这情景甚是诡异。

只见小丑突然撒开抓着吊索的双手，身子一晃将要跌落，众人一阵惊呼，下意识地向四外闪避；可是小丑并没掉下来，他双腿钩住吊灯，脑袋朝下倒挂在半空。由于这个剧烈动作，整个吊灯随之摆动，小丑的身子如秋千般荡来荡去，映照出的黑影也在客厅里晃来晃去，就像一只吊死鬼！

所有女士齐声尖叫，除了曹晓燕是因为兴奋而尖叫，其他女士都是因为害怕，尤其刘夫人又一次展示了她那具有穿透力的女高音，感染得一位男士也跟着叫——福克斯，他又有脖子上架着刀的感觉了。

"不要慌！安静！都坐下！"曹副厅长呼喊着。

佩斯利却呆呆仰着头，没想到这次厅长还真说中了，他愣了半晌才质问："你想干什么？"

"呸！"小丑倒挂着开了口，"一张纸画个鼻子——好大一张脸！我没问你呢，亏你还有脸问我。"

"你想问我什么？"

"少他妈装糊涂，是不是你对报界宣布我是杀人凶手？你说这话有证据吗？凭什么污人清白？"

佩斯利无言可对，掏出手绢擦着冷汗。

小丑接着训斥道："俗话说得好，外来的和尚会念经。可你这个洋和尚也是个白痴，还别说念经，连喇叭都不会吹，歪嘴吹喇叭——尽是邪气！八分钱买个夜壶——不是好物！办案时媚上欺下、畏首畏尾，就知道看董事会的脸色行事，赶车不带鞭子——全凭拍马屁！"

海青听了直皱眉——你哪儿这么多俏皮话？

佩斯利毕竟是外国人，听了个一知半解，但也猜到不是好话，不禁恼羞成怒："你想干什么？把我们召集过来，就为戏弄我们吗？"

"闭嘴！谁下帖子请你了？自作多情。今天没你说话的份儿，老老实实站墙角听着，再敢胡说八道，我放狗咬你！"

佩斯利似是被克瑞格咬怕了，闻听此言非常紧张，忙低头察看，唯恐他真带来一条狗。曹副厅长接过话茬儿："小丑，咱俩也算老相识了。莫非还像上次一样，要宣布命案真相？"

"嗯，这话才上道。"

"好。"厅长微微冷笑，"且容你说……"后半句话他藏在心里没说出来——等说完这件事再算咱俩的账！

"嘿！"小丑笑了，"拔了萝卜栽葱——一茬比一茬辣！您这张脸比他还大，得便宜卖乖呀？你们这群废物点心查这么久，笑话闹了一箩筐，连头绪都没理清，我觉得你们不容易，好心好意来帮忙，瞧您这官老爷的派头，还有脸冲我龇牙？你倒是对我客气点儿呀！鞠个躬、作个揖，也小不了你、大不了我的。"

海青暗骂——咋这么贫呢！相声里的话都用这儿了。

曹副厅长气得直哆嗦，想叫他低头作揖？门儿都没有！但此刻他又想知道真相，不能翻脸。晓燕上前一步，笑呵呵道："小丑先生，我是曹厅长的女儿，案发那天也在场。我有一言，说出来你可别生气。你虽然行侠仗义，终究是遮遮掩掩、偷盗窃取，说句不好听的话也是匪类；或许你觉得我父亲不够聪明，但他每天起早贪黑、恪尽职守，还算是个好官。有道是'官匪不能同路'，他若向你行礼，传扬出去不好，不但折了他当官的面子，也显得你贪图名利。这样吧，我替父亲向你行礼。"说着她模仿男人的样子抱拳拱手。

"哈哈！"小丑大笑，"好个伶俐的姑娘，又聪明又漂亮，这张巧嘴比说相声的还厉害，句句说到我心缝儿里。难得厅长有你这样通情达理的女儿，也罢，看在你的面子上这个忙我一定帮。"

海青窃笑——这些话回去我就拿本记下来，改天告诉甜姐儿，看她怎么收拾你！

晓燕一挑大拇指："你真够朋友。"

"闭嘴！"厅长把女儿搡到一边，"这么大的姑娘，疯疯癫癫的，不知害臊。"

小丑漫指下边众人："前头有车，后头有辙，哪儿丢的哪儿找，既然命案出在这幢房子，还得在这幢房子解决，除了那天晚上在场的主人和宾客，无关者马上离开……包括仆人，赶紧回自己屋里睡觉，别掺和闲事。若还有一个无关之人在场，我就不说了。"

刘家的仆人早吓得心惊肉跳，闻听此言如逢大赦，赶紧从后门离开，各回各的小屋。佩斯利依旧带着那两名最信任的部下，三人悄悄耳语几句，两名巡捕随即走出房子，一个掏出手枪守在正门，一个去邻居家借电话，通知巡捕房加派人手。曹副厅长也低声吩咐李大彪："你绕到后面巷子里，守住后院门，不准放任何人离开。"说完他自己溜达到楼梯口——厅长想明白了，一楼窗户都检查过，锁得很严，小丑一定是从楼上的窗户或者露台溜进来的，现在前后门都封锁，只要再堵住楼梯他就跑不了啦！

无关之人都走了，小丑指着站在墙角的佩斯利："你怎么不出去？"

"不是你让我站这儿听着吗？"

"瞧我这记性！好吧，你可以留下。"小丑还没忘损他一句，"大伙都听我的，千万别理他，就当墙角立了个电线杆子。"

海青实在忍不住，插了一句："屋里哪儿来的电线杆子？"这包袱不合理。

"电不够用，我另外架条线，你管得着吗？"小丑索性以歪就歪训斥海青，"十处打锣九处有你，上次'三不管'的案子你就跟着掺和，这次租界出事儿你又来起哄。铁拐李过桥——总嫌路不平。你要是真有本事也罢了，就会瞎添乱，没用的少爷秧子！"

海青挨了骂，心里却高兴——好！多骂我几句，旁人就不疑心咱俩的关系了。

"嗯！"小丑清清喉咙，这才话入正题，"两星期前刘会长在家举行宴会，所邀的宾客……也就是在座的诸位，虽然久居租界，却分别来自英、法、德、美等不同国家。人多是非多，再加上前些年打过一仗，闹了不少口角。事实上这不是一场简单的宴会，说句难听的话，夜猫子进宅无事不来，赴宴的每个人各有心事，都是抱着目的而来，包括遇害的米勒……"

海青暗自庆幸——谢天谢地，今天总算没用"老米""老高"之类的称呼。可转念一想，说相声的嘴都不笨，难道苦瓜真的说不惯外国名字？还是他早料到有亲自揭开真相的这一天，故意在厅长等人面前称呼外号，以防有人察觉小丑就是曼伦？这小子真狡猾！

"但是！无论诸位赴宴的目的是什么，都事先接到邀请或者打电话联系过，唯独有一位贵宾是不速之客。"

众人闻听先是一怔，随即所有目光都望向楼梯。

"没错。"小丑点点头，"这人就是曹副厅长，他还带着女儿，其实他也有自己的目的，不过跟此案无关，但他的意外到来非常重要，至少证明一点——杀人不是有预谋的。"

众人面面相觑表示不解。

"道理很简单，他是警察厅的副厅长，而且当时还穿着警服，威风凛凛一派正气。试问哪个凶犯敢在这样一位资深警探的眼皮底下杀人？

即便事先有杀人计划也得作罢。可米勒还是死了，所以我想这不是蓄谋已久的杀人，而是意外，或者说是一时冲动之下杀人。"

厅长不赞同："但也可能……"

"不！我知道您想说什么，您猜测这桩案子涉及重大阴谋，有间谍或者杀手，他们不畏惧您。错了！这样想可以理解，因为客人来自不同国家，每个人的身份都不一般，又是在南北交战的特殊时刻。不过很遗憾，这种猜测毫无根据，纯粹是瞎揣摩。虽然您是破案专家，却犯了和其他人一样的毛病，只着眼于和自己有关的人和事，忽略了别的。而且您千想万想也没想到，恰恰是您导致了米勒遇害。"

"什么?！"厅长又气又笑，"难道你指认我是凶手？"

"别激动。我没说您是凶手，只是说您跟米勒之死有关。凡事有因有果，您在这宗命案里扮演的角色很有趣，恶因非是您种，恶果也不是您摘，但是您却意外促成了凶案发生。"

厅长越听越糊涂："你这话什么意思？"

"别急，一会儿您就明白了。现在让我们回顾一下，看看当晚电影放映期间发生了什么事，首先说说死者米勒。他原本的姓氏是冯米勒，据说'冯'是贵族标志，后来他把'冯'去掉，也正因为这个改变引起厅长的疑心。其实这未免大惊小怪，一战后德国皇帝退位，贵族改姓再正常不过。这样的事很常见，中国也有，据我所知北京天桥有一对父子艺人，父亲变戏法儿、儿子说相声，他们是八旗子弟，满语'觉罗'简化汉姓是'肇'，后来清朝灭亡，'铁杆老米树'倒了，他们沦落江湖靠卖艺为生，就把满人的'肇'改为赵钱孙李的'赵'，这不是很平常吗？"别看小丑侃侃而谈，其实这俩字他都不会写，此事是听前辈艺人聊天时提到的。

厅长嘴上不承认，心里却想——或许真是我太过疑心。

"米勒在世界大战前的职业是医生，现在的身份是房产商人，其实是公益性的，他孤身一人，已经年逾七旬，想在有生之年多为同胞做点儿好事，于是奔走各个租界，利用多年来他在中国结下的关系帮德国侨民解决住房问题。他参加宴会抱着两个目的，主要目的是和一个人密谈，想必大家猜到了，他带来影片就是为了把其他客人吸引开。至于密谈的对象是谁，曾有许多种猜测，其实越简单直接的想法越合理。好比我们想买鞋就去鞋店，想吃饭去饭馆，如果想买鞋偏要跑去饭馆，再把鞋店掌柜约到饭馆谈生意，岂不是自找麻烦？所以米勒密谈的对象正是刘会长，因为这是刘会长家，也只有刘会长有权让仆人们也去看电影，以便在餐厅进行私密谈话。他们之间已有默契，只要看见米勒提着箱子进门，刘会长就知道将有一场唇枪舌剑……而他们究竟在谈什么呢？"

刘文卿不动声色，心里却紧张起来。

小丑毫不客气当面说破："刘会长早年在德国洋行当买办时曾盗用库银放高利贷，他的同伙在战争中破产，遣返回国一病不起，临终之际把这桩往事告诉了医生，也就是米勒。米勒抓住把柄，回到中国后勒索刘会长，叫他以极低的价格把几栋房子转租德国侨民……刘会长，恕我直言，且不论你当初盗用洋行的钱算不算犯罪，放高利贷也没少逼死人吧？依我看米勒的要求并不高，已经够便宜你啦！"

刘文卿双目直视前方，不理睬小丑，也不理会众人责备的目光——虽然此事已经摆平，但当着工部局董事、巡捕房总监的面被人揭破还是很难堪。如果是别人揭露可以打官司，可现在面对的却是飞贼，法院的传票都不知往哪儿下。刘文卿是聪明人，知道狡辩无益，索性不屑一顾保持沉默。至于刘夫人，只是闭着眼捻佛珠，什么光彩不光彩、卑鄙不卑鄙，男人的事她管不了，也不想管，她只管念弥陀，祈祷这场乱子快结束。

小丑接着道："米勒专挑刘家宴请客人时登门，其实是威胁，如果刘会长撕破脸，他就要走出餐厅向客人公开秘密。这把刘会长搞得很被动，既不想答应，又不敢将其拒之门外，前几次交涉甚至发生过争吵，被管家和厨子无意间听到。但刘会长终究是个聪明人，晓得孰轻孰重，以往的丑事一旦暴露将影响他的军火生意，所以他考虑再三还是答应了米勒，也就是在那天晚上。商量妥当后刘会长立刻回二楼看电影，书房里很黑，根本没人察觉他出去过；而米勒则独自留在餐厅里，等待着和另一人会面。"

"那人是谁？"曹副厅长早就好奇这个问题。

"是格林先生。这正是米勒此行的第二个目的，其实与刘会长的情况相似，米勒同样希望格林先生能在侨民问题上予以帮助，只不过他没有格林的把柄，所以用了另一种方式——贿赂。他给格林家送了一条纯种的德国猎犬，名叫克瑞格……站在墙角的'电线杆'先生，您一定印象深刻吧？"

佩斯利被他气得五迷三道，却不敢发作，只能耐着性子等待大批巡捕赶来。

"但是贿赂与勒索不同……"小丑接着说，"虽然格林夫人接受了礼物，格林却不想帮这个忙，米勒仍然被动，他可以向工部局举报格林夫妇，但那样做的结果是格林将失去董事职位，对他而言还是得不到好处，所以他只能继续争取。或许有人要问，既然是他有求于格林，为什么那天晚上不主动去找格林，而是坐在餐厅里等呢？因为这之前有个意外，就在他和刘会长密谈的时候，格林曾拉开餐厅的门，他们彼此看见了。米勒误以为格林先生也正想找他谈谈，所以才在餐厅里等；而不巧的是刘会长当时背对着门，格林又迅速把门关上了，所以刘会长没能看见是谁。"

厅长听到此处格外振奋，这与刘文卿先前的供述对应上了："这么说凶手果然是格林？"

"不！格林先生确实讨厌米勒，但还没讨厌到要杀他的地步，而且他自己还一身麻烦，根本顾不上米勒。那晚他正被另一个人勒索，其实拉开餐厅门时那名勒索者就跟在他身后，只是被他挡住，米勒没看见。那名勒索者知道格林夫妇的隐私，而且掌握一张照片……"

"不！"格林夫人歇斯底里地大叫起来。

"丽萨……"格林赶紧搂住妻子，"别怕！无论发生什么事，我都陪在你身边。"说罢他抬头仰视小丑，那眼神充满矛盾，既有愤怒又像是哀求。

"瞪我干什么？炫耀你眼睛大，是不是？"小丑戏谑了一句，又把话往回收，"行啦行啦！我知道你们委屈，也没说什么嘛。人有脸树有皮，舌头根子压死人，万一这位夫人有个好歹，岂不要怪到我头上？咱这人厚道，一向规规矩矩做贼，从来不欠人命债，反正这桩隐私与米勒之死关系不大，我就嘴下留德，不说出来了。"

格林夫人如释重负，身子一晃，昏倒在丈夫怀里。仆人都被小丑赶出去了，曹晓燕自告奋勇："她惊吓过度需要放松，我去给她倒杯水。"说着起身而去。

小丑想要阻拦，却见她向客厅后门跑去，暗自松口气，待晓燕出去才接着说："至于那位勒索者，就在诸位之中，念在你并未得逞，而且还得顾全格林夫妇的颜面，我也不点名了。但请你回去后立刻烧掉那张照片，如果不烧我就亲自上门去烧，那时可就不是烧一张照片了，连房子一起点！"

海青偷偷瞟了李亚溥一眼——便宜你啦！

"当天晚上，格林和勒索者本来想去餐厅谈话，因为巧遇米勒他们，又转移到三楼露台。当时的情景我能想象到，格林拉开餐厅门看见米勒时一定很尴尬，躲还躲不过去呢！格林那天之所以神神秘秘，又是乘汽车，又是给自家仆人放假，就是为了防备米勒，他唯恐自己受勒索的事被米勒发觉，那样米勒也会抓住把柄，他就会被两个勒索者纠缠啦！他为了牵制米勒，甚至另外拉来一位陪客，就是倒霉的福克斯先生。"

福克斯仰躺在沙发上，一动不动浑身僵直，瞪着惊恐的眼睛，连眼皮都不敢眨，唯恐小丑突然跳下来给他一刀。

"格林之所以硬要拉上福克斯，是因为福克斯是搞电影的，而且向来夸夸其谈多嘴多舌，格林寄希望于福克斯能缠住米勒，聊电影方面的话题。福克斯不负所望，虽然那晚他因为喝酒有点儿迷糊，仍是兴致勃勃，打算和米勒好好聊一聊，他摸黑在书房里找了半天，发现米勒不在，而且久等不归，于是又在房子里寻找，最终在餐厅发现尸体。可是福克斯先生太鸡贼啦！他觉得客人之中只有他是外来的，在天津没有任何社会关系，生怕自己背上黑锅，所以他既没报警也没告诉大家，装作若无其事，继续看电影，致使格林夫人成了第一个发现凶案的人。只是他当时太慌张，不小心碰翻花瓶，留下了指纹，不但弄巧成拙招来更多麻烦，还误导了调查……福克斯先生，我对你做过失礼的事，对不起，但是以你的所作所为，受受惊吓也是活该！请你记住这次教训吧……放松放松！我不会伤害你，别那么紧张嘛，笑一笑嘛。"

虽然话已说明，福克斯哪儿笑得出来？小丑下令他又不敢不听，于是勉强咧了咧嘴——这笑容比哭还难看。

小丑话锋一转："福克斯先生已经很倒霉了，但有位先生比他更倒霉。福克斯至少看了半场精彩的电影，还经历了一场冒险，而那位先生整晚上都在厕所里……是不是，高缇耶先生？那天下午你得到不少珠宝订单，心情愉快食欲大增，再加上刘家有位厨艺高超的师傅，菜肴色香味俱全，所以你就狼吞虎咽风卷残云。唉！虽说能吃是福，也要注意身体嘛，饭菜是人家请的，肚子却是自己的，吃坏了肚子，进去得快出来更快，岂不是白忙活？"

高缇耶的大圆脸羞得就像刚出锅的红烧狮子头，连忙摆手，示意别再说了。

小丑偏要继续说下去："电影刚开始你就觉得不舒服，跑进厕所上吐下泻，我猜你可能都拉得提不起裤子了，足足折腾了一个小时，什么电影情节都没看见。在这期间别人也敲门想用厕所，你觉得自己占用的时间太久了，心里过意不去，更怕大伙嘲笑你，于是又从二楼厕所溜到一楼厕所继续拉，甚至一不留神，腰封上还沾到……"

"别说啦！"高缇耶羞得无地自容，双手捂着脸，"太丢人啦！我要减肥……我要节食……"

虽然气氛很紧张，但是众人瞧他这副窘态，还是忍不住窃笑，尤其海青，他想起那次因为腰封的事去高缇耶家，还带了一包点心，当时高缇耶不吃不是因为不喜欢，而是因为不能吃，他的病是急性肠胃炎！

曹副厅长却笑不出来，他厉声质问："为什么连这样的小事你都清楚？你究竟是什么人？谁向你透露的消息？"

"厅长，您太过分了。猫有猫道鼠有鼠道，干什么都有规矩，梁上君子岂能自报名号？这话您就不该问。不过看在老相识的分儿上，我就破个例，给您点儿提示，有个报界的朋友一直在帮我搜集消息，您老人家这么聪明，一定猜得到他是谁。"

海青暗笑——干得漂亮！吴梦生给咱添了这么多乱，也该给他找点儿麻烦。

"好啦！"小丑继续道，"最后还剩三位年轻的客人。尊敬的利迪尔先生，虽然他是什么冠军来着，但是淡泊名利，宁愿去当一个普普通通的教师，他参加聚会只是推托不开；再有就是利盛商行的这位少东家，沈海青先生素来游手好闲，是租界有名的少爷秧子，就爱到处凑热闹；还有刚才出去的曹小姐，她本来是被厅长带来充当翻译的，结果她自己反倒又吃又玩。他们仨才是真正欣赏电影的人，呃……或许还有刘夫人和老妈子也看得津津有味，总之他们全神贯注，完全被电影吸引，根本不知身边发生的一桩桩丑恶交易，也不知米勒静悄悄等在餐厅里，最终等来的不是格林，而是催命无常。"

小丑的讲述到这里戛然而止，客厅里安静下来，过了几秒，曹副厅长问："然后呢？"

"什么然后？都说完了呀。"

"这就完了！凶手呢？"

"呵呵呵。"小丑笑了，"说了这么多你们怎么还不明白？凶手根本不在诸位之中。"

先是一阵无声的寂静，继而厅长和佩斯利都怒不可遏："你还是在耍我们！"

"别急嘛，老子言出必行，我知道真凶在哪儿……此时此刻他就在门后。"

什么？佩斯利眼疾手快，立刻冲过去，拉开正门——却见外面除了他那两个部下，并没有其他人。

"笨蛋！我说的不是那扇门！"小丑松开挂在吊灯上的双腿，半空中翻个跟斗，众人只觉眼前黑影一闪，他已稳稳落地，随即蹿向餐厅，将门猛地一拉。

餐厅里果真站着一人——刘家的厨师丛富贵。

一时间，客厅里静得出奇，所有坐着的、站着的、倚在楼梯上的人仿佛都变成了木雕泥塑，一动不动，瞪着迷惑的眼睛，注视着餐厅门后的那个人。

为什么是他？这不合情理、不合逻辑，根本解释不通，会不会搞错了？然而事实摆在眼前，已不需要质疑，因为丛富贵的反应已证明一切——他浑身颤抖、满面惊惶，踉跄着后退两步，似是想要转身逃走，却脚下一软瘫倒在地；随即意识到自己穷途末路，长叹一声垂下了眼睑，眼神中尽是绝望。

"我就知道你肯定在偷听。"小丑注视着他，"这件事对你而言可是关乎性命呀！我之所以把仆人们都撵回房间，就为单独引你过来，如果老刘他们还在餐厅、厨房走动，你就不方便过来了，对吧？"

丛富贵毫无反应，只是瘫坐在地喘着粗气。

"怎么会是他呢？"曹副厅长憋了半晌，终于喊出这句疑问。

小丑转过身来面向楼梯："厅长啊厅长，您可真是百密一疏，为何不好好调查一下当天晚上仆人们的活动？"

"我调查过了，那晚除了老刘他们一家三口陪在书房看电影，其他下人都在后院吃饭，这期间没任何人走进过房子。当时不单有丛师傅，还有女仆小凤，有米勒的车夫，甚至李大彪也在场，他们素不相识，怎会帮他做伪证？"

"嘿！拉不出屎来怪茅房。没有人做伪证，只是您忽略了他们的供述。当晚仆人们的小宴席上，丛师傅得知李大彪是同乡，特意给他加了道菜，有这件事吧？"

"这……"厅长明白了，做菜时自然要进入厨房，怎么能说没任何人走进过房子呢？这是心理上的盲点，可依然令人费解，"就算他进过厨房，做菜过程也不过就是三四分钟，如果时间稍长李大彪早就汇报我啦！在这么短的时间内……"

"问题就出在那道菜上！那道菜是肚丝乱蒜，是一道敬菜，您懂得什么是敬菜吗？"

作为顺兴楼饭庄的股东之一，这点曹副厅长倒是明白："就是赠送给客人的菜，通常不写在菜单上。"

"没错。敬菜都是就地取材信手拈来，做起来简单快捷，肚丝乱蒜也是一样。我调查过当晚的菜品，其中有一道油爆猪肚，对吧？高级宴席都讲究菜肴造型，原料要优良，摆盘要精美，猪肚要切得大小均匀，每块都一样，这样自然会切下许多边边角角，那就是肚丝乱蒜的原料。那天还做了许多好菜，不会没有高汤吧？只要把高汤烧开，加入作料，猪肚不能长时间煮，稍微一氽，来点儿淀粉勾芡，最后再撒点儿蒜末，这道菜就做好了，也就是两三分钟。况且丛师傅手底下很麻利，即便是这两三分钟，大部分时间都是闲着，等高汤烧开。餐厅与厨房只是一门之隔，他利用这段时间杀死米勒足够了，前后过程也就几十秒，兴许他杀完人回来汤还没开呢。"

"但他身边还跟着个小徒弟呀！"

"哎哟，我的大厅长！您没在饭店学过徒吧？"

厅长白他一眼——废话！我一个警察，跑饭店学哪门子徒？

"这您就不懂了，每个大师傅都有绝活儿，轻易不传徒弟，每当做拿手菜或者调味的时候总会设法把徒弟支走，唯有天长日久，师徒感情深厚了，临出师时才告诉徒弟。当徒弟的不仅要时时处处伺候好师父，也得会看脸色，知道师父做私房菜得赶紧躲开，不能招师父厌烦，弄不好会被逐出师门的。那晚丛师傅临时兴起，要展示手艺加一道菜，徒弟莫说在旁边看，问都不敢多问。"说到此处小丑心里暗自侥幸，若不是前两天听到牛三爷、杨师傅等人那番议论，又跑到几家饭店后厨的房上偷偷观摩，他也不清楚这其中的门道。

"可是……"厅长依然百思不得其解，"没有动机啊！他为什么要杀米勒？难道疯了吗？"他想冲过去质问丛富贵，但是刚一迈腿马上意识到自己所处的位置——姓丛的这副尿样跑不了，抓小丑要紧，守住楼梯不能动！

"谁说没有动机？"小丑回头扫了一眼丛富贵，"米勒对你的威胁太大了，必须叫他死，对不对？"

丛富贵依旧像摊烂泥一样瘫在那里，冷汗涔涔而下，双唇颤抖，说不出一句话来。

"唉！我替你解释吧。"小丑解开夜行衣的纽襻，从怀里掏出一张纸，"不知大家察觉没有，丛师傅身上有许多不合常理的地方。首先他作为一名家庭厨师，竟然不住在主人家里，而是每天早晚奔波于自己家和工作的地方，这正常吗？曹副厅长、格林先生、沈少爷，你们各位的厨师每天都回自己家吗？"

众人全都摇头。

"更有意思的是，他本人不住在主家，却叫徒弟借住在主家，这也不合常理。只要是耍手艺的，甭管哪个行业，也包括某些艺人，学徒都住在师父身边，莫说沏茶倒水，连家里扫地挑水、拎包扛箱、抱孩子、倒夜壶都是徒弟的活儿，丛师傅却不叫徒弟住自己家，这奇怪不奇怪？再说他那个徒弟，那孩子刚入行，在饭馆学徒不到半个月就被他领到这儿来帮厨，丛师傅为什么要找一个毫无经验的小徒弟？刘会长交际广泛，三天两头宴客，厨房工作很繁重，招个聪明能干的小伙计不是更好吗？这不是工钱的问题，以丛师傅的本事，只要他肯教，多少墩上、灶上的伙计上赶着来当徒弟，根本不用分他们钱。再有，丛师傅有个奇怪的癖好，总是吃完午饭之后上街遛弯儿，顶着火辣辣的太阳也不嫌热，而且他身上还总有酒气，这又是怎么回事？其实说了这么多，丛师傅出现在这里本来就不正常，像他这样的名厨师，在天津卫任何一家饭店都可以当上主厨，为什么偏要当家庭厨师？"说话间小丑已把手里那张纸折成了飞机，又转而问，"刘会长，您曾对客人们说丛师傅是您三顾茅庐请来的，可是我听到传闻，说当初是他主动找到你家，究竟哪个对？"

刘文卿这会儿脑子都乱了，自家厨子竟然是杀人犯，又要闹出不少风言风语，但他还是故作镇静，强笑道："几个月前确实是丛师傅毛遂自荐，一开始我没当回事，到外面一打听才知道名头，立刻高薪聘用。至于我跟客人说的话，不过是人敬人高，添点儿噱头嘛。"

"您可真是雇了个好厨子……"小丑猛一回头，"厅长！接着！"说着已把纸飞机抛过去——厅长防着他，他也同样防着厅长，不敢亲手递过去。

厅长接住展开一看，是张发黄的旧纸，上面密密麻麻写了许多外国文字："这是什么？"

"西医的诊断书。"

"这好像是德文吧？看不懂。"

小丑嘻嘻一笑："就知道你不懂，我懂呀！咱是仰知天文、俯察地理、中晓仁和，明阴阳、懂八卦、晓奇门、知遁甲，运筹帷幄之中，决胜千里之……"

海青暗骂——大话不够你说的！莫说德文，汉字都不认识几个，还好意思吹？就为这张诊断书，把我们全家折腾得够呛，一大箱子从米勒家偷出来，自己搬着费劲，半夜三更大栓用洋车拉回来的；米勒那龙飞凤舞的字随便找个德国人还看不懂，老吴不知说了多少好话才把王大夫请来，一百多张诊断书，一张一张看，找了一天才发现，这还幸亏米勒存着没扔，多侥幸呀！

"少废话！这上面究竟写的什么？"厅长忍不住了。

小丑傲然道："具体的我不多说了，说出来你也不懂，大致告诉你就得了。"其实他也不懂，"写诊断书的医生正是米勒，病人是丛师傅，诊断时间是在九年前，至于病症嘛……肝炎。"

这两个字出口，众人似乎意识到什么，刘文卿、高缇耶等人都不禁摸着自己喉咙。

小丑娓娓道来："大约十年前，丛师傅已经响名于天津厨师界，他之所以突然销声匿迹，并非游走四方增进厨艺，而是得了肝炎。对厨师而言，一旦患上严重的传染病，职业生涯也就告终啦！他不敢声张，立刻辞掉差事，可能还搬了家，对外宣称离津学艺，其实是暗中求医问药，还不敢找有名的中医，特意跑到租界找西医看病，这位医生正是米勒，当时还叫冯米勒，在德租界经营私人诊所。治疗的效果并不好，而且没能持续，因为不久之后米勒就被遣返回国了。那之后丛师傅一定也找别的医生看过，可一直没治好，据说这种病有的终生无法治愈，所以丛师傅真的只能离开天津了。毕竟他从小学的就是这一行，干不了别

相声神探 2　　259

的，外乡人不熟悉他，他可以换个名字继续找饭店工作，但是有个难题……肤色。"

众人盯着丛富贵那黑黝黝的面孔，越发惴惴不安。

"肝炎又俗称黄病，得了这种病的人面黄肌瘦，可以看出来，怎么掩人耳目呢？丛师傅想了个绝妙的办法——晒太阳，把皮肤弄黑。大伙不妨去俱乐部看看，有些人唱《花生小贩》时就在脸上涂鞋油，伪装出沙滩日晒的感觉，涂完之后原本什么肤色根本瞧不出来。丛师傅从那时起养成习惯，越是太阳火辣辣的时候他越要出去遛弯儿，还不戴帽子，把皮肤晒得黝黑就显不出黄病之态，这个办法固然简单，但必须持续，如果长时间不晒就会逐渐恢复本色。就这样他在外地闯荡多年，或许是到处奔波太辛苦，或许是收入方面不理想，最终他又回到天津。再到大饭店担任主厨怕人多眼杂露出破绽，于是退而求其次，找个有钱人家当厨子，他还需要一个打下手的，特意找了个刚入行没见识的小孩，不至于露了马脚。他之所以不在这儿住，八成是因为每天早晚还在服用汤药，不能让主家看见，对吧？也不能让小徒弟看见，所以本人不住主家，徒弟却得住。还有他之所以经常有酒气，并不是真的爱喝酒，而是时不时在身上洒点儿酒，用酒气遮盖药气，他的病是慢性的，直到现在都没治好……"

说到这里众人都觉后怕，摸头的摸头、摸脉的摸脉，唯恐自己已被传染，尤其高缇耶，刚还吃过刘家的菜，不禁干呕起来："喔……我的天哪！伤寒玛丽[1]……喔……"

"不！"丛富贵突然大吼一声，颤抖着站起来，他不否认杀人，却要维护厨师的尊严，"这病如果真的严重，我早就死了，根本就活不到今天！其实我差不多已经好了，只是这该死的黄色一直不褪，偶尔疲倦乏力、食欲不振，所以才坚持用药……我从未传染任何人！我的菜绝对没问题！"

---

[1] 伤寒玛丽，世界上首例无症状伤寒病毒携带者，美国人，由于其从事厨师工作，传染了很多人。

"唉！"小丑扭头望着他，不禁叹息，"不管你的病好没好，就凭你曾经得过肝炎，任何一家饭庄都不可能安心雇用你。本来你在刘家偷偷摸摸谋这份差事，也算安安稳稳收入丰厚，可是造化弄人，偏偏这时候米勒出现了。我猜从他第一次登门，你就认出他了，对不对？好在他没认出你，因为他治过的病人太多，时隔多年早就想不起来。但你肯定对他格外留心，又无意间听到他和刘会长在餐厅争吵，管家老刘或许都没上心，而你一定很在意，听得非常仔细。偷听他们谈话之后你更害怕了，因为米勒在勒索刘会长，他是个敲诈犯！你想到如果有一天他认出你，知道你在当厨师，一定也会像勒索刘会长那样勒索你，对吧？"

丛富贵痛苦地点了点头，两行泪水簌簌而落——看得出来他并不是一个铁石心肠的人，似乎真是被逼上绝路。

动机似乎已很明确，但是……

"曹副厅长。"小丑突然呼唤，"接下来我问他几句要紧的话，您可要竖起耳朵仔细听。"

厅长莫名其妙，为何突然提醒我注意？

"姓丛的！"小丑故作威严，扯着嗓门嚷道，"你哭什么？别再惺惺作态啦！你蓄谋已久杀死米勒，还想博取同情吗？"

"不是……"丛富贵听他这么指责自己，委屈辩解道，"根本没有预谋，我从来就没想杀他，也说不准他哪天来。"

"胡说！米勒来刘家好几次了，为什么偏偏在那晚下手？"

"因为那晚他认出我了，却没说破，他一定是想敲诈我……"

"没说破你怎么知道他认出来？"

"他暗示我。"

"怎么暗示你的？"

丛富贵怔怔望着前方，仿佛又看到那可怕的一幕："当时我正在做汤，老爷叫我出去，说客人对饭菜很满意，要向我敬酒，当我走出去时才知道米勒又来了。他当时坐在餐桌前，别人和我拥抱，他却一脸阴笑，他、他说……有些事、有些人他一生都不会忘，至今还历历在目……历历在目……他都记得……"话未说完已泣不成声。

"什么?!"曹副厅长如遭五雷轰顶,眼前一黑,身子一软,若不是抓着楼梯扶手,险些晕倒在地——米勒那话是对我说的,他认出的是我呀!难怪小丑会说是我导致米勒遇害。老天爷,怎么会这样?挽救我一条胳膊的人,岂不是阴错阳差死在我手里?

那个既可怜又可悲的凶手又一次瘫坐在地,直到现在他还不知一切都是误会,仍在凄凄惨惨地哭诉:"听到那句话我吓坏了,他认出我却不说,只是暗示我,一定是想从我身上榨取钱财……多数时候我做完饭就走,那天特意留下跟大伙一起吃饭喝酒,大约八点钟时我说要给大家加道菜,去厨房做了一道肚丝乱蒜,熬汤的时候我推开通往餐厅的门看了一眼……那家伙果然独自坐在里面,分明是在等我!我害怕极了,但事到临头避无可避,只能硬着头皮进去,至少先听听他有什么条件……那个混蛋!他竟然还装糊涂,说不认识我,分明是想逼我承认自己得过肝炎的事,我只好说出来……笑!他冲我笑!那笑容阴森森的,他暗示我时也是那样笑……"

海青虽然昨天就已知道全部真相,但此刻听丛富贵亲口说出仍觉得毛骨悚然——笑容!同样的笑,在曹副厅长看来是故人重逢喜悦的笑,可在丛师傅看来却是包藏祸心的阴笑。这世上的人每天都在笑,有多少出自真心?又有多少出自假意?戴着面具的岂止小丑。

丛富贵抽泣着:"我当时刚捣完蒜末,手里正攥着蒜锤子,是石头的,看到那个笑容我又害怕又生气,也不知怎回事,我一时冲动就铆足力气朝他脸上……等我回过神儿来,他已经……我不想杀人啊!但是没办法,就算他敲诈我也没有钱,这些年在外面隐姓埋名,还要到处求医问药,根本没有积蓄,正因为外面太苦了我才回来……我已经没钱啦!如果他把我的秘密告诉老爷,我的饭碗就砸了!再也不会有人用我……而且不只我自己,还有我弟弟、我儿子,他们也都是厨子,要是让人知道他们有个身患肝炎的至亲,他们也会被辞退……没办法!我只是想赚钱养家,只是想活下去啊……"

众人谁都不发一语,默默望着这个痛哭流涕的杀人凶手,人人心中皆感凄然。他们倒还犹可,曹副厅长受到很大打击,不停地用力拍打着楼梯扶手，仿佛有劲儿无处使，脸上的表情怪怪的，说不清哭还是笑。

海青似乎是想安慰厅长两句，走到他面前说："米勒对于他的同胞而言是个可敬的人，对于他的患者而言也是个好医生，但是他为了帮助侨民使用的手段却很下作。勒索、行贿，无所不用其极，虽然是因误会而死，却也是他敲诈行径导致，报应循环自作自受，您无须自责。无常到万事休，过去是恩也罢、仇也罢，一切都随他去吧。"

话音未落，就听一声喊叫："说得好！我也去吧。"

众人只见黑影一晃，才发觉小丑要逃！

曹副厅长虽在悲痛中，仍没忘记捉拿小丑，大喊一声："快抓住他！"一把推开挡在面前的海青，却见小丑已蹿到客厅后窗下。

佩斯利反应还算迅速，但他站在正门距离较远，正要追过去，却见小丑根本没拉窗闩，直接往窗台上一蹿，顺手一推，窗户竟然开了——他们确实检查过窗闩，锁得很牢，可是就在众人发现小丑在吊灯上时，海青趁着混乱又把窗闩拉开了，一推就开。

小丑蹿上窗台不免得意，正想玩个帅，再喊一声"后会有期"，却觉背后恶风不善，回头瞥了一眼——吓得魂飞魄散！直到此刻他才明白什么是奥运会赛跑冠军，半秒钟之前利迪尔还坐在沙发上，眨眼间已经超过佩斯利，追到他背后啦！

小丑哪敢再犹豫？纵身往窗外一跳。

哪知利迪尔不仅跑得快，跳高、跳远等田径项目同样出色，他一个箭步跃起，足尖在窗台上轻轻一点，已然紧随其后跃出窗外。院里虽然黑，但借着屋内射出的灯光还是依稀可见小丑的背影就在不远处，以他的速度落地后再跨两步就能抓到小丑的肩膀。

可就在这时，窗户右侧闪出一道人影。

说来也巧，此人正走到利迪尔和小丑中间，利迪尔从窗口跃出，根本收不住，与那人重重撞在一起；利迪尔倒还安然无恙，只是绊了个趔趄，那人却摔倒在地一声痛叫。

"哎哟！你干什么呀？"

"曹小姐？"

利迪尔还欲再追，却见晓燕坐在地上哭起来，身旁还有个摔碎的玻璃杯："好痛啊……我伤到脚踝，手也划破了……"

"我、我……对不起……"

就是略一迟疑间，小丑已攀上院墙。曹副厅长和佩斯利总算冲到窗口，却眼睁睁看着小丑纵身跳出墙外，厅长气得大骂："又叫他跑啦！后院为什么没人守着？李大彪哪儿去了？李大彪！"

连喊两声，才见李大彪从旁边厨房的后门出来，一脸惊慌，还不知出了什么事儿呢。

厅长摘了警帽往地上重重一摔："笨蛋！"也不知是骂李大彪还是骂他自己。

这时又听房子周围一片混乱，大批巡捕赶到，来了足有二十人，可哪儿还寻得到小丑的踪影？

尾 声
返 场

　　傍晚六点，将近日落，喧嚣的维多利亚大道渐渐宁静。

　　这里不仅是英租界的核心，也是北方最大的金融中心，有"东方华尔街"的美誉，道路两旁矗立着太古洋行、怡和洋行、仁记洋行、花旗银行、正金银行、麦加利银行等国际大公司。数不清的洋楼气势恢宏、风格各异，罗曼式、哥特式、古典式、巴洛克式，犹如万国建筑博览会。

　　然而此刻早过了下班时间，又适逢周末，工作的人都去享受晚餐和夜生活了，只留下寂静的楼堂、空旷的街道。残阳余晖下那一座座高大的建筑都阴沉沉、黑洞洞的，竟显得鬼气森森，仿佛是一群庞大扭曲的怪物——在这表面的浮华背后，不知埋藏着多少阴谋和罪恶。

　　海青和苦瓜肩并肩，顺着大道向南走去，他们要到康科迪亚俱乐部参加一场聚会。

　　结案两周了，因为最后查明的凶手是中国人，与租界权贵没多大关系，报界瞬间对此案失去兴致，就连《津华日报》的后续报道也是敷衍了事。似乎所有人都很快忘了这件事，唯有吴梦生刻骨铭心，由于小丑声称与他有联系，贼咬一口，入骨三分，他被厅长盯上，警察厅和巡捕房的人天天上门逼问，搞得他苦不堪言，翻来覆去解释，又写了无数份辩白书才算过关，苦瓜和海青也享受了一次报复的快意。

另外还有个人比较倒霉，那就是宝子，师父都被巡捕房逮走了，他的好日子也到头了，只得回原先学徒的慧罗春饭庄，又过起了忙忙碌碌、挑水劈柴的辛苦生活。

今天海青突然收到高缇耶的邀请信，而且信上还特意点名请曼伦先生一同出席，于是海青又给苦瓜换上西服革履，同往俱乐部参加聚会，一路上他反复叮嘱——这次别再喝香槟酒！别再扭秧歌！

苦瓜并不讨厌高缇耶，甚至还有点儿喜欢这个大胖子，却感到好奇："这家伙邀请咱们有什么事儿啊？"

"不知道，他信上说要公布一个喜讯，暂时保密。但我有预感，可能是订婚。"

"订婚？"苦瓜不禁咋舌，"太阳从西边出来了？他不是声称结婚是一种堕落吗？"

"谁知道他究竟是怎么想。"

"我得开开眼，倒要看看什么样的女人愿意嫁给他。"

海青有些担忧："该不会像格林先生一样，娶了个贪图钱财的年轻女人吧……"

说话间，他们正走到汇丰银行门前。汇丰是开设在中国的第一家外资银行，创立于同治四年（公元1865年），总部在香港，天津分行也有将近五十年历史，曾多次向清政府、民国政府提供贷款，堪称银行界的龙头老大。银行这会儿已经下班，却有几个人站在门前，一个西装笔挺的外国人比比画画，正指挥两名工人将一块铭牌钉到墙上。

苦瓜和海青从他们身边走过，那个外国人恰巧回头瞥了一眼，彼此皆是一愣——李亚溥。

"哦！见到你们太高兴了。"李亚溥立刻露出夸张的笑容，仿佛什么事也没发生过，"最近我真是忙坏了，忘记告诉你们，我的公司快要开张啦！"说着毕恭毕敬递上一张名片。

"你的公司？"海青颇感意外，朝刚钉好的铭牌看了一眼，上面用中英两种文字写着"利华洋行"；又低头看名片，"马赛尔·利奥波德"（Marcel Leopold），这是他真正的名字吗？

"我这公司的名字怎么样？'利华'不仅包含我名字的谐音，还有美好寓意，既然公司开在中国，自然也有利于中华嘛。"

苦瓜挖苦道："公司在哪儿？你的皮包里吗？"

"哈哈，别开玩笑。"李亚溥朝上指了指，"我租了两间办公室，就在银行三楼。"

"什么?!"海青不禁刮目相看——太厉害啦！这家公司无须任何宣传，也不用苦苦招揽生意，就凭它坐落在汇丰三楼，谁都会误以为它是汇丰下属的公司，借着汇丰银行的影响和信誉，肯定一开张就会客户盈门财源滚滚。

可是像汇丰这样的国际知名公司，怎会轻易把办公室租给一个来路不明的小商人呢？海青想到了格林的介绍信……这个狡猾多端的家伙终究还是得逞啦！

李亚溥猜到他在想什么，笑道："放心，该还的账我都还清了，现在利威的库房里一颗钻石也不少，格林夫人的照片也已经烧成灰，我没得到一分钱。咱这人说到做到，过去的事不要再提了，你们中国人有句俗语怎么说来着？哦，老黄历别翻了。"

"那你哪儿来的钱自己开公司？"

"别小看人好不好？这些年我也积攒不少钱，另外我还得到一笔投资，是一位姓孙的钟表店老板出的钱，他很看好我的能力。目前我得到一个好机会，帮人谈点儿军火生意，顺便继续做珠宝、钟表的买卖，等以后有了实力再拓展业务，毕竟守着汇丰银行，投资金融才实惠嘛。"

海青心底泛起寒意——通过这宗案子，他又和刘文卿勾上了。姓刘的因丑闻败露退居幕后，操纵他在前台谈军火买卖，两人唱起了双簧，另外给他投资的八成就是刘家邻居那位开钟表店的孙老板。这小子真是八面玲珑、无孔不入，没想到他竟然成了这次事件的受益者……唉！其实又有什么想不到的，像他这种人又岂会不成功呢？

李亚溥似乎已习惯了自己的新身份，迫不及待谈起了买卖："其实我一直很希望与你们利盛商行合作，利盛、利华强强联手，这口号听着就带劲儿！怎么样？考虑考虑，反正今晚闲着没事儿，咱们一起去喝一杯吧。"

"抱歉，我们另有约会。"苦瓜微微一笑——看来他没接到高缇耶的邀请，昔日的上司和部下已经变成竞争对手，人得到一些东西的同时也总会失去一些。

"真遗憾。"李亚溥意味深长地朝苦瓜挤了挤眼睛，"买卖不成仁义在，或许你不喜欢我，但还记得我说过的话吗？我知道你们都是真诚的人，很想跟你们做朋友，如果今后有用得着我的地方……愿意效力！"

"哈哈，也就是说你遇到麻烦时也会让我们效力喽？"

"多个朋友多条道嘛。"

"这倒是句江湖话，也罢！交你这个朋友了。"苦瓜没抗拒，用力和他握了握手，就此分别。

其实就在两人挤眉弄眼对视的那一刻，苦瓜心中泛起一阵忧虑，却没有对海青坦露——以李亚溥之精明，恐怕已经猜到小丑的真实身份了吧？

两人到达俱乐部时，大厅里非常热闹，到处装点着鲜花，乐队正在演奏爵士乐，人们说说笑笑唱唱跳跳。今天是高缇耶包场，来参加聚会的大部分是年轻人，好像都是利威洋行的员工，当然也有其他贵宾——曹晓燕正和一位红头发的苏格兰青年跳舞。

"嘿！没想到你也来了！"海青赶忙凑过去。

"是啊！"晓燕立刻抛下一脸遗憾的舞伴，"我也没想到会接到邀请，央求爸爸很久他才同意我来，真不容易。"今天晓燕又换上洋装，长裙飘飘甚是可爱。

"厅长最近好吗？"

"还可以，米勒之死的真相给了爸爸很大打击，他非常自责，但是想来想去这都是机缘巧合，不是他的错，另外没抓到小丑也叫他气恼，不过这几天也渐渐释然了。好在巡捕房送来了感谢信和礼物，没有功劳也有苦劳嘛。常厅长也在厅里公开表扬，说他疾恶如仇、急公好义，是警界楷模……"

"表扬？我没听错吧？他不是还要惩办你父亲吗？"

"唉！"晓燕叹口气，压低声音道，"爸爸把顺兴楼饭庄的股权转给姓常的，破财免灾喽。"

啊？海青瞠目结舌——什么整肃纪律、惩办贪腐，还什么要拿一个有分量的人开刀作法，原来就是这样！

苦瓜冷笑："如果我没猜错的话，这股红利也不可能完全流入姓常的兜里，他得完成上司交给他的差事，张大帅和褚督办还在前线催军饷呢。"

这时利迪尔出现了，穿着一套漆黑的燕尾服："哦，今天可忙坏我了，高缇耶叫我陪在他身边，给他当伴郎。刚才在更衣室里，我们费尽九牛二虎之力才帮他把新礼服穿上，亏他还说自己在减肥，好像比以前更胖了，江山易改本性难移。"

"还真是订婚仪式呀！新娘是谁？"

"哈哈，你们绝对想不到，高缇耶娶的是一位寡妇，是他的公寓管理员。"

"莫兰太太？"海青瞠大了眼睛。

"没错，就是她！据说两人早就互有好感，可是谁都不好意思说破心事。突然有一天，高缇耶房间里钻进两只猫，叼走一条腰封，被莫兰太太捡到了，碰巧公寓里该洗的衣服都已经送往洗衣店，再送就得等下星期，莫兰太太怕耽误高缇耶穿戴，就亲手把腰封洗干净还给他，高缇耶很受感动，终于鼓起勇气表白。从此两人开始约会，很快决定结婚，这故事多浪漫呀！"

"是很浪漫。"海青忍住笑，回头瞥了苦瓜一眼——这桩婚事竟然是你做媒！

晓燕问："格林夫妇没来吗？我还以为高缇耶会邀请他们。"

利迪尔遗憾地摇摇头："确实邀请了，但格林先生受不了年轻人的音乐，所以没来，格林夫人决定在家陪伴丈夫，而且他们还得抓紧时间收拾行装。"

"收拾行装？"

"对。格林先生已经向董事会提出辞呈，虽然这次事件最终未揭发他的丑闻，也没损失钱财，大家竭力挽留，他还是去意已决，而且决定卖掉豪宅，除了克瑞格什么都不带走。听说格林夫人答应陪他去南非找儿子，然后回英格兰乡村，度过平静安乐的晚年。前几天我碰巧和他见了一面，简直变了个人，竟然兴致勃勃地跟我聊起了赛马和板球。"

海青点点头——也好！卸下名利归于平淡，也有了几分真正的夫妻温情，正如格林夫人那天所说，一切都还不晚，这样看来李亚溥倒像是阴错阳差做了件好事，难怪最后格林还是帮他写了推荐信。

"有没有福克斯的消息？"晓燕又问。

"他上周就乘船回国了。"

"一定恨死咱们这座城市了吧？"

"没那么糟糕。"利迪尔笑了，"福克斯觉得这案子很有趣，他急着回国是想找个编剧把它写成电影剧本，不过他多少还有点儿心理阴影，宣称自己得了小丑恐惧症，这辈子都不会再去马戏团……"

话音未落，高缇耶的男仆保罗跑了过来："利迪尔先生，主人请您立刻过去一趟，他很紧张，一会儿就要讲话了，他一紧张就口吃，想向您请教克服口吃的办法。"

"他可真幸运，连我们英国王子讲话口吃都没人管！"利迪尔把手一摊，"抱歉朋友们，我得先去陪新郎了，咱们一会儿见。很高兴看到曹小姐翩翩起舞，幸好你的脚踝没受伤，不然我可死罪难赎！尽情玩吧。"说完便跟随保罗离开。

苦瓜一直没话说，直到看见利迪尔走远才松口气——奥运冠军果真不是吹的，那天他穿的还是西装皮鞋，若是短裤跑鞋，恐怕我都跑不到窗口就被他逮住了，以后得提防这个人！

不过利迪尔的最后一句话勾起苦瓜一桩心事。他提议找个安静地方聊聊天，晓燕没反对，仨人各端一杯饮料来到二楼露台。苦瓜望着漆黑的夜幕故意感叹："明明我也为米勒的案子出了不少力，最后小丑揭露真相时竟然不邀请我，太不够意思啦！"说着他竟对天呐喊，"小丑啊小丑，你到底在哪儿？"

海青心想——这才叫贼喊捉贼呢！

回忆那天的经历，晓燕依然难掩喜悦，笑道："不邀请你很正常，我和海青都是此案的亲历者，你不是呀，可能小丑都不知道有你这个人。"

　　"或许吧。"苦瓜话锋一转，"虽然那天我不在，但前前后后的经过海青都告诉我了，有件事很令我怀疑。"

　　"怀疑什么？"

　　"最后时刻你为何会在后窗下？"苦瓜扭脸直视着晓燕。

　　"格林夫人晕倒，我去帮她倒杯水呀！"

　　"是吗？但凡有点儿常识的人都知道，水杯放在厨房或餐厅，可你却从客厅后门离开，虽说后院也通厨房，那不是故意绕远吗？还有那杯水倒的时间也太长了吧？"

　　晓燕默然无语。

　　"我没猜错的话，你故意阻挡利迪尔，放走了小丑，对吧？"

　　海青一怔——有这种事？

　　"哈哈哈……"晓燕发出一阵银铃般的笑声，"所有在场的人都没想到，却被不在场的人看破……没错，是我放的。我估计他可能从后院逃走，所以提前出去，看看能否帮到什么忙，发现有扇窗户好像没锁，肯定是他偷偷打开的，于是我就在那扇窗户下面等着，阻挡追他的人。不过我也没错过好戏，破案的过程我在窗下都听到了。"

　　"那李大彪呢？虽说以他的速度拦不住小丑翻墙，但只要拖延片刻，和利迪尔前后夹击八成也能把小丑擒住。他原本守在后院门，怎会跑到厨房去？"

　　"我上下学或者出去买东西都是大彪开车送我，有些话他不方便跟爸爸说，却不介意告诉我。刘家有个女仆叫小凤，你知道吧？他们两个自从见面就互生爱慕……"

　　海青倏然想起，那天李大彪跟吴梦生撕掳起来，还警告吴梦生不准骚扰刘家的仆人，原来是这样！

　　"那天我耍了个小花招。"晓燕越发笑得前仰后合，"我趁着给格林夫人斟水的机会去了仆人的房间，说找不到玻璃杯和水壶，请小凤帮我拿，等我们从厨房后面进去，我就装作闲聊跟她说，大彪哥很辛苦，到现在还没吃晚饭，肚子一定很饿。果不其然，小凤立刻加热饭菜，把大彪叫进厨房享用。若是别人召唤，大彪不会擅离职守，可小凤召唤就不一样了，哈哈……"

苦瓜暗叫侥幸——多亏这丫头帮忙，不然我肯定栽了！

海青忙问："为什么？难道你不想让你父亲抓到小丑吗？"

"我早就跟你说过，我从未觉得小丑是危险人物，他有什么罪？不过是拧门撬锁，破坏几扇窗户，但他打抱不平、伸张正义，与他干过的好事相比，那些小错根本不值一提。爸爸想抓他是出于职责，而我放他是维护正义，这并不矛盾。况且爸爸抓不到小丑就绞尽脑汁冥思苦想，让小丑占据他的心思，总比他闲着没事儿去给我找个后妈要强吧？"

海青与苦瓜对视一眼——这丫头真是古灵精怪！

"这是其一，而且我也……"晓燕的脸突然泛起红晕。

不知为何，海青紧张起来："你、你也怎么样？"

晓燕仰望着夜空，呆呆出神道："自从我第一次听说小丑，就不知不觉喜欢上他，那天亲眼看到他的身影，更觉得他是一个幽默潇洒的人，真是太有魅力了。他夸我又聪明又漂亮，我心里很高兴，虽然不知他的庐山真面目，但我隐隐约约有种感觉，或许他就在我身边，迟早还会再见面，或许……或许……"说到这儿她已满面羞红，"你们两个讨厌鬼！别再问我难为情的话了。"晓燕捂着脸跑进大厅，被她抛下的两位男士唯有相对叹息。

不知不觉已到了农历八月初，一天比一天凉了，尤其今晚天空还阴沉沉的，瞧不见星星月亮，附近的路灯也不知出了什么故障，时暗时明恍恍惚惚。两人趴在露台护栏上，注视那一望无垠的黑暗，想着各自的心事。

过了许久海青才开口："你在想什么？"

"你又在想什么？"苦瓜反问。

"曹小姐喜欢你。"

"不，她喜欢的是小丑。"苦瓜心中有一个人，虽然她不及曹晓燕聪明漂亮，也不及曹晓燕有钱有地位，却是两小无猜心心相印，更何况身为一个穷说相声的，又无父无母孑然一身，面对那个人他都时常感到自卑，又岂敢憧憬警察厅厅长的女儿？

"唉！你可真有桃花运。"

"你呢？你是方片运。"

"谁跟你打扑克呀！"

"你吃我的醋吗？"

"不。"海青苦笑，"我是吃小丑的醋。"

"没办法，喝彩声总是属于逗哏的，但是他却离不开捧哏的。"

两人回到大厅时，高缇耶的讲话已临近末尾，他没有结巴，用汉语讲话，反而讲得很幽默，兴奋地晃动着肥胖的身躯；莫兰太太……哦，现在应该说是高缇耶太太，她的身材比丈夫也苗条不了多少，站在一旁羞涩地笑着。利迪尔和保罗一左一右护持在太太身边，生怕她过于激动突然晕倒，以她的体重恐怕得俩人一起才能接住。舞台上这幅画面温馨中透着滑稽，客人们忍俊不禁。

"还有……"高缇耶提高声音道，"感谢各位光临，尤其是我可爱的店员们，等到举行婚礼的那一天我就不再邀请你们了，因为那是星期天，你们留在店里能多卖点儿珠宝。"

众人一阵哄笑。

"最后！为了庆祝这个好日子，让我们一起跳支舞，就跳现在最流行的……新青年舞！"

"新青年舞？"海青凑到晓燕身边，"那是什么？我怎没听说过？"

晓燕摇摇头："我也不会，但刚才一直听那些外国人议论，说是近几周俱乐部里最时髦的舞蹈，似乎很适合许多人一起跳。"

这时嘹亮的小号声响起，手鼓、沙锤响个不停，钢琴手弹出欢快的音调，正是那首最流行的《花生小贩》，高缇耶对着话筒一展歌喉……

霎时间！大厅里无数的外国青年，甩开胳膊，迈开大步，整整齐齐地扭起了大秧歌！

面对这壮观的一幕，海青看傻了，这是怎么回事？

新青年……New Younger！

所谓的"新青年舞"就是扭秧歌啊！

"哈哈哈……"苦瓜放声大笑，"你说不让我扭，可现在所有人都在扭，这回你没意见了吧？"

海青哭笑不得："这股潮流好像是你带起来的，全是误会。"

"这就对啦！"苦瓜得意扬扬，"有麝自来香，不用大风扬，咱这一身本事就是地道！不仅会说相声，还能引导潮流。我决定了，以后白天说相声，晚上到俱乐部领舞，还能多挣一份钱呢。"

"你别挨骂啦！"

（第二部完）

附　录
读《相声神探》，学最地道的江湖话

相声篇

扬蔓儿：相声中的帮带传统，有知名度的相声演员借用自身的影响力给同门演员宣传、引流。

垫话：相声演员正式开始表演前的开场白。

正活：相声的正题。

三翻四抖：相声表演中组织包袱的手段之一，通过层层铺垫渲染气氛，最后抖开包袱产生笑料。

不是人话：很严重的批判，一般是指台词逻辑上有重大错误。

臭活：荤段子。

响蔓儿：名声大。

攒底：一场演出中最后上场的演员。

买卖：评判相声演员能不能得到观众认可的标准之一。一方面是指相声演员的个人形象是否讨喜，另一方面是指相声演员的表现力是否过硬。

捋叶子：从戏剧界传来的行话，指抄袭某个包袱、段子或某个人专属的表演方式。

腥的：假的。

辛苦：江湖人盘道的开场白。盘道指江湖中人初次见面时自我介绍，以取得对方认可的行为。

金字：算命。

彩字：变戏法儿。

玩儿票：业余从事戏曲表演，也泛指不是专职做某事。

开杵门子：施展要钱的手段。

绝户杵：不留余地，掏空客人的口袋。

包银：演出场所或机构按合约向艺人支付的佣金。

拔份儿：高人一筹。

勒掯：强人所难。

撂明地：艺人在集市、庙会、街头等空地露天演出的一种形式，没有剧场，也没有舞台。

老合：江湖艺人。

清头：清楚，明白。

血空：外行。

醒攒儿：醒悟，明白。

打千儿：敬礼。

回榫儿：不如以前。

坐囊：主事人。

夹磨：严格对待，严格训练。

解放脚：早年缠足后又放开的脚。

勤行：方言，旧时北京一带对餐饮、饭店服务人员的俗称。

烙饼：指在床上翻来覆去地睡不着。

踩盘子：正式行动前摸索情况。

念攒子：缺心眼。

针线蔓儿：指冯姓。

房虫子：买卖二手房赚差价的人。

守旧：台帐，两边有门，写着出将、入相。

放鹰的：骗婚骗钱的。

怯老憨：胆小、没见过市面的人。

杵头子：钱。

摇山动：又细又短的匕首，刀尖非常锋锐，两侧却不开刃，专门用来抠墙砖、拨门闩，也被称为"贼刀"。

敬菜：免费赠送给客人的菜，不上菜单且做起来简便快捷。

高乐：快乐，快活。

二荤铺：简陋的小饭馆。

吊子：猪下水，北京的叫法。

连筋：俗称沙肝，猪的脾脏。

宝盖儿：猪心上端那块带着肥肉、血管的部位。

蜂马燕雀：号称四大门，都是做大生意的，生意就是生出主意骗钱，所谓"做大生意的"，其实就是大骗子。大骗局一两个人干不来，要有伙计、有班底，还得先垫进去一些钱当诱饵，专骗达官贵人、富商大贾甚至外国人，三年五载未必得手，但只要得手就够吃半辈子。

《相声神探3：梦中婚》即将出版，精彩预告：

梅花大鼓女艺人小翠宝是个骄纵狂妄的女孩，不过她确实拥有傲人的资本，嗓音甜美、色艺双绝，引得无数观众和达官贵人追捧，成为天津曲艺界的新星。

然而正当她春风得意之际，却在演出时被人毒杀，死在茶楼的舞台上。由于她的未婚夫、报社记者、三不管的恶霸头子等人都在演出现场，此事立刻引起轩然大波。茶楼因命案而被查封，苦瓜失去演出的舞台，迫于无奈开始调查此案，却意外发现了第二名遇害者。

究竟是谁杀了这两名艺人？这一切又与小翠宝的人生经历有何关系？

敬请期待《相声神探3：梦中婚》！

《清明上河图密码》
1-6册大全集

冶文彪　著

隐藏在千古名画中的阴谋与杀局

清明上河图密码

1-6册大全集

隐藏在千古名画中的阴谋与杀局

全画824个人物逐一复活，超过20种推理诡计，80多起案件

冶文彪　著

激发个人成长

　　多年以来，千千万万有经验的读者，都会定期查看熊猫君家的最新书目，挑选满足自己成长需求的新书。

　　读客图书以"激发个人成长"为使命，在以下三个方面为您精选优质图书：

1. 精神成长

熊猫君家精彩绝伦的小说文库和人文类图书，帮助你成为永远充满梦想、勇气和爱的人！

2. 知识结构成长

熊猫君家的历史类、社科类图书，帮助你了解从宇宙诞生、文明演变直至今日世界之形成的方方面面。

3. 工作技能成长

熊猫君家的经管类、家教类图书，指引你更好地工作、更有效率地生活，减少人生中的烦恼。

每一本读客图书都轻松好读，精彩绝伦，充满无穷阅读乐趣！

认准读客熊猫

读客所有图书，在书脊、腰封、封底和前勒口都有"**读客熊猫**"标志。

两步帮你快速找到读客图书

1. 找读客熊猫君

2. 找黑白格子

马上扫二维码，关注"**熊猫君**"

和千万读者一起成长吧！